Sur l'auteure

Née à Port Harcourt, au Nigeria, Chinelo Okparanta est arrivée aux États-Unis à l'âge de dix ans. Elle est diplômée de trois universités différentes et a suivi le très fameux Iowa Writers' Workshop. Avec sa nouvelle *America*, finaliste du prestigieux Caine Prize pour la littérature anglophone d'Afrique, son recueil *Le Bonheur, comme l'eau* et son premier roman *Sous les branches de l'udala*, tous deux lauréats du Lambda Literary Award for Lesbian Fiction, Chinelo Okparanta s'impose incontestablement comme l'une des figures majeures de la nouvelle génération d'écrivains.

CHINELO OKPARANTA

SOUS LES BRANCHES DE L'UDALA

Traduit de l'anglais (Nigeria)
par Carine Chichereau

10
18

BELFOND

Titre original :
Under the Udala Trees
publié par Houghton Mifflin Harcourt Publishing, New York

ISBN : 978-2-264-07542-0
Dépôt légal : avril 2020

« La foi est la garantie des biens que l'on espère, la preuve des réalités qu'on ne voit pas. »

Épître aux Hébreux 1:1

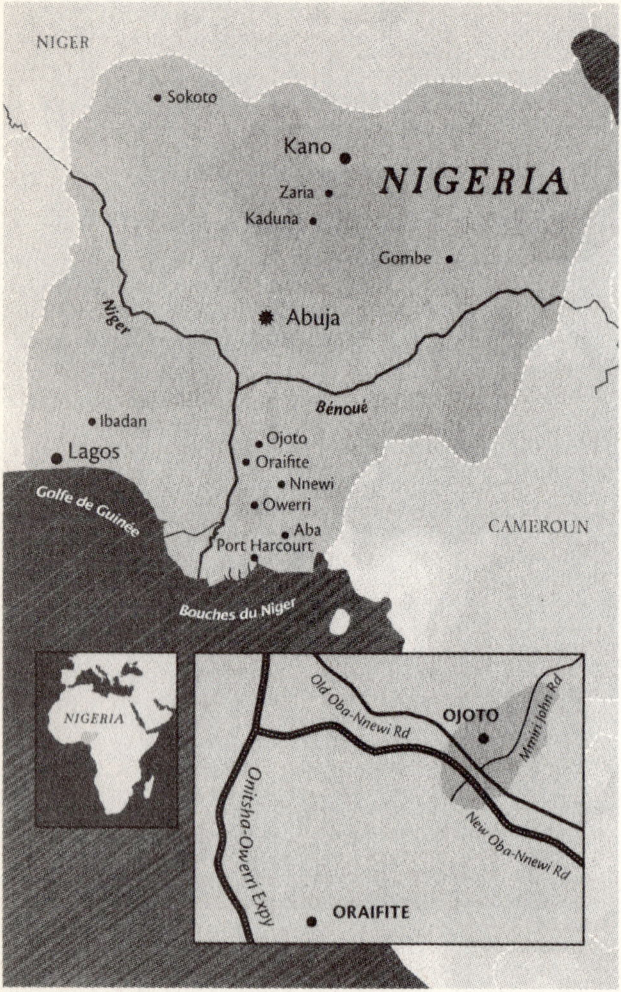
NIGER
Sokoto
Kano
NIGERIA
Zaria
Kaduna
Gombe
Niger
Abuja
Bénoué
Ibadan
Ojoto
Lagos
Oraifite
Nnewi
Golfe de Guinée
Owerri
Aba
CAMEROUN
Port Harcourt
Bouches du Niger
NIGERIA
Old Oba-Nnewi Rd
OJOTO
Mmiri John Rd
Onitsha-Owerri Expy
New Oba-Nnewi Rd
ORAIFITE

PREMIÈRE PARTIE

1

Notre maison d'Ojoto s'élevait à mi-chemin entre Old Oba-Nnewi Road et New Oba-Nnewi Road, dans cette zone vague que délimitent l'église du village et l'école primaire, là où s'arrête Mmiri John Road pour mieux repartir ensuite. C'était un bâtiment jaune à étage, construit le long du chemin de terre poussiéreux, juste au sud de la rivière John, où la mère de papa avait failli se noyer quand elle était petite, à une époque où les gens allaient encore laver leur linge sur les berges pierreuses.

Notre propriété était fermée par une clôture, et la barrière en était gardée par des buissons de roses et par des bouquets d'hibiscus. Menaient à cette barrière, de part et d'autre de la clôture, deux haies abondamment mouchetées de rose par les minuscules fleurs-étoiles des ixoras. Côté route, les vendeurs ambulants s'alignaient le long de notre haie parmi des arbres chargés de fruits : oranges, goyaves, noix de cajou, mangues. Dans les clairières qui plus loin bordaient la route, là où les buissons prenaient des airs de forêt, d'autres arbres s'élevaient : immenses irokos, pins murmurants et, ici et là, cocotiers et palmiers à huile. Il fallait lever la tête pour en voir la cime, tant les arbres et les buissons étaient hauts.

À la saison de l'harmattan, les vents du Sahara soufflaient, soulevant des trombes de poussière, et ces nuées obscurcissaient l'atmosphère ; les arbres et les buissons devenaient alors aussi irréels qu'un mirage, et le soleil une tache indéfinie dans le ciel.

À la saison des pluies, l'eau venait laver la nature de ces enveloppes poudreuses, et tout reprenait forme et netteté.

C'était le cycle normal des choses : la saison des pluies, suivie par la saison sèche, et l'harmattan se repliait sur lui-même. Pendant tout ce temps, les chèvres bêlaient. Les chiens jappaient. Poules et coqs exploraient les routes, sans trop s'éloigner de leur basse-cour. Des papillons de toutes les couleurs flânaient paresseusement de fleur en fleur.

Quant à nous, nous imitions le vol lent des papillons, à croire que la brise était légère, le soleil une caresse sur notre peau, et que cette nonchalance nous permettait de mieux les savourer. Voilà à quoi ressemblait notre quotidien avant la guerre : l'existence allant tranquillement de l'avant.

C'est en 1967 que la guerre a fait irruption dans nos vies et tout envahi. Dès 1968, Ojoto s'était mis à battre au rythme des véhicules blindés, des canons, des bombardiers et de leurs moteurs bruyants, dont les ondes de choc se propageaient jusqu'à nos oreilles.

En 1968, nos hommes se sont mis à porter le fusil à l'épaule, ils avaient sur eux des haches et des machettes dont les lames étincelaient au soleil ; dehors, dans les rues, à chaque heure du soir et de l'après-midi, on les entendait chanter, leurs voix puissantes jaillissant de leurs bouches telle une ivresse rituelle : « Le Biafra vaincra ! »

C'est au cours de la deuxième année de guerre – en 1968 – que maman a décidé de mon départ.

Déjà à l'époque, on parlait de moins en moins des festivités qui auraient lieu quand le Biafra triompherait du Nigeria, à la place on commençait à s'inquiéter de ce que nous allions devenir quand le Nigeria nous aurait vaincus : est-ce que l'on nous dépouillerait de nos terres et de nos maisons ? Deviendrions-nous des citoyens de seconde classe condamnés aux travaux ingrats ? Serions-nous soumis aux tickets de rationnement ? Pendant combien de temps porterions-nous le poids de notre défaite ? Est-ce que nous nous en remettrions un jour ?

Nous nous posions toutes ces questions parce que, en 1968, le Nigeria gagnait déjà, et que tout commençait à changer.

Mais de plus grands bouleversements restaient à venir.

Je ne peux raconter ce qui s'est passé avec Amina sans d'abord raconter dans quelles circonstances maman m'a fait quitter Ojoto. De la même manière, je ne peux raconter pourquoi maman m'a fait quitter Ojoto sans raconter comment papa a refusé de se rendre au bunker. Sans cela, en effet, je ne serais peut-être jamais partie et, dans ce cas, je n'aurais sans doute jamais rencontré Amina.

Or, si je n'avais pas rencontré Amina, qui sait, je n'aurais peut-être pas d'histoire à raconter.

Ainsi donc, l'histoire commence avant l'histoire, en ce 23 juin 1968. *Ubosi chi ji ehihe jie* : la nuit est tombée en plein après-midi, comme dit le proverbe. Ou, selon la version de maman : quand la nuit a supplanté le jour – le jour où papa nous a quittées.

C'était un dimanche, mais nous n'étions pas allés à l'église ce matin-là car nous redoutions un raid aérien.

La nuit précédente, les radios avaient annoncé que l'aviation ennemie lançait une offensive qui durerait au moins deux jours. Mieux valait rester chez soi si l'on avait deux sous de bon sens, a dit papa. Maman était d'accord.

Non loin de moi dans le salon, papa était assis devant son bureau, les coudes posés sur les cuisses, la tête sur ses poings fermés. S'échappant de la cuisine, l'odeur des beignets de haricots que maman faisait frire explosait dans l'air.

Papa a froncé les sourcils et il s'est pincé le nez, comme si le fumet doux et épicé des *akara* empuantissait l'atmosphère. À côté de lui, son radio-gramophone. Devant lui, une pile de journaux.

Tôt ce matin-là, il avait mis la radio à plein volume, comme s'il était dur d'oreille. Il écoutait avec attention toutes les voix que déversait Radio Biafra. Même quand maman était venue lui demander de baisser parce que cela nuisait à sa tranquillité d'esprit et que tout le monde n'avait pas envie à chaque instant de la journée qu'on lui rappelle que le pays courait à sa perte, il avait laissé le son au maximum.

À présent pourtant, le volume était si bas que tout ce qu'on distinguait, c'était un faible grésillement, un peu comme quand on se gratte.

Avant que la guerre n'éclate, papa considérait son radio-gramophone avec amour. Il le chérissait autant que ces choses qui nous tiennent à cœur : une bible, de vieilles photos, l'eau, l'air. Après tout, cet engin lui avait été transmis par son père, qui était mort l'année précédant ma naissance. Tous mes autres grands-parents avaient obéi à ce signal de départ – la mère de mon père était morte dans l'année ; dans les deux ans qui avaient suivi, maman avait à son tour perdu ses deux parents. Papa et maman étaient enfants uniques, ni frère ni sœur, et ils se plaisaient à dire que c'était pour cela, entre autres, qu'ils s'aimaient si fort : en dehors de moi, ils n'avaient plus de famille.

Seulement, désormais, papa ne couvait plus son radiogramophone d'un regard aimant. En cet après-midi-là, il considérait même l'objet massif d'un œil noir.

Il s'est tourné vers la pile de journaux juchée au-dessus de son papier à dessin : il y avait là environ un mois de *Daily Times* aux pages écornées, froissées sur le côté. Il en a pris un et s'est mis à le feuilleter, l'air toujours aussi inquiet.

Je me suis approchée de lui, si près que je pouvais sentir l'odeur de la pommade Morgan qu'il utilisait pour ses cheveux, celle qui était dans le petit flacon jaune et rouge, au bouchon métallique, et qui me faisait toujours penser à un médicament. Si seulement la guerre était une maladie, et que tout ce dont on ait besoin, ce soit de médicaments.

Il a reposé sur la pile le journal qu'il lisait. À la une, en gros titres, ces mots : SAUVEZ-NOUS. Dessous, la photo d'une enfant au ventre gonflé et aux membres grêles comme des rails : une victime du kwashiorkor, environ de mon âge. Ce n'était qu'une jeune fille igbo parmi d'autres, mais ça aurait pu être moi.

Papa portait un de ses vieux ensembles traditionnels amples, *buba* et *sokoto*, d'un vert passé à force d'une vie entière de lavages. Il a levé les yeux et m'a adressé un petit sourire, mais ce sourire était un mensonge car il ne contenait aucune émotion, malgré tout il a persisté.

« *Kedu ?* » m'a-t-il demandé.

Il m'a attirée et je me suis penchée contre lui, mais je n'ai rien répondu, ne sachant que dire. *Comment ça va ?*

J'aurais pu lui donner la réponse habituelle, ça va bien, mais comment aller bien en des temps pareils ? Seule une personne à la fois aveugle, sourde, muette, et de manière générale dépourvue de sensations autant que de sentiments aurait pu aller bien en temps de guerre, avec la menace permanente des raids aériens au-dessus de nos têtes.

À moins que la personne en question soit déjà morte.

Nous sommes restés silencieux, j'observais sa posture rigide, son dos qui refusait de s'appuyer contre le dossier de la chaise. Ses jambes fermement campées. Puis ses lèvres se sont étirées, mais pas pour sourire, plutôt à la manière d'un enfant qui s'apprête à pleurer. Il a ouvert la bouche pour parler, seulement rien n'est sorti.

La nuit précédente, tard, alors que j'aurais déjà dû dormir mais que le sommeil se refusait à moi, ne sachant que faire de moi, je m'étais faufilée jusqu'au salon car, en sortant de ma chambre, j'avais vu que la lumière y était encore allumée. Je m'étais donc approchée sur la pointe des pieds, guidée par le bruit. Derrière la cloison qui séparait le salon de la salle à manger, dans ce tout petit espace, à peine un recoin, je me suis arrêtée pour observer et j'ai vu papa dans cette position à présent familière : assis sur sa chaise, penché sur son bureau, il écoutait la radio d'un air concentré. Si tard dans la nuit, et pourtant il était encore là.

Je suis restée immobile, silencieuse, et j'ai tendu l'oreille pour entendre l'histoire à la radio. Il s'agissait d'un Igbo, Mr Njoku, qu'on avait ligoté au moyen d'une corde puis arrosé d'essence et enflammé. Ici, dans le sud du pays, expliquait le commentateur. Ce genre d'actes s'était produit partout dans le Nord et, à présent, cela commençait à arriver dans le Sud. Les Haoussas qui nous brûlaient ainsi tentaient par tous les moyens de nous détruire, nous, mais aussi nos terres, et tout ce que nous possédions.

« Papa ? Il s'est passé quelque chose ? » ai-je demandé. Je voulais dire quelque chose de grave, bien sûr, comme cette histoire d'immolation que j'avais surprise la nuit précédente.

Papa a secoué la tête comme s'il voulait tout effacer. D'une voix faible, il a dit : « Qu'est-ce qu'on y peut ? Une personne seule ne peut pas grand-chose. Et s'inquiéter de tout ça, ça revient à verser de l'eau sur de la pierre. On ne parvient qu'à la mouiller. Après, elle sèche. Mais rien ne change. »

Pendant un moment, on n'a plus entendu que le bruit des casseroles et des poêles qui tintaient dans la cuisine. Bientôt, les beignets de haricots seraient prêts et maman nous appellerait pour venir manger ainsi qu'elle le faisait toujours, même avant la guerre.

Papa m'a saisie par les bras en me regardant droit dans les yeux. D'une voix très douce, il a déclaré : « Je veux te dire quelque chose. Rien que tu ne saches déjà, mais je veux te le répéter pour être sûr que tu t'en souviennes. Que tu n'oublies pas.

— Quoi ? ai-je demandé en m'interrogeant sur ce que je savais déjà mais risquais d'oublier.

— Je veux que tu saches que ton papa t'aime énormément. Je veux que tu le saches toujours et que tu ne l'oublies jamais. »

J'ai soupiré, un peu déçue qu'il énonce pareille évidence. « Mais papa, je le sais bien. »

Dans l'instant qui a suivi, on aurait dit qu'il éprouvait soudain en lui tout le poids, toute la douleur, tout le néant du monde. Soudain, il m'a paru lointain, à croire qu'il était devenu étranger à tout ce qui lui était familier, tout en y étant pourtant plus profondément lié que jamais.

Il a commencé à marmonner. À dire que le Nigeria avait déjà réduit le Biafra à l'état de squelette. Nsukka, puis Enugu avaient été prises, ensuite Onitsha. Et le mois dernier, Port Harcourt.

Le monologue se poursuivait. Sa voix était monotone. Il semblait pris dans une sorte de transe.

Bientôt, il n'y aurait même plus de Biafra à conquérir. « Est-ce qu'Ojukwu va capituler devant le Nigeria ? Ou bien se battra-t-il jusqu'à ce que nous soyons tous morts et enterrés ? » Il a regardé par la fenêtre du salon, ses prunelles paraissaient de plus en plus voilées.

Peut-être que cela n'avait rien à voir avec le poids, la douleur, le néant du monde, mais avec le rôle qu'il jouait, lui, en ce monde. Peut-être qu'il ne pouvait s'imaginer vivre dans un Nigeria où le Biafra aurait été vaincu. Que devoir continuer à mener sa vie dans un État où il serait forcé de se passer de tout ce pour quoi il s'était battu – toutes ces années de dur labeur –, face à un nouveau régime qui voyait dans les Biafrais des citoyens de seconde zone – des esclaves –, ainsi que le disait la rumeur, c'était trop lourd à porter pour lui.

Bref, il avait perdu espoir. Maman dit que la guerre transforme les gens, que même un homme courageux parfois s'abandonne au désespoir, et qu'alors toutes les supplications du monde ne peuvent le convaincre d'espérer à nouveau.

23 juin 1968. Au bout d'un an de guerre, les bombardiers revenaient sans cesse déchirer le ciel, tels des camions qui auraient oublié quelle route ils devaient suivre. Papa a dû les entendre tout de suite – en même temps que moi – car il s'est levé et m'a prise

par la main. Le soleil qui brillait à travers les fenêtres ouvertes a semblé disparaître. Le ciel paraissait couvert à présent.

D'abord, il m'a emmenée avec lui comme d'habitude vers le bunker. Mais soudain, son attitude a changé du tout au tout : en arrivant à la cuisine, il s'est arrêté net. Il avait l'air d'un cadavre, d'un homme sur le point de rendre l'âme. Très pâle. Semblable à un zombie.

Il a lâché ma main et m'a poussée à continuer sans lui. Mais je ne voulais pas. Je suis restée là et je l'ai vu retourner au salon, s'asseoir sur le bord du canapé, le regard fixe, en direction des fenêtres.

Maman s'est précipitée dans le salon en nous appelant à plein poumons : « *Unu abuo, bia ka'yi je !* » Vous deux, allez, venez ! « Mais vous n'entendez pas ce bruit ? *Binie !* Levez-vous ! Allez ! »

Elle a couru vers papa, l'a attrapé par les bras pour le tirer en avant et je l'ai imitée, mais il n'a pas bougé. En cet instant, son corps semblait être de béton, ou de glace, ou peut-être même, à l'image de la femme de Lot, devenu statue de sel. « *Unu abuo, gawa.* Vous deux, allez-y, a-t-il dit. Tout ira bien. Laissez-moi ici. »

Sa voix était rauque, pareille au bruit du papier de verre, au son d'une caisse qu'on tire sur un couloir en ciment.

Nous l'avons donc laissé assis sur le bord du canapé, les yeux fixés sur les fenêtres.

Le bunker était derrière la maison, à quelques mètres au-delà de la clôture qui séparait notre propriété de la forêt. Nous sommes sorties en courant par la porte de derrière, sans lui, en piétinant les feuilles de palmier que des mois plus tôt il avait répandues un peu partout en guise de camouflage.

Arrivée au fond du jardin, maman l'a une nouvelle fois appelé :

« Uzo ! Uzo ! Uzo ! »

On dit que la chaleur fait fondre ce que le froid a figé. Mais malgré la chaleur du jour, il n'a pas fondu.

« Uzo ! Uzo ! Uzo ! » a-t-elle appelé à nouveau.

Peut-être a-t-il entendu, mais il a refusé de venir.

2

Un peu plus loin sur la route se trouvait notre église. Elle était située au croisement qui séparait la rangée de maisons et le marché en plein air.

Un an avant ce 23 juin, j'avais adressé à Dieu ma première prière à propos de la guerre. C'était au début de mars, pour être exacte. Je le sais parce que c'était au moment où mûrissent les goyaves, les corossols et les tamarins velours, à cette époque de l'année où la saison sèche s'achève et laisse place à la saison des pluies. L'harmattan soufflait toujours, mais notre peau et nos cheveux n'étaient plus aussi secs, aussi rêches. Nos nez ne coulaient plus. L'atmosphère était moins fraîche et poussiéreuse.

Il y avait des années que nous habitions à Ojoto, et nous nous rendions tous les dimanches à l'église Holy Sabbath Church of God. Là, on s'asseyait sur les bancs de bois rangés en parallèle pour écouter les sermons sur la Bible. Pendant ces sermons, on priait, et en même temps on frappait dans nos mains, on chantait. Quand le matin virait à l'après-midi, on achevait nos prières, sans plus de voix à force de chanter. Nos bras demeuraient ballants après avoir tant frappé dans nos mains, dans toute cette fervente piété.

Après l'office, j'aimais m'asseoir sur les marches en ciment de l'église pour regarder Chibundu Ejiofor et les autres garçons jouer à des jeux stupides, aux gendarmes et aux voleurs, où un policier procède à une arrestation. Chibundu, avec ses yeux d'enfant malicieux et son esprit rapide, déclarait toujours le premier qu'il ferait le policier. Puis il s'écriait avec fermeté : « Vous êtes en état d'arrestation », en pointant sur la poitrine d'un autre garçon sa main en forme de pistolet.

De temps en temps, une poignée de filles sortaient elles aussi pour regarder les garçons avec moi, mais en général, elles préféraient rester à l'intérieur avec leurs parents, de crainte d'abîmer leurs beaux habits du dimanche.

C'est donc dans cette église, à la fin de la saison où souffle l'harmattan, que j'ai adressé à Dieu ma prière au sujet de la guerre, parce que juste avant l'office du matin, Chibundu avait plaisanté en disant que bientôt nous serions envahis par les bombardiers. C'était peu avant que le conflit éclate, avant que les bombes tombent sur Ojoto. Chibundu a imité un bruit de vrombissement avec sa bouche, pareil à un moteur d'avion, et j'ai éclaté de rire en voyant son visage tout gonflé, comme un poisson-globe. Seulement ça n'avait rien de drôle, alors je me suis reprise et je lui ai dit : « Mais non », puis j'ai ajouté qu'il avait tort, que jamais le ciel ne serait rempli de bombardiers. J'étais sûre de mon fait, car à cette époque-là, papa racontait partout que la guerre n'était qu'un fantasme né de l'imagination de quelques adultes, et qu'il y avait de grandes chances pour que jamais ces bombardiers ne survolent le Nigeria, et encore moins Ojoto. À cette époque-là, papa était certain de ce qu'il avançait et, par conséquent, je partageais sa conviction.

La mère de Chibundu nous avait entendus, et à peine avais-je fini de lui répondre qu'elle est venue vers lui et, d'un seul coup, sans crier gare, l'a giflé. « *Ishi-gi o mebiri e mebi ?* » lui a-t-elle demandé. Est-ce que ta tête est cassée ? Comment oses-tu ouvrir la bouche pour donner vie à des pensées aussi horribles ?

Pendant toute la journée, Chibundu a traîné dans le coin, à broyer du noir tel un chien blessé. Un peu plus tard, pendant l'office, quand le pasteur nous a demandé de prier en silence, j'ai prié pour qu'il n'y ait pas de guerre, j'ai supplié Dieu d'exercer ses talents de magicien afin de faire disparaître la guerre des conversations ainsi que des esprits. Pour que Chibundu n'ait pas raison. Pour que les bombardiers ne nous envahissent pas. Pour que ne vienne jamais le jour où nous devrions emporter la guerre où que nous allions, comme une seconde peau, sans plus jamais connaître le repos.

Mon Dieu, priais-je, *je vous en prie, aidez-nous.*

Mais le temps a passé et, au bout du compte, c'est Chibundu qui a gagné. Il semblerait que Dieu n'ait pas daigné exaucer mes prières.

23 juin 1968. Nous nous sommes frayé un chemin parmi les buissons et nous avons descendu les marches taillées dans la terre qui menaient au bunker. Notre respiration était rauque, difficile. Nous nous sommes assises en silence dans cet espace tout entier de terre, à peine assez grand pour contenir un lit double. C'était assez haut pour que je tienne debout, mais pas maman, ni aucun adulte de taille moyenne et encore moins les personnes grandes, qui devaient baisser la tête.

Nous avons attendu. Parfois nous regardions vers

l'entrée, en haut, où une planche cachée sous des feuilles de palmier servait à la fois de fermeture et de camouflage.

Papa avait répandu ces feuilles de palmier partout sur le bunker, mais aussi sur le toit de notre maison. Cette technique de camouflage permettrait peut-être de dissimuler le bâtiment aux assaillants, ai-je pensé ce jour-là. Avec un peu de chance, depuis le ciel, l'ennemi ne verrait que du feuillage et ne songerait pas à nous bombarder.

Dans le bunker, je me suis remise à prier : *Mon Dieu, s'il vous plaît, aidez mon papa. Je vous en prie, faites que les avions ne s'écrasent pas sur lui.*

Recroquevillée auprès de moi, maman ne disait mot, elle semblait prête à bondir à tout moment pour aller chercher papa. Je me suis blottie contre elle, je me mordillais les lèvres, je me rongeais les ongles. En même temps, je retenais mon souffle et je répétais inlassablement mes prières : *Mon Dieu, s'il vous plaît, aidez mon papa. Je vous en prie, faites que les avions ne s'écrasent pas sur lui.*

Je raisonnais comme tous les enfants de mon âge : peut-être que cette fois, Dieu délaisserait la tâche qui L'accaparait là-haut dans les cieux – peut-être était-Il occupé à réprimander un ange turbulent, à réparer une catastrophe naturelle, à créer d'autres êtres humains, à s'occuper des âmes défuntes, ou même à faire du ménage (parmi les nuages ? au paradis ?). Quel genre d'activité pouvait donc Le distraire et L'empêcher de répondre à nos prières ? Il n'avait sans doute pas besoin de dormir ni de se nourrir, alors quoi ? Qu'y avait-il donc de plus important à Ses yeux que nous, Ses propres enfants ?

Cette fois, j'espérais bien attirer Son attention : Il lèverait les yeux, me regarderait et S'imprégnerait de mes prières telle une éponge qui se gorge d'eau, un ivrogne d'alcool, les vêtements de pluie, le buvard d'encre. Il s'imprégnerait de mes prières qui Le rempliraient, au point qu'Il soit obligé d'agir.

Peut-être aujourd'hui daignerait-Il me répondre.

Le bruit des avions au-dessus de nous était de plus en plus fort, ont suivi des cris, des bruits de pas, d'objets, de corps qui s'écrasent. Nous tremblions de tout notre être, et le sol sépulcral et terreux semblait trembler avec nous. Ce jour-là, le raid aérien nous a paru plus long que jamais.

3

Au fond du jardin, notre clôture en ciment avait éclaté en morceaux qui gisaient, épars, un peu partout, et nous empêchaient de rentrer. Nous avons donc dû emprunter la route et contourner notre propriété pour passer par l'entrée principale.

De toutes parts des voix lançaient des appels insistants pleins d'interrogations, comme toujours après un raid. Elles hurlaient, comme si les cris pouvaient restaurer l'ordre.

« Vous avez vu la chaise de ma véranda ? » s'époumonait une femme au bord des larmes, d'un ton strident. Si la chance était de son côté, elle retrouverait sa chaise – sans doute en morceaux, éparpillés le long de la route, un pied brisé après l'autre. Si la chance était de son côté, elle la récupérerait et elle la réparerait.

« Vous avez vu mon fils ? » demandait une autre femme. Entre deux questions, elle criait le nom du garçon. « Amanze, où es-tu ? Les avions sont partis. Il est temps que tu sortes de ta cachette ! Amanze, tu m'entends ? »

Nouvelles voix, et bientôt elles se sont toutes mêlées. C'était un chœur, un ensemble disparate, assortiment d'espoirs de toutes sortes jetés pêle-mêle au fond d'un puits magique.

« Je cherche ma mère. » Une voix fluette se détachait,

une petite fille en pleurs, âgée de quatre ou cinq ans. Maman avait pour habitude de dire : quand tu cherches quelque chose, il y a de grandes chances pour que tu le retrouves dans le dernier endroit où tu penseras à le chercher. Je me suis demandé si cette fillette retrouverait sa mère au cimetière.

Nous nous sommes hâtées parmi les débris de béton épars, les branches cassées, les morceaux de zinc provenant des toits arrachés. Pendant ce temps, un chien aboyait.

L'espace devant la maison était plutôt dégagé. Nous sommes entrées. Le portail s'est refermé derrière nous dans un gémissement.

Pour une fois, nous ne nous sommes pas arrêtées sur la véranda pour épousseter nos vêtements. Non, maman s'est précipitée droit à l'intérieur avec moi sur les talons.

Plus tard, elle m'a confié avoir détecté l'odeur dès le jardin, elle en avait pris conscience aussitôt, comme on sait qu'un moustique se pose sur soi, un instant avant qu'il pique.

Si on l'avait interrogée alors, elle aurait expliqué qu'elle avait distingué des relents de moisi dans l'air, avec quelque chose de métallique rappelant un peu l'odeur de la rouille.

Dans le salon, elle a remarqué le reflet d'un rayon de soleil. Sur la pointe des pieds parmi le verre brisé, elle a suivi cette lumière. J'étais toujours derrière elle.

Tous les carreaux étaient cassés, sauf un, fendu de façon circulaire, dessinant une toile d'araignée. Maman s'est approchée de ce carreau, l'a touché, a suivi du bout du doigt les lignes tracées en les considérant d'un air accusateur.

Un après-midi, au tout début de la guerre, notre professeure de sciences sociales, Mrs Enwere, nous avait fait un cours d'histoire que jamais je n'oublierai tant que je vivrai.

Nous étions tous assis à nos pupitres deux par deux, comme de coutume. La fin de la classe approchait. La journée avait été humide, étouffante, le genre de temps qui met tout le monde de mauvaise humeur. Depuis le matin, Mrs Enwere nous avait paru extrêmement contrariée, elle avait l'air déprimée, à croire qu'elle avait perdu un parent ou un enfant. À présent, elle s'adressait à nous sans plus consulter le livre posé devant elle, s'exprimant avec naturel, comme si les mots du manuel étaient inscrits dans son cerveau.

« D'abord un coup d'État, ensuite un contrecoup. Un coup bas », a-t-elle dit avant de répéter l'expression et de nous demander si nous savions ce qu'elle signifiait.

Je ne sais pas pourquoi mais dans mon cerveau fatigué d'écolière, l'expression « coup bas » s'est renversée pour se transformer en « basse-cour », une image si vivace que je pouvais presque me la représenter : la clôture, la cage, les poulets à queue rouge, les dorés, les blancs, avec des caroncules de différentes couleurs : jaunes, brunes, roses. La basse-cour.

Mais de quoi parlions-nous en réalité ? Comment était-il possible que les poulets soient soudain l'objet d'étude de notre cours de sciences sociales ? Dans le contexte de la classe, et de ce qui ressemblait plutôt à un sujet d'histoire, je me suis demandé si j'avais bien tout compris.

Mrs Enwere nous a laissé un moment pour répondre et, puisque personne ne disait rien, elle a poursuivi. « Je vais vous donner la définition du mot "mutinerie" », a-t-elle dit en nous regardant. Et d'une voix très forte : « Une mutinerie, c'est une révolte ou une rébellion contre l'autorité. »

La classe était une vaste salle en ciment, toute grise, aux murs bruts. Il y en avait trois autres dans l'école, qui bordaient une cour fermée où poussaient de hautes herbes, des fleurs plantées aux endroits stratégiques, avec au milieu une zone de sable marron où l'on se réunissait le matin. C'était le moment de l'inspection : la directrice et les enseignants vérifiaient que nous nous étions bien coupé les ongles, que nos uniformes étaient repassés et nos cheveux peignés. Au cours de ce rassemblement, nous chantions l'hymne de l'école, puis l'hymne national, et ensuite les professeurs nous emmenaient en classe.

Les fenêtres, toutes situées du même côté, donnaient sur la cour. Il en allait de même des autres salles, sans doute pour empêcher les élèves de regarder au-dehors, de se tourner vers le monde extérieur.

Je contemplais justement une des fenêtres d'en face en rêvant au moment où la classe se terminerait. Quel chemin prendrais-je pour rentrer ? Celui qui coupait à travers les champs luxuriants ? Ou celui qui suivait la route, à côté des cyclistes et des voitures occasionnelles ?

« Répétez après moi, a dit Mrs Enwere. La mutinerie est une révolte ou une rébellion contre l'autorité. » Je me suis retournée et je l'ai découverte, les yeux braqués sur moi. « Répétez ! » m'a-t-elle tancée.

J'ai donc répété : « La mutinerie est une révolte ou une rébellion contre l'autorité.

— Très bien. Que je n'aie plus besoin de vous rappeler à l'ordre », a-t-elle dit en donnant un coup de baguette sur mon pupitre, juste devant moi.

« Bon, a-t-elle poursuivi. Vous connaissez tous le gouvernement qui siège à Ibadan. » Voilà comment Mrs Enwere posait les questions : sous forme d'affirmations. Ces questions nous dépassaient de très loin, et en aucun cas nous ne pouvions en connaître la réponse.

Silence dans la classe.

« Qui peut me parler du Premier ministre et du Sarduna de Sokoto ? »

Nouveau silence.

Alors, Mrs Enwere a repris la parole à un rythme plus rapide, les mots sortaient de sa bouche en tempête : *Ahmadu Bello, mort. Tafawa Balewa, mort. Akintola, mort. Mort, mort, mort.*

Nous l'écoutions, en essayant de comprendre le sens de ces mots inquiétants – enfin, moi, j'étais inquiète. *Soldats. Balles. Chef d'État. Militaires.*

Mrs Enwere a continué comme ça un moment avant de porter son attention sur Ironsi.

« Ironsi », a-t-elle dit. Puis elle a répété son nom : « Johnson Aguiyi-Ironsi. »

Chef d'État. Ironsi, son cadavre abandonné dans les bois, encore vêtu de son uniforme militaire. Le corps criblé de trous par où sortait le sang, pareil à l'eau d'une fontaine rouge.

Ironsi, grêlé de balles, laissé à pourrir dans la forêt.

« Ce qui se passe dans ce pays est une honte », a ajouté Mrs Enwere. C'est ainsi que nous sommes enfin arrivés à notre chef d'État actuel, Gowon. Avant Ironsi, c'était Azikiwe. Après Ironsi, Gowon.

Nous étions tous confondus. Le silence était tel qu'on aurait entendu une aiguille tomber.

Le silence qui avait envahi notre salle de classe ce jour-là était pareil à celui qui régnait à présent dans la maison. Maman criait le nom de papa, et moi j'absorbais l'air mort qui répondait à chacun de ses appels, réponse d'un néant total.

Nous l'avons découvert face contre terre, sur le carrelage noir et blanc de la salle à manger. Maman a bondi auprès de lui, s'est penchée et s'est mise à l'interpeller de nouveau.

Ses mains et ses jambes étaient bizarrement enroulées autour de son corps, branches mourantes entortillées sur un tronc moribond. Alentour, des morceaux de notre table en bois éparpillés. Une flaque marron-violet s'était formée là où son sang avait coulé.

Elle est restée penchée sur lui, ses vêtements absorbant le sang. « *Uzo, biko, mepe anya gi ! Ana m ayo gi !* » Je t'en supplie, Uzo. S'il te plaît, ouvre les yeux pour moi !

Elle a continué de l'appeler ainsi, prononçant chaque fois son nom avec une force accrue. « Ouvre les yeux, mon époux. *Mepe, i nu go ?* Ouvre les yeux, tu m'entends ? »

Ses appels se sont mués en cris, puis les cris en sanglots.

Je suis restée là, debout derrière elle, pétrifiée. Mon père était à l'agonie, peut-être déjà mort, et j'aurais tant aimé pouvoir faire quelque chose, mais je savais déjà qu'il était trop tard.

Maman a murmuré son nom. Elle a continué ainsi pendant quelques minutes, à chuchoter son nom tout en le suppliant. « Oh, mon époux, je t'en conjure. Lève-toi et marche, s'il te plaît. »

Mais bien sûr, il n'a pas bougé.

Ce soir-là, une poignée de fidèles de l'église sont venus s'occuper du corps de papa ; ils l'ont nettoyé et l'ont emmené. Où exactement, je n'en savais rien, mais j'ai vu maman donner à l'un d'eux l'*isiagu* de papa aux motifs dorés, impeccable sur un cintre. Ce sont eux sans doute qui l'en ont revêtu. Quand ils l'ont ramené et l'ont allongé dans notre salon, il était tout propre et apprêté, comme s'il s'était habillé pour une grande occasion et s'était soudain assoupi.

4

Papa s'appelait Uzo, ce qui signifie « porte » ou « chemin ». C'était le genre de nom solide, fort, autonome, pas comme le mien, Ijeoma (qui n'exprime qu'un souhait : « bon voyage »), ni celui de maman, Adaora (qui signifie seulement qu'elle est la fille de tout le monde, de la communauté, de même que toutes les filles, au fond, quand on y pense).

Uzo. C'est le genre de nom que j'aurais aimé replier pour le garder au creux de ma main. De cette manière, si jamais je me perdais, je n'aurais plus qu'à ouvrir la main et laisser le nom me montrer le chemin, pareil à une torche.

Dans les semaines qui ont suivi la mort de papa, il m'a semblé que nous l'avions perdu, notre chemin, maman et moi. Nous ne parvenions plus à voir la différence entre haut et bas, entre droite et gauche. Toutefois, nous avions beau avoir la tête tourneboulée, nous nous précipitions toujours au bunker dès qu'on entendait vrombir les avions. Nos vies avaient beau être sens dessus dessous, maman a fait le nécessaire pour assurer à papa des funérailles dignes de ce nom, afin qu'il puisse trouver sa place parmi ses ancêtres.

Une veillée prolongée a eu lieu : les gens se

succédaient à un rythme régulier pour nous présenter leurs condoléances. Tout cela a bien duré une semaine, avec papa allongé dans le salon sur un lit à baldaquin emprunté pour l'occasion à des membres de l'église. Maman, tout habillée de blanc, était assise sur le côté, entourée d'un groupe de paroissiennes. Elle pleurait la mort de son mari, se lamentait, tandis qu'autour d'elle les femmes entonnaient en chœur des chants funéraires pour accompagner sa douleur.

Après l'inhumation de papa, au fond du jardin, a eu lieu la cérémonie *ikwa ozu* qui dure toute une journée : il y avait des plateaux de noix de cola, des bidons de vin de palme, des prières, des libations, et les anciens du village ont invoqué l'esprit des ancêtres de papa en leur demandant de le guider dans le monde des morts.

Le lendemain matin de l'*ikwa ozu*, maman m'a appelée pour le petit déjeuner.

Je suis venue m'asseoir avec elle dans la salle à manger où elle avait préparé deux bols de gari. Avant la guerre, il y aurait eu du thé, du pain et un œuf pour chacune, ou peut-être des corn-flakes pour accompagner les œufs, des Kellogg's, vous savez, la boîte avec le coq au bec jaune et à la crête rouge. C'étaient des corn-flakes importés et on les mangeait avec du lait en poudre Peak ou Carnation, également importé. Mais cela faisait longtemps que nous n'avions pas eu de pain pour le petit déjeuner, ni de thé, ni de corn-flakes, ni de lait en poudre. Quant aux œufs, c'était pareil que la tranquillité d'esprit, le calme, les sourires. Désormais, on n'en profitait plus guère que de temps à autre.

Maman a agrémenté nos bols de gari de pois de terre : « Les protéines des pois de terre sont aussi riches que celles des œufs. Elles ont le même effet que les autres.

Elles vont aider ton cerveau à bien travailler, à réfléchir et à se développer correctement. »

Juste après ma naissance – elle était jeune maman –, ma mère s'était mise à étudier la diététique, tout simplement parce que j'étais née avec un bon mois d'avance, et qu'une des sages-femmes lui avait expliqué entre autres choses qu'il était important de me donner des protéines. Elle n'avait pas bien compris de quoi la sage-femme lui parlait, quelle était cette chose abstraite, cette espèce de mot fantôme, de mystère. Ce n'était pas comme une orange, une banane, une table, un bureau, ces objets matériels qu'on pouvait voir. Il s'agissait d'une substance invisible.

Elle avait posé des questions à des gens, glané les informations ici et là – dans tous les magazines et les ouvrages sur la santé qu'elle parvenait à trouver. Elle voulait que je vive. Et pour que je vive, elle devait découvrir ce qu'étaient les protéines afin de m'en donner.

Par la suite, elle a décidé que si jamais elle devait prendre un travail, elle préférerait largement tenir un magasin d'alimentation qu'être nutritionniste. Tout ce qu'elle avait lu sur les protéines avait exigé d'elle beaucoup d'efforts. Et elle n'allait pas vite : elle avançait mot à mot. (Tous ces termes compliqués qu'elle ne comprenait pas ne lui facilitaient pas la tâche.) Après avoir passé ses après-midi à lire, elle avait mal à la tête toute la soirée et la nuit qui suivaient.

Peut-être qu'il lui aurait fallu manger des protéines elle aussi, je lui disais parfois. Sans doute que cela l'aurait aidée à lire et à comprendre ces mots difficiles.

Ainsi assise auprès d'elle dans la cuisine, je me demandais à quoi exactement allait bien pouvoir me servir mon cerveau à présent, puisqu'il n'y aurait bientôt plus d'école à cause de la guerre. C'était pour l'école que je lisais, que j'apprenais mes tables de multiplication, l'histoire, la géographie, et que j'étudiais la Bible. C'était l'école qui était censée développer mon cerveau. Comment les protéines auraient-elles pu remplacer l'école ?

Mais maman affirmait que c'était possible.

« Dès que la guerre sera finie, l'école reprendra à plein temps, alors tu verras que ton cerveau est toujours aussi fiable, voire meilleur qu'avant. »

Je l'ai regardée d'un air dubitatif, et elle a dû s'en rendre compte.

Elle m'a renvoyé un léger sourire, puis elle m'a expliqué qu'un jour peut-être, grâce à mon cerveau, je deviendrais professeure, ou docteure, ou femme d'affaires. Parce que, ça la navrait de me dire ça, mais il fallait que je commence à réfléchir à tout cela dès maintenant. Si Dieu le voulait, plus tard, je me marierais, mais si jamais je me retrouvais soudain sans époux, comme elle ? « Qu'arriverait-il ? » a-t-elle demandé, laissant son regard vide se perdre au-dessus de ma tête.

Elle a fini par reprendre ses esprits au bout d'un moment et m'a fixée de nouveau : « Tout ce que je veux dire, c'est qu'un jour tu devras utiliser ton cerveau pour travailler. Et il n'y a pas de meilleure manière de s'y préparer qu'en se nourrissant de protéines. »

Nous sommes restées assises là, à manger le gari saupoudré de pois de terre. Maman a continué de me faire la leçon sur les protéines, sans que nous évoquions ni l'une ni l'autre ce que nous avions vraiment en tête, c'est-à-dire que papa était mort et qu'aucune protéine ne pourrait jamais le ramener à la vie.

5

À la fin juillet, un mois après le décès de papa, maman ne parlait plus du tout de lui.

Je l'imitais. Je me contentais de songer à lui. Mais j'y pensais à la manière dont une enfant affamée pense à la nourriture, c'est-à-dire tout le temps. Chaque fois que j'entendais une voix d'homme, ou que je voyais quelqu'un lire le journal, je pensais à lui. Maman n'allumait jamais le poste de radio. À croire même qu'elle y mettait un point d'honneur. Ça n'était pas la peine. Le simple fait de voir cet objet m'évoquait immédiatement mon père.

Un jour où je croyais avoir atteint le summum de la douleur – un jour où il me manquait tellement qu'un surcroît de peine m'aurait tuée, j'en étais sûre –, je me suis surprise à bredouiller : « Maman, est-ce que papa te manque autant qu'à moi ? »

Nous étions attablées devant notre ragoût d'igname.

Électrisée, elle a relevé la tête d'un seul coup, animée d'une colère soudaine et inexplicable. D'une voix basse, elle a grondé : « Pourquoi est-ce qu'il me manquerait ? N'est-ce pas cet homme-là qui m'a rendue veuve et qui t'a faite presque orpheline ? Explique-moi donc pourquoi il devrait me manquer. »

Je suis revenue à mon assiette.

Quelques minutes sont passées, puis elle a repris très doucement : « De la colère, voilà ce que j'éprouve. De la colère. Parfois, j'ai le sentiment que je vais exploser. »

Je l'ai écoutée sans rien dire.

Enfin, tout est sorti, les mots se précipitaient hors de sa bouche, telle une cascade enragée : « Quel genre d'homme pollue ses propres terres, souille sa propre maison en s'y laissant tuer ? Il a de la chance que ce soit la guerre, parce que là, on ne peut pas l'accuser d'avoir attenté à sa propre vie. Il a de la chance que sa mort puisse passer pour un fait de guerre. N'empêche, quelle atrocité ! »

Nos chambres, situées à l'étage, avaient toutes deux été détruites par l'explosion qui avait tué papa. Le risque était grand qu'elles soient à nouveau touchées, alors maman a décrété qu'il était inutile de réparer.

Nous avons donc descendu le matelas de mes parents dans le salon. La nuit, nous y dormions ensemble.

Vers environ deux heures du matin, la nuit précédant le jour où maman a explosé de colère, elle a soudain poussé un cri strident qui a transpercé les ténèbres et foré un trou si profond que j'ai craint d'y être aspirée comme un fétu de paille.

« Uzo ! » hurlait-elle. Jamais encore je ne l'avais entendue ainsi crier dans son sommeil.

Je l'ai attrapée par les épaules. « Maman, tu m'entends ? Maman, c'est moi, Ijeoma. Calme-toi. C'est seulement un rêve. »

Elle a ouvert les yeux.

Maman avait pour habitude de dire que c'était grâce aux rêves qu'on résolvait ses problèmes, qu'on pouvait toujours trouver une solution à condition d'être attentif aux détails les plus infimes. Il m'arrivait parfois de rêver que j'étais coincée dans le sommeil et que je n'arrivais plus à en sortir. Le genre de cauchemar où, même si l'on sait très bien qu'on fait un rêve, on ne parvient pas à se libérer, à briser le sortilège. Parfois, les murs autour de moi étaient vert clair, ou bien gris pâle. Dans un cas comme dans l'autre, ils n'avaient rien à voir avec ceux de notre maison d'Ojoto, fuchsia. J'essayais donc de crier, de hurler si fort que maman ou papa m'entendrait et viendrait me réveiller. Mais je ne pouvais pas non plus crier dans mon rêve. Au bout du compte, je finissais par me résigner à l'idée d'être ainsi prisonnière. C'est alors seulement que j'étais délivrée.

Cette nuit-là, quand maman a ouvert les yeux, elle a continué de hurler. « Uzo ! » Puis elle s'est tournée vers moi. « Où est ton père ? »

Elle l'a cherché, frénétique, dans les ténèbres. « Uzo ! appelait-elle. Uzo, tu m'entends ? »

Perdait-elle la tête ? Avait-elle oublié que papa n'était plus là ?

Je me suis penchée vers elle et je lui ai dit tout doucement : « Papa est mort. Tu as oublié ? » Et je l'ai murmuré encore et encore.

Papa est mort. Tu as oublié ?

Papa est mort. Tu as oublié ?

Papa est mort. Tu as oublié ?

Elle s'est mise à pleurer, comme si elle apprenait cette triste nouvelle. Ses épaules tressautaient. Sa respiration était saccadée.

Je l'ai serrée dans mes bras et je l'ai bercée.

Il a fallu du temps avant qu'elle se calme. Enfin, elle m'a regardée dans les yeux : « Ton papa n'est plus là, a-t-elle murmuré.

— Non, maman, ai-je répondu en hochant la tête. Mon papa n'est plus là. »

6

J'ai ouvert les volets. Il faisait très beau, c'était un matin sans nuages. L'inclinaison des poutres laissait entrer dans la pièce des flots de lumière chaude.

Dans la cuisine, le placard était presque vide.

J'ai sorti une boîte de sardines et la dernière igname.

À présent, je me chargeais d'une bonne partie du ménage. Maman ne semblait plus concernée par le quotidien. Comme si l'existence ne l'intéressait plus. Peut-être, à ce stade du deuil, ne voyait-elle pas comment elle pourrait continuer à vivre sans papa. Je n'avais pas le choix, il fallait que je prenne la relève.

Faire bouillir les aliments n'était pas très difficile. Le plus dur, c'était d'aller chercher le bois et d'allumer le feu. Après, il fallait juste garder un œil dessus pour être sûr de ne pas brûler le contenu de la casserole. Nous avions un petit sac de riz, à peine assez pour une personne, sans parler de deux. Je l'avais rangé dans le placard, seulement je ne le retrouvais plus et je me suis soudain rappelé que nous l'avions fini – enfin, je l'avais fini, car maman ne mangeait presque plus rien.

J'ai considéré les sardines et l'igname.

J'ai coupé le légume en petits cubes, puis j'ai ôté la

plaque en fonte du fourneau, j'y ai mis du bois, et j'ai reposé la plaque. J'ai fait cuire l'igname et j'ai partagé les sardines dans deux bols, un pour moi, l'autre pour maman. Au loin, j'ai entendu grincer la barrière.

Ensuite, un bruit sourd, pareil à celui d'un objet lourd qui tombe par terre, mais c'était seulement la porte d'entrée qui avait cogné le mur.

Maman est entrée dans la cuisine. Visage blême, l'air désorientée.

« Maman, *odimma* ? Ça va ?

— Ça va bien. »

Elle s'est approchée du fourneau, a soulevé le couvercle de la casserole.

« Le camion d'aide d'urgence n'est pas venu, ai-je dit. J'ai préparé l'igname. »

Elle a hoché la tête.

« Tu vas manger, aujourd'hui », ai-je repris.

Elle a gardé le silence, comme si elle examinait d'abord la nourriture.

« On n'a rien d'autre. Tant pis si ça ne te plaît pas, il faut que tu te forces.

— Je n'ai pas faim », a-t-elle répondu.

J'avais onze ans, douze dans deux mois, mais je savais déjà combien l'anxiété peut émousser l'appétit, au point que même les plats les meilleurs ne vous tentent pas plus qu'une feuille de papier ou une poignée de sable. Il y avait cependant des jours où la nourriture apportait un peu de réconfort. De toute façon, partout à Ojoto les gens disaient : « Mieux vaut manger maintenant. On ne sait jamais, peut-être qu'un de ces jours, on n'aura plus rien à se mettre sous la dent. » J'avais entendu quelqu'un dire ça la veille, et c'est peut-être pour ça que mon appétit était décuplé : mon estomac avait dû l’écouter. J’aurais aimé qu’il en soit de même pour maman.

« Allez, quelques cuillerées », lui ai-je dit.

Elle a posé sur moi un regard vide, a secoué la tête, puis elle a tourné les talons.

7

Devant la barrière, je guettais le camion de ravitaillement. La brise du matin soufflait doucement et une forte odeur de terre imprégnait l'atmosphère. Non loin de là étaient rassemblés trois soldats, fusil à l'épaule. Près d'eux, un véhicule blindé, avec douze roues très fines semblables à des roues de vélo, sur lesquelles était juchée une cabine rectangulaire tout en métal. Un soldat portait une ceinture de cartouches sur la tête, à la manière d'une tiare. Les cartouches ainsi rassemblées étaient presque décoratives, sorte de chapeau-chaîne venant lui couvrir le front.

De l'autre côté de la rue, face aux soldats, un homme torse nu s'en venait à pied en poussant son vélo. Sur le porte-bagages, un cercueil de bois trop petit pour un corps, si bien que les pieds dépassaient – peut-être était-ce son enfant, ou un autre membre de sa famille.

Un peu plus loin sur la route, un bébé s'appuyait contre un mur de ciment près d'une barrière, comme pour reprendre son souffle.

Derrière lui, d'autres enfants un peu plus âgés, le ventre gonflé en forme de ballon à cause du syndrome de kwashiorkor, de petits récipients en plastique à la main pour mendier. Si on les avait pris en photo, ils auraient pu faire la une d'un des journaux que papa lisait.

Le soldat aux munitions sur la tête s'est approché, le visage émacié, l'air triste, tout taché de boue. « *Sista*, m'a-t-il dit. *Abeg, make I get wata*, s'il te plaît est-ce que je peux avoir de l'eau. »

Je l'ai dévisagé d'un air distrait, sans vraiment écouter ce qu'il me demandait.

« De l'eau, s'il te plaît, *obere mmiri* », m'a-t-il suppliée.

Les deux autres militaires se sont approchés à leur tour. Le plus petit tenait un bidon d'un blanc crasseux dont il a retiré le bouchon avant de me le tendre sans un mot.

Une moto est passée, projetant des tourbillons de poussière comme si des flammes s'élevaient de la terre sèche.

« *Abeg, sista*, a dit le petit soldat. *Small wata.* »

À présent, ils avaient toute mon attention.

Maman est alors sortie du jardin, enveloppée dans son boubou, et elle a jeté sur ces hommes un regard plein d'irritation.

Puis ses yeux se sont posés sur le bidon.

Soudain, elle s'est écriée : « Vous ne voyez donc pas que c'est une propriété privée, ici ? Vous ignorez que vous n'avez pas le droit de mendier de la sorte ? » Tout en parlant, elle pointait sur eux un doigt accusateur, telle une maîtresse d'école grondant un élève désobéissant. Elle a aspiré l'air entre ses dents tout en roulant des yeux, manifestant à la fois condescendance et refus, bref, un rejet total. Elle a ajouté encore une phrase en adoptant comme eux le pidgin : « *Na who even tell you say I get wata ?* »

« Qui vous a dit qu'il y avait de l'eau chez moi ? »

Elle est ensuite rentrée dans le jardin, ne s'arrêtant que pour m'ordonner de la suivre.

Je n'avais pas l'intention de manquer de respect à ma mère, mais le soldat au bidon me regardait à présent d'un air dépité, les yeux remplis à la fois d'espérance et de soumission.

« *Abeg, sista* », a-t-il répété d'une voix faible, comme s'il utilisait ses dernières forces pour formuler cette demande.

Voilà ce que j'ai pensé : et s'il était à l'agonie ? Et s'il passait de vie à trépas, là, sous mes yeux ? Et s'il lui manquait juste un peu d'eau pour survivre ? Après tout, n'appartenait-il pas aux forces qui combattaient pour nous, pour le Biafra ? Mais plus que tout, j'étais terrifiée à l'idée qu'il meure sous mes yeux.

Il y avait un puits dans notre jardin, derrière la maison, qui alimentait en eau une citerne. Je savais qu'il nous restait des réserves suffisantes. Même si maman n'était pas d'accord, je pouvais bien leur donner un peu d'eau, remplir à demi leur bidon.

J'ai pris le récipient.

Dans le jardin, j'ai aperçu maman, assise sur les marches de la cuisine. Une hirondelle sautillait tout près d'elle, qui s'est alors envolée pour se percher sur la barrière.

Délaissant l'oiseau, les yeux de ma mère se sont posés sur moi.

Elle avait cette façon de faire la moue, puis d'étirer les lèvres en les serrant bien, pour former une ligne. Elle a eu cette mimique à cet instant-là, suivie de cette question : « Mais qu'est-ce que tu fais là ? »

Puis elle a soupiré, et ses narines ont sifflé. Elle a secoué la tête doucement, fermé les yeux. La fatigue, ai-je pensé en silence. Elle devait être épuisée à force de ne rien manger.

Enfin, ses paupières se sont rouvertes et j'ai lu la fureur dans son regard.

« Pauvre idiote ! » s'est-elle écriée, ce qui signifiait : « Quel genre d'enfant refuse d'écouter sa mère ? » ou bien : « Tu ne m'as donc pas entendue leur dire qu'on n'avait pas d'eau ? »

Elle s'est levée et m'a arraché le jerrican, qui est tombé par terre. Ensuite, elle m'a attrapée par l'oreille et l'a tordue. « Petite désobéissante ! »

Elle était dans un état second. Très différente de la maman que je connaissais. Elle a repris le bidon et s'est précipitée de l'autre côté. Je l'ai suivie, en état de choc, ne sachant plus à quel saint me vouer.

Les soldats attendaient là, appuyés contre la barrière. Maman leur a lancé le récipient vide, qui a atterri, léger, sur le sol, et fait quelques tonneaux avant de s'arrêter au milieu de la chaussée.

« Vous n'avez donc pas compris que nous n'avons pas d'eau ? » leur a-t-elle crié. Puis elle a refermé la barrière et l'a verrouillée.

Je l'ai à nouveau suivie au jardin, je me suis accroupie près de la citerne et j'ai attendu. Quoi exactement ? Je n'en étais pas très sûre.

« Mais qu'est-ce que tu fiches là ? Lève-toi et trouve-toi de quoi t'occuper », a-t-elle dit. Cette fois, elle m'a parlé moins durement. Elle semblait calmée. Toutefois, sa façon de me parler – ce ton, comme si elle voulait juste que je disparaisse (*Biko, comot d'ici !*) –, ajoutée à tout ce qui s'était passé avant, m'a permis de comprendre que maman commençait à voir en moi un fardeau, de même que les soldats, et la guerre, qui était un poids pour tout le monde. Elle était dépassée. Il n'y avait pas d'autre explication.

C'est sans doute peu après cet incident qu'elle a commencé à échafauder un plan pour se débarrasser de moi. Cela suivait certes une logique tordue, dictée par la guerre, mais dans le fond cela avait du sens qu'elle cherche le moyen de s'affranchir de tout ça : les soldats, moi, la maison. Et si elle avait pu aussi, de tous les souvenirs de la guerre. Tel un animal qui change de peau ou de fourrure. Un lézard. Un serpent. Un chat ou un chien. Un poulet.

Se débarrasser de nous tous ainsi qu'on se débarrasse d'une mauvaise habitude. Ou peut-être, plus simplement, de vêtements crasseux, hérissés d'épines.

8

Le mois d'août s'était écoulé, à nouveau c'était le jour où devait nous parvenir l'aide d'urgence, mais la matinée s'est elle aussi écoulée sans aucun signe de la Croix-Rouge.

Normalement, à cette heure, il aurait dû y avoir un grand remue-ménage non loin de chez nous, dans ces remises de fortune où les volontaires du village préparaient les repas avec les denrées alimentaires de secours, pour les distribuer ensuite aux habitants qui faisaient la queue en attendant leur tour.

Selon les rumeurs, Gowon avait installé un blocus tout autour du Biafra, et l'armée nigériane empêchait la Croix-Rouge de venir nous apporter à manger. D'autres rumeurs disaient que les organisations humanitaires avaient mis au point une stratégie pour contourner ce blocus. Il y avait encore de l'espoir.

Normalement, j'aurais dû aller à l'école, ce jour-là, mais il n'y avait plus d'école depuis un moment.

Devant la barrière, je guettais l'arrivée du camion d'aide d'urgence. Deux filles plus âgées sont passées, échevelées, leurs mèches dépassant dans tous les sens. Il y avait quelque chose dans leur allure qui me rappelait ces vieux torchons à vaisselle usés et tout déchirés.

Cependant, elles avaient une certaine beauté, surtout dans la manière dont leurs corps se balançaient en marchant.

Elles avaient la peau sombre, couleur cacao, ce qui m'a rappelé que moi-même, j'avais une peau claire, qui laissait voir la moindre égratignure, meurtrissure, cicatrice, une peau que les gens jugeaient très belle, à tort, parce qu'ils ne savaient pas, contrairement à moi, qu'avoir le corps semé de marques de varicelle, ça n'était pas beau du tout.

Ces filles-là, en revanche, avaient une peau foncée et donc sans défaut, une jolie peau douce et brune. Papa, lui, avait le même teint que moi, en un peu plus sombre. « C'est à cause de l'âge et du soleil », m'avait-il expliqué un jour. En regardant ces filles, j'ai songé que peut-être, en vieillissant, ma peau foncerait assez pour que je leur ressemble.

Il y avait autre chose en elles qui attirait mon attention : leur poitrine. Elles avaient des seins pour de bon. Moi, par contre, je n'avais pas de quoi me vanter, ça ressemblait plus à deux petites boules de purée d'igname aplaties, de la taille d'une cuillère, même pas de quoi remplir une main.

Était-ce que j'avais envie de leur ressembler ou que je les admirais ? À moins qu'il y ait eu autre chose. Quoi qu'il en soit, je me suis soudain sentie timide, pas à ma place, et je n'ai pas eu le courage de les interpeller pour leur dire que le camion d'aide alimentaire n'était pas encore passé. Je les ai donc regardées se diriger vers le centre, puis revenir quand elles ont compris qu'il n'y avait personne là-bas. Dans la maison, maman était sans doute toujours au salon, assise sur le canapé ou le matelas, où elle priait avec ardeur, sa bible à la main, ainsi qu'elle en avait récemment pris l'habitude.

Les rues étaient envahies de silence. De l'autre côté de la barrière, deux chiens sommeillaient sur la terre poudreuse, sales et maladifs, presque des cadavres. Une bruine légère tombait, mais à travers les nuages, le soleil demeurait éclatant. Des roses nacrées pendaient piteusement, comme si la lumière du jour les affaiblissait, comme si elle était trop lourde à porter. Avant la guerre, la terre était couverte d'une herbe grasse. Parmi cette herbe poussaient toutes sortes d'espèces, semées de fleurs, comme les buissons. Le vent emportait les graines de pissenlit, les hibiscus apparaissaient constellés de rouge vif, mais l'on prêtait à peine attention à tout cet éclat. Aujourd'hui, hélas, toutes les plantes se desséchaient et le vent ne propageait plus que mort et destruction. Les fleurs d'hibiscus semblaient avoir perdu leur couleur.

Je venais de rentrer dans le jardin quand j'ai entendu maman m'appeler.

Elle n'était plus dans la maison, mais dehors, dans un recoin tout au bout de la véranda, où les buissons projetaient sur les murs de la maison leurs ombres désolées.

Je l'ai rejointe et je me suis assise à côté d'elle sur la natte de bambou jaune et orange.

« Est-ce que le camion de ravitaillement est passé aujourd'hui ? »

J'ai secoué la tête.

Elle a soupiré. Sur son visage, cet air fatigué, désormais familier. Elle a détourné les yeux.

Au bout d'un moment, elle a repris : « Nous ne pouvons plus rester ici. Outre le fait que nous n'avons rien à manger, j'ai toujours ces cauchemars où je vois ton papa. »

C'était moins violent, à présent, pas de quoi me réveiller, n'empêche, cela continuait. Et pour rendre la situation encore plus difficile, de temps en temps, elle sentait son odeur – l'odeur de la mort, l'odeur du sang. Ce qu'elle avait sous les yeux lui rappelait sans cesse qu'il n'était plus là, ainsi ces lésions suppurantes de sève qui enveloppaient les arbres, fissures et chancres sur l'écorce. Ces petites branches sèches qui cassaient dès que le vent tournait. Cette façon qu'avaient les fleurs d'hibiscus de se flétrir à leur tour. Elle les imaginait qui suffoquaient – les arbres et les fleurs. Elle les imaginait qui se vidaient de leur vie, sans air ni souffle, exactement comme papa.

Les voix et les sons aussi lui évoquaient son absence. Pas seulement les hurlements et le fracas de la guerre ; à présent c'était aussi le sol qui craquait dans la maison, chaque craquement devenant pour elle l'écho de ses pas.

Mais comment un sol en ciment pourrait-il émettre des craquements ? me suis-je demandé, sans oser poser la question.

Durant la journée, elle apercevait des ombres, et chaque ombre avait la forme de papa. Parfois, elle voyait son visage sortir du mur pour la supplier de venir avec lui.

« Si nous restons ici plus longtemps, je vais perdre l'esprit ! » s'est exclamée maman.

Il était une fois une petite fille qui avait une idée de la façon dont le monde devrait être : des châteaux dans le village, un papa et une maman en vie, heureux, et des fleurs, de l'herbe verte qui poussait haut, éclatante.

Seulement, l'univers de cette petite fille était tout petit lui aussi, et guère représentatif du monde réel. Hélas, à cet âge, elle ne pouvait le savoir. Elle était bien trop jeune.

À présent, elle était plus âgée et commençait à comprendre qu'elle ne trouverait jamais ce qu'elle avait imaginé. Depuis quelque temps, c'était comme si les bouleversements se succédaient, l'un après l'autre. Elle était submergée.

Toutefois elle était assez grande pour savoir que tous les changements n'étaient pas mauvais. Elle était même assez mûre pour avoir conscience de cette tendance générale qu'avaient les choses à se transformer : la nuit se métamorphosait en jour, la saison des pluies en saison sèche, aujourd'hui en demain, cette année en la suivante.

Elle songeait à l'église et se disait que le changement était en vérité la volonté de Dieu, qu'il soit bon ou mauvais. Peut-être cela faisait-il partie de Son esthétique, ou de Sa vision du monde. Tout se reflétait sans doute dans cette vision évolutive. Peut-être que la métamorphose constituait la nature même de la vie. La création n'en était-elle pas la preuve parfaite ? Passer d'une masse informe à quelque chose de structuré. Du vide au plein. Séparer la lumière des ténèbres, le ciel de la terre, opérer une partition entre les eaux. Et si la mort elle-même était le fruit de cette volonté divine de changement, de même que la naissance ? Là résidait peut-être le but de la vie, et de la Bible elle-même : la transformation des choses. N'était-ce d'ailleurs pas pour ça que le Nouveau Testament avait été créé à la suite de l'Ancien, ainsi que l'avait dit le pasteur ?

Cette fille, c'était moi et, à onze ans, c'est ainsi que je raisonnais. Car de nouvelles transformations se dessinaient, et j'étais bien obligée de reconnaître que mon imagination était beaucoup plus limitée que le monde. Je ne connaissais rien d'autre qu'Ojoto. J'étais effrayée à l'idée de devoir quitter l'endroit où j'avais toujours vécu. Mais si maman était malheureuse, alors je voulais qu'elle redevienne heureuse. Et s'il fallait partir d'ici pour ça, nous partirions. Peut-être que ce changement de lieu nous serait profitable.

Quand j'étais petite et que je boudais ou piquais une colère pour Dieu sait quelle raison, maman me faisait danser avec elle et déclarait en plaisantant : « La danse chasse la colère. » Lorsqu'elle était trop furieuse contre moi pour prendre les choses à la légère et qu'il était l'heure de passer à table, elle m'obligeait à attendre pour manger en disant : « Nous devons apprendre à jeûner pour chasser la colère. » Quand venait le moment d'aller se coucher, elle m'attirait contre elle et se mettait à prier, ensuite elle expliquait : « La prière chasse toujours la colère. »

Je songeais aux façons dont je pourrais chasser la colère en dansant, en jeûnant ou en priant, quand maman a repris la parole. Dehors, des voix s'élevaient et se taisaient en alternance, des enfants criaient les uns sur les autres.

« J'ai réfléchi. Tes grands-parents – mes parents – ont une maison à Aba. Elle existe toujours. S'il y a un endroit où je puisse me réfugier, c'est bien là. »

Son regard était éteint, lointain, elle parlait d'une voix tranquille et paresseuse, comme si à tout moment ses paroles risquaient de s'évanouir. Mais elle a poursuivi ; les mots ont continué de défiler. « Quoi qu'il arrive, sois certaine qu'il ne s'écoulera pas un jour sans que je pense à toi. »

Jusque-là, j'avais tenté de faire contre mauvaise fortune bon cœur, j'avais accepté les choses telles qu'elles venaient, sans rechigner. Je m'attendais à entendre ce discours-là un jour. Seulement, à cet instant, j'ai ouvert les yeux. Je l'ai regardée, stupéfaite. « Il ne s'écoulera pas un jour sans que tu penses à moi ? »

Elle a gardé le silence, affichant un air stoïque.

Puis elle s'est détournée pour ne plus m'avoir en face d'elle et a levé les yeux vers le ciel. Le soleil était très haut, éclatant. « Je vais t'envoyer quelque part. »

J'ai senti quelque chose tomber dans ma poitrine.

À nouveau elle m'a fait face. « On raconte qu'à Aba la situation est meilleure qu'ici, mais on ne peut pas en être sûr. »

En effet, Aba était loin, à presque trois heures d'Ojoto en automobile, elle ne s'y était pas rendue depuis le début de la guerre.

« Je n'en saurai rien tant que je ne serai pas sur place. »

Il fallait qu'elle constate par elle-même dans quelle mesure Aba avait été touché par le conflit. Si c'était un désastre comme à Ojoto, m'a-t-elle expliqué, alors il lui faudrait trouver un autre endroit, et quel intérêt y aurait-il à m'emmener avec elle tant qu'elle n'était pas certaine ? Et si les destructions étaient aussi terribles que chez nous ? Si la nourriture manquait aussi cruellement qu'à Ojoto ? « Je dois te laisser au moins le temps d'aller là-bas pour voir ce qu'il en est. »

Soudain, sa voix s'est brisée, et elle s'est mise à parler plus vite, comme si elle voulait expulser tous ces mots avant d'être à bout de souffle.

Mais je savais déjà pourquoi elle se hâtait ainsi. Je savais déjà pourquoi elle manquait d'air. Le problème venait de ses paroles. Parce que, en vérité, *rien* ne l'obligeait à me laisser. Et pourtant, ce discours tombait de sa bouche, justifiant ce qui pour l'essentiel tenait du mensonge, même si ce mensonge était sincère, car c'était elle-même qu'elle tentait de convaincre sans le savoir. Il me paraissait pourtant impossible qu'elle puisse ajouter foi à ce qu'elle disait. Je le voyais aux mimiques de ses lèvres. D'un côté, la commissure tremblait pendant qu'elle parlait. Sa bouche elle-même n'était pas convaincue. Ne semblait pas croire les mots qu'elle prononçait. Et ses yeux. Elle ne pouvait soutenir mon regard.

À peine avait-elle terminé que déjà je la suppliais. J'avais perdu mon père. Comment pourrais-je supporter de la perdre elle aussi ?

J'ai secoué la tête : « Maman, je t'en supplie, non. Je veux aller avec toi. »

Mais elle était déterminée à poursuivre dans cette voie quoi qu'il arrive. « C'est nécessaire. Ça ne sera pas long, peut-être juste quelques jours, et j'ai trouvé un endroit qui peut t'accueillir en attendant, un endroit où je sais qu'on prendra soin de toi. Jusqu'à ce que je puisse venir te chercher pour à nouveau veiller sur toi. Je pense à ta sécurité, Ijeoma. Ce serait terrible pour moi de t'emmener à Aba. Qui sait ce qui pourrait t'arriver, là-bas ? »

J'ai lutté pour ravaler mes larmes, mais elles se sont mises à couler malgré moi.

« Arrête de pleurer. *Ebezina.*

— Mais maman… »

Elle m'a attirée contre elle et serrée fort dans ses bras. « Il le faut. Tu iras à Nnewi, chez un ancien ami de ton père. Le professeur et sa femme. Tu les aideras dans la maison, et en échange ils s'occuperont de toi. Je te l'ai dit, ça ne va pas être long. Crois-moi, c'est le meilleur endroit où je puisse te laisser pour l'instant.

— Mais maman, je t'en supplie ! »

Le ton a changé. « Tu ne m'écoutes pas », a-t-elle déclaré en adoptant vis-à-vis de moi une tout autre attitude : son regard est devenu sauvage, prêt à mordre, à déchirer ma chair, m'arracher les entrailles. J'en aurais presque saigné.

Elle m'a prise par les épaules et m'a dit d'une voix sévère : « Ouvre les yeux, Ijeoma ! Ne vois-tu pas que tout ça, c'est pour ton bien ? Dieu du ciel, je fais tout ça pour toi ! »

Mais elle avait beau tout mettre en œuvre pour me convaincre, je connaissais la vérité : elle s'était lancée dans toute cette entreprise pour son propre bien. En tout cas, plus pour elle que pour moi. Elle avait pris cette décision parce qu'elle était dépassée : par la vie, par la guerre, par la nécessité de s'en sortir sans mon père. Et même moi j'étais devenue un fardeau pour elle. Peu importait que je me sente perdue, moi aussi. Mon univers se limitait désormais à ma mère et, à présent, celle-ci me trahissait.

« Et si les restrictions alimentaires sont aussi rudes à Aba qu'elles le sont ici ? a-t-elle répété. Que mangeras-tu ? Tu es prête à avoir faim ? Plus encore que maintenant ? Il n'existe pas de miracles. La manne ne va pas tomber du ciel. Les bombes, oui, assez puissantes pour détruire nos cœurs, mais pas la manne. »

Je l'ai suppliée du regard avec toute la conviction dont j'étais capable. Mais même à ce moment-là, je savais bien que c'était peine perdue. Tout était déjà prévu. Sinon, comment aurait-elle pu être aussi sûre que le professeur accepterait de m'accueillir ?

Pourtant, j'ai continué à supplier. Je regardais autour de moi, désespérée, comme si je pouvais arracher à l'air l'argument décisif qui plaiderait en ma faveur, et qu'il suffise que je tombe sur le bon pour la convaincre de m'emmener. Hélas, je n'ai pas trouvé.

Elle m'a souri avec lassitude. Sa voix était grave et éraillée. « Tu te rappelles le professeur et sa femme ? »

J'ai hoché la tête, même si ce n'était qu'un fantôme de souvenir, à peine perceptible.

« J'ai la certitude que tu seras bien à Nnewi. Je suis allée m'en assurer moi-même. » Nnewi était beaucoup moins loin d'Ojoto qu'Aba, m'a-t-elle expliqué ; c'était dans le Sud également, mais seulement à dix ou douze kilomètres, ce qui faisait moins d'une heure en voiture, et à peine deux heures à pied. Si elle n'avait pu se rendre à Aba, en revanche elle était allée à Nnewi pour voir par elle-même à quoi ressemblait la situation là-bas et rencontrer le professeur et sa femme. Je me suis alors souvenue de cette journée. Elle avait prétendu aller « faire des commissions ». Apparemment, elle avait découvert que Nnewi, bien qu'assez proche d'Ojoto, connaissait un sort moins difficile, tout au moins en matière d'approvisionnement.

Mon visage ruisselait de larmes et mon nez commençait à couler. Maman a attrapé un mouchoir dans les replis de son boubou et m'a gentiment essuyée. « Ne pleure pas », a-t-elle dit. Mais elle aussi pleurait à présent. Doucement, sans que cela influe sur son souffle. Et ces larmes étaient pour moi des preuves. Pendant un bref laps de temps, elle m'a semblé lutter contre elle-même. Peut-être allait-elle changer d'avis. En cet instant, elle aurait pu renoncer à ses propres désirs au nom des miens. J'ai retenu ma respiration, pleine d'espoir. Hélas, ce moment est passé, et au lieu de revenir sur ses projets comme je le voulais tant, elle a pris mes mains entre les siennes et s'est mise à prier : *Notre Père qui êtes aux cieux, je remets mon enfant entre Vos mains. Je Vous en supplie, guidez-la et protégez-la puisque je ne le peux pas. Par le sang de Jésus-Christ. Amen.*

Elle a essuyé ses larmes, puis elle m'a dit : « Je te promets que le professeur et sa femme veilleront sur toi. »

9

Un nouveau bombardement a détruit notre église, cette construction sacrée qui avait pour objectif de préserver notre foi et notre espérance. D'abord elle a été éventrée, puis complètement rasée. La veille du jour où nous devions quitter Ojoto, l'édifice religieux et tout ce qu'il contenait ont été désintégrés, tels des morceaux de sucre qui fondent dans l'eau : plus rien de la structure d'origine ne subsistait.

Les Ejiofor sont arrivés entre onze heures et midi en cet avant-dernier jour. Sur la table étaient posés en leur honneur un saladier avec des œufs et de la pâte de pois de terre, un bidon d'eau et des tasses. Voilà tout ce que maman était parvenue à rassembler pour célébrer leur visite, mais ce n'était pas grave car ils ne devaient pas rester longtemps.

Elle est sortie pour les accueillir et a commencé par serrer Mrs Ejiofor dans ses bras. Je l'observais depuis la fenêtre du salon. « *Unu a biana ! Nno nu !* Bienvenue ! » Elle s'est écartée pour serrer à son tour Mr Ejiofor. Alors qu'elle les saluait, Chibundu a couru vers la maison, traversé la véranda et s'est précipité à l'intérieur.

« Ije ! » a-t-il appelé – c'était le surnom qu'il me donnait.

Je n'avais pas bougé.

« Pourquoi est-ce que tu viens pas habiter avec nous ? » s'est-il exclamé.

Je me suis tournée vers lui. L'arôme de la pâte de pois de terre emplissait l'atmosphère. « Maman dit que c'est déjà assez difficile pour une famille de prendre soin de son enfant sans parler de s'occuper de ceux des autres », ai-je répondu. C'étaient précisément ses mots. Lorsqu'elle m'avait annoncé que j'irais vivre ailleurs, je lui avais présenté une liste d'amis de l'école et de l'église chez qui j'aurais préféré aller, et elle m'avait rétorqué cela pour contrecarrer toute autre proposition.

« Je ne sais pas pourquoi vous ne pouvez pas rester à Ojoto, a dit Chibundu.

— Moi, je veux rester », ai-je répondu tout simplement.

Mr et Mrs Ejiofor sont entrés dans le salon avec maman. Sur le mur entre les deux fenêtres était accroché un miroir d'argent parcouru de nombreuses fissures, mais qui tenait encore. Chibundu s'en est approché, m'entraînant avec lui.

Nous sommes restés tous les deux plantés devant ce miroir. Ses parents s'étaient installés sur le canapé et se préparaient à déguster les œufs.

Chibundu a dit : « Regarde bien dans le miroir, pour nous voir ensemble. Regarde bien pour ne jamais oublier qu'on a été amis.

— Est-ce qu'on ne va pas rester amis ? »

Il me dévisageait, et soudain je me suis souvenue du jour où il avait tiré sur la ficelle de ma tresse pour défaire le nœud, alors la ficelle était partie, et la tresse s'était peu à peu défaite, ne formant plus qu'une mèche ondulée. Je m'étais mise à crier – *Regarde un peu ce que tu as fait à mes cheveux !* –, ensuite Mrs Ejiofor l'avait grondé à son tour, mais il avait levé les mains comme s'il jouait aux gendarmes et aux voleurs, et d'un air innocent il avait déclaré qu'il ne voyait pas ce qu'il y avait de grave, il avait simplement pris la ficelle parce qu'il en avait besoin pour l'engin qu'il construisait au milieu de la cour – c'est-à-dire un petit camion qu'il fabriquait avec des débris de bois.

Je ne me souviens plus de ce qu'est devenu le camion, mais ce dont je suis certaine, c'est que le Chibundu qui se tenait à côté de moi devant la glace n'était pas le même qui avait dénoué ma tresse. Il me faisait pitié, et peut-être était-ce la guerre qui avait cet effet-là sur lui.

D'instinct, je lui ai souri. Il m'a rendu mon sourire, puis a détourné les yeux en direction de ses parents au salon.

« Tu n'oublieras pas, hein ? » a-t-il demandé, mais il n'a pas attendu que je lui réponde. Il s'est approché des canapés, de la table, et je l'ai suivi. Là il s'est servi un gobelet d'eau et m'a proposé de boire avec lui : « Entre vrais amis, l'eau est douce quand on la boit ensemble. »

Nos parents bavardaient et ne nous prêtaient aucune attention. J'ai ressenti encore davantage de pitié pour lui, à le voir ainsi tant attendre de moi. J'ai pris le gobelet et j'ai bu à mon tour.

Dehors, l'atmosphère était lourde, on sentait l'odeur de la pluie, comme si l'averse était imminente. Chibundu et moi, nous sommes sortis pour aller nous asseoir sur la grosse branche d'un oranger, en bord de route.

Un peu plus loin, une femme arrivait chargée d'un plateau de pois de terre ou de noix de cajou et de miches de pain. Un homme vêtu d'une chemise d'un blanc éclatant est arrivé en zigzaguant sur son vélo de manière erratique. Nous les avons regardés, juchés sur notre branche.

« Il va la percuter ! » a dit Chibundu.

Je voyais déjà le contenu du plateau renversé, la pauvre femme se débattant pour tout ramasser.

Mais le cycliste s'est arrêté juste avant la collision et il est descendu de vélo.

« *Wetin be your problem, you dey blind ?* Tu es aveugle ou quoi ? » a crié la marchande. Elle a posé son plateau par terre et s'est plantée devant l'homme, les mains sur les hanches.

Quand les gens utilisaient le pidgin, cela signifiait que la situation était sérieuse. Cette langue familière était celle de la détente, mais aussi du conflit.

Nous les observions depuis notre perchoir, dans l'arbre. Assez proches pour voir et entendre, mais assez loin pour ne pas être vus tout de suite par les passants.

Le cycliste a dit : « Désolé », puis il a fait mine de contourner la marchande, mais chaque fois qu'il essayait de passer, elle s'interposait devant lui, bloquant la route.

« *Biko make I pass*… laisse-moi passer, a-t-il dit, impatient de poursuivre son chemin.

— Hé ! a crié la marchande en secouant la tête. *Which kain sorry be that ? You no fit say sorry proper !* C'est pas des excuses, ça !

— J'ai déjà dit que j'étais désolé », a repris l'homme au vélo dans une nouvelle tentative pour passer.

Les gens commençaient à se rassembler autour d'eux. Le cycliste a pris une profonde inspiration avant d'essayer une troisième fois, pour être retenu par la voix tonitruante de la femme dont le corps faisait toujours barrage.

C'était assez comique de voir cette grosse marchande

aux hanches larges refuser le passage à cet homme. Comparé à elle, il était en effet maigrelet, et un peu de la graisse de l'autre ne lui aurait pas fait de mal.

Chibundu a porté les mains à sa bouche et s'est mis à rire doucement devant l'absurdité de la situation, un rire atténué par la barrière de ses doigts.

Le cycliste a essayé de se faufiler sur la gauche, puis la droite, puis encore la gauche, en vain.

J'ai ri à mon tour. Peu à peu, Chibundu et moi, on s'est rapprochés sur la branche, on s'est blottis l'un contre l'autre en essayant d'étouffer nos rires. Mais bientôt, nous avons cessé de nous intéresser à ce qui se passait sur la route, et nos rires se sont tus. Chibundu me dévorait des yeux.

« Quoi ? » ai-je murmuré.

Il n'a pas répondu, a continué de me fixer.

J'ai jeté un coup d'œil à la route. Le cycliste et la marchande avaient fini par régler leur différend et s'en allaient chacun de son côté. Quand je me suis retournée, le visage de Chibundu s'était rapproché du mien et nos nez se touchaient presque.

Je savais que je ne pouvais demeurer là, ainsi perchée sur la branche, nez à nez. Il me fallait redescendre et, une fois à terre, mettre un pied devant l'autre. Un pas, puis un autre. C'était comme prendre de la chloroquine quand on avait la malaria, cuillerée après cuillerée. Il n'y avait pas d'autre possibilité, alors on s'exécutait. Sans quoi, la situation ne pouvait qu'empirer.

Seulement je n'ai rien fait.

Quelques secondes se sont écoulées. Une espèce de malaise planait. Je savais que Chibundu le ressentait aussi. Et qu'il en portait la responsabilité. Au temps pour lui. C'était bien plus sa faute que la mienne.

Mais pour quelque étrange raison, j'éprouvais le désir

de partager cette responsabilité. De le décharger de ce poids. J'étais mal pour lui – je ressentais son malaise comme si c'était le mien.

Aussi, après quelques secondes seulement, je me suis penchée et je lui ai donné le baiser qu'il attendait.

10

Les bus étaient rares, donc nous nous sommes retrouvées à l'arrière d'un pick-up.

Avant la guerre, papa dessinait des plans : il ambitionnait de devenir architecte. Pendant la journée, il était à son bureau, puis, le soir et le week-end, une fois à la maison, il passait son temps devant sa table de travail, à tracer des lignes de sa pointe de graphite sur un luxueux papier blanc ou bleu, mesurant avec soin l'emplacement des lignes verticales et horizontales. Il avait pour habitude de nous parler tout en travaillant, nous racontant quand la prochaine demeure de plain-pied ou à étage sortirait de terre, quelle en serait la taille, combien de pièces elle contiendrait. Parfois, il nous mettait sur des charbons ardents en nous parlant de la maison qu'un jour il construirait pour nous, elle serait si grande qu'elle ressemblerait à un château. « Est-ce que tu es capable d'imaginer ça, un château au milieu d'Ojoto ? » demandait-il. Maman riait et déclarait qu'ici, ce n'était pas l'Angleterre. Ojoto n'était pas un endroit où bâtir des châteaux. Mais moi, je disais à papa que j'en voulais un quand même, qu'il soit à sa place ou pas. Après tout, je rêvais bien de villages avec des châteaux. Pourrait-il en dessiner un pour moi qui soit aussi grand que le ciel, au point de le toucher, et aussi haut que le plus haut des *irokos* ? Il devrait être de la même couleur que notre maison : d'un jaune éclatant.

Quand le ciel s'assombrissait, il continuait de travailler, sa lampe à pétrole vacillait, projetant son ombre sur le mur. Il dessinait et rien n'indiquait qu'il s'arrêterait un jour.

Mais tant de bâtiments s'étaient écroulés à chaque raid des bombardiers sur Ojoto. À présent, mon père non plus n'était plus là. À présent, plus le moindre rêve de château trônant sur les terres de notre chère petite ville d'Ojoto.

Assise à l'arrière du camion à bestiaux qui nous emmenait à Nnewi, je n'avais plus qu'une seule pensée en tête : combien la maison d'Ojoto allait me manquer, ne serait-ce que parce qu'elle représentait pour moi la mémoire de papa, la façon dont il s'installait pour travailler à sa table à dessin, ou sur le canapé pour lire son journal.

Dans le *gwon-gworo*, les bancs étaient disposés en rangs, dans les allées, des gens se tenaient debout, s'accrochant aux cordes qui pendaient au plafond.

Maman et moi profitions d'un des bancs à l'arrière, donnant sur l'extérieur. Nous avions eu la bonne fortune d'obtenir ces sièges juste à temps, et nous avions d'autant plus de chance, disait maman, que nous pouvions regarder dehors. Par l'arrière ouvert, nous observions donc la route qui défilait. Les soldats biafrais marchaient, environ une douzaine de jeunes hommes en débardeurs et shorts ou pantalons kaki, une hache ou un fusil sur l'épaule. Ils chantaient tout en avançant :

Ojukwu bu eze Biafra nine
Emere ya na Aburi,
Na Aburi !
Enahoro, Yabuku Gowon, ha enweghi ike imeri Biafra !

Le Biafra gagne la guerre !
Voitures blindées, artillerie,
Combattants et bombardiers,
Ha enweghi ike imeri Biafra !

Le bord des routes était jonché de cadavres. De corps décapités. Démembrés. Partout flottait une odeur de chair en décomposition. J'avais beau avoir déjà vu et senti ces choses, le cadavre de papa constituant ma plus grosse expérience, mon estomac se révulsait. J'avalais ma salive à petits coups rapides pour lutter contre la nausée.

Les soldats ont traversé la route en chantant une nouvelle chanson.

Ayi na cho isi Gowon
Ayi na cho isi Gowon
Ayi na cho isi Gowon
Ka egbu o ya,
Ka egbu o ya, we gara ya Ojukwu.

Le camion s'est arrêté pour les laisser passer.

« Mais pourquoi est-ce qu'ils cherchent la tête de Gowon ? ai-je demandé à maman.

— Pour le tuer, a-t-elle simplement répondu.

— Pourquoi est-ce qu'ils veulent le tuer ?

— Tu n'as pas entendu la fin de la chanson ? Ils veulent le tuer pour rapporter sa tête à Ojukwu. »

Pendant le reste du voyage, les choses ont continué ainsi : d'autres cadavres, d'autres soldats en marche, d'autres chants, images et bruits typiques d'une nation en guerre.

Le camion nous a déposées sur la route principale reliant Ojoto à Nnewi, non loin du grand marché, à l'entrée d'un chemin de terre qui menait entre autres chez le professeur et sa femme. De là, nous avons poursuivi à pied.

Nous étions presque arrivées à la barrière quand maman s'est arrêtée et m'a dit : « Je te laisse continuer à partir d'ici. Ce n'est ni loin ni compliqué : c'est la première maison après le carrefour. Il y a un portail rouge. Tu ne peux pas te tromper. Le professeur t'attend. »

Depuis que nous étions parties, elle portait son sac et le mien. Pour tout bagage, j'emportais des vêtements de rechange, une paire de chaussons, un petit pot de pommade, un autre de crème pour le corps, des bâtonnets pour nettoyer les dents, une bouteille d'eau et une petite couverture.

Je l'ai regardée. Elle avait des rides sur le front. Son visage m'a rappelé celui de papa, juste avant qu'il meure dans le bombardement.

Elle m'a tendu mon sac, elle ne portait plus que le sien. De sa main libre, elle m'a attirée contre elle. Nous sommes restées blotties dans les bras l'une de l'autre, et j'ai senti le mouvement de sa poitrine lorsqu'elle a inspiré profondément. Elle m'a gardée ainsi longtemps avant d'enfin me lâcher.

Elle portait une robe multicolore et sur la tête un simple foulard noir. Là où les sandales ne les protégeaient pas, ses pieds étaient couverts de poussière et ses ongles couleur de boue.

Elle a dit : « Tu seras bien là-bas. Une mère sait toujours ce qui est le mieux pour son enfant. »

J'aurais pu protester encore une fois, mais ça n'avait plus grand sens. Jusqu'ici, mes arguments n'avaient abouti à rien.

J'ai acquiescé, puis j'ai baissé la tête et je n'ai plus vu que nos pieds, couverts de poussière jusqu'aux chevilles.

Maman m'a relevé le menton. J'ai scruté son visage grave. « Il faut faire contre mauvaise fortune bon cœur. Souviens-toi de ce que je t'ai dit. Je penserai à toi à chaque minute pendant que nous serons séparées. Je t'enverrai chercher dès que je le pourrai. »

Elle a caressé mes cheveux comme si elle voulait remettre en place des mèches folles, ainsi qu'elle le faisait avant la guerre, le matin, avant que je parte pour l'école.

« *Nee anya*. Tu dois leur montrer du respect et toujours faire ce qu'ils demandent. Tu as bien compris ?

— Oui, maman.

— Ce sont des amis très proches de ton père, presque de la famille, donc tu peux les appeler mon oncle et ma tante. Je suis sûre qu'ils apprécieront. Tu as bien compris ?

— Oui, maman. »

Elle a ouvert son sac, à la recherche de quelque chose. Dès qu'elle l'a trouvé, elle l'a sorti. C'était la vieille bible de papa, celle qu'il utilisait tous les dimanches à la messe. Elle me l'a tendue et m'a pris les mains en même temps.

« Si Dieu te donne un panier de riz… »

Je connaissais la seconde moitié de ce proverbe : « N'espère pas de la soupe. »

Elle a souri. « *Ngwa. Gawazie.* Vas-y. Ils t'attendent d'un instant à l'autre à présent, et il faut que je m'en aille pour ne pas que le camion pour Aba me laisse sur place. »

Je me suis retournée afin de me remettre en marche. Je me forçais à retenir mes larmes, je me forçais à ne pas regarder en arrière, à résister à la tentation de courir obstinément me jeter dans ses bras.

11

Le professeur était corpulent, il avait d'ailleurs la démarche d'un homme qui a toujours été gros. Sa peau était presque aussi noire que ses cheveux coupés court – il était difficile de savoir où commençait son front. Il avait un ventre protubérant, rond comme un *udu*, ces instruments de musique qu'on fabrique à partir des calebasses. La partie supérieure de son corps semblait pencher légèrement en arrière, on aurait dit qu'il luttait pour suivre le mouvement de ses pieds.

La peau de sa femme n'était pas vraiment claire, mais beaucoup moins foncée que la sienne. Par contre, elle avait les mêmes yeux brun sombre, et les cheveux longs, lissés, pas naturels comme les miens. Elle les attachait en chignon dans la nuque. Ses sourcils dessinés au crayon formaient des courbes parfaites au-dessus de ses yeux. Ses lèvres étaient rouge sombre. Alors que son corps à lui penchait en arrière, celui de sa femme était lesté à l'avant par une forte poitrine que soutenait un corps frêle.

Nous nous sommes retrouvés à l'entrée du jardin.

La femme tenait un mouchoir à la main. « C'est à cause de mon asthme », a-t-elle expliqué en commençant à tousser. La quinte passée, elle m'a demandé : « Comment vas-tu ?

— Je vais bien, ma tante. »

Le mari m'examinait, puis il a prononcé mon nom. « Ijeoma », a-t-il lancé avec enthousiasme. Et il l'a répété, comme pour le goûter.

Je regardais par terre, en songeant à la façon dont il disait mon nom. J'espérais qu'il lui plairait et qu'il ne le recracherait pas. À l'entendre ainsi, j'ai pensé que ça irait. Après tout, je décelais une certaine chaleur dans sa voix, qui me rappelait celle de papa. Mais ce n'était pas mon père. Il était obèse et maladroit, tandis que papa était mince et souple. Serait-il vraiment chaleureux comme papa, ou cet accent dans sa voix n'était-il qu'une ruse ? Cette ardeur fondrait-elle à la manière d'une bougie mangée par la flamme ?

Soudain, j'ai relevé la tête et j'ai découvert qu'il avait toujours les yeux posés sur moi. Il a prononcé mon nom une nouvelle fois. « *Ijeoma, ke kwanu ?* Bienvenue ! Comment vas-tu ? »

J'avais la bouche très sèche, comme si j'avais mangé du sable. Je me suis pourtant forcée à répondre : « Bien, mon oncle.

— Il y a si longtemps que nous ne t'avons pas vue », a renchéri sa femme.

J'ai acquiescé, puis j'ai observé le jardin autour de moi. Il était bien entretenu, cependant on y décelait aussi les ravages de la guerre : un placard en morceaux sur la véranda. À côté, des branches arrachées et ce qui me paraissait être du verre brisé. Leurs haies étaient aussi desséchées que les nôtres à Ojoto, et les feuilles de palmier qu'ils utilisaient pour camoufler le bâtiment commençaient aussi à faner.

Le professeur a repris la parole : « *Ngwa*, allons-y,

a-t-il dit d'un ton plein d'allant, comme s'il se rappelait soudain ce qu'il avait prévu pour la suite.

— Oui, allons-y », a répété son épouse.

Il nous a menés jusqu'à un bâtiment semblable à une petite maison dans le jardin situé derrière la maison. Cela ressemblait aux quartiers des domestiques, même si c'était trop petit pour l'être réellement. De toute façon, rien ne prouvait que le professeur et sa femme aient jamais eu les moyens d'employer du personnel. En chemin, il m'a présenté des excuses : « Nous n'avons pas de chambre supplémentaire dans la maison, sinon…

— Oui, nous t'aurions installée dans la maison avec nous si seulement nous avions une pièce de plus, a continué son épouse.

— Je suis sûr qu'elle comprend.

— Mais oui.

— Nous avons essayé de rendre l'endroit aussi confortable que possible. »

En haut de la porte, un cadenas. Il l'a ouvert avec une clé.

Son épouse et moi sommes restées dehors tandis qu'il portait mon sac à l'intérieur.

En ressortant, il m'a dit : « Tu seras bien, ici.

— Oh oui, tu seras bien, a renchéri sa femme.

— Et tu te comporteras bien avec nous.

— Oh oui. Tu te conduiras en bonne petite fille. Tu nous aideras dans la maison comme il se doit. Ce genre de choses. »

Elle paraissait m'observer. Au bout d'un moment, elle a dit : « Une peau dorée, de la couleur d'une papaye mûre. C'est une chance, pour une fille. Ta mère n'aura pas de mal à te trouver un mari.

— Il y a encore le temps pour ça. Mais oui, j'imagine. Quand le moment viendra. »

Elle a hoché la tête.

Ils m'ont encore examinée un moment d'une manière très gênante, puis ils sont partis.

Je me suis assise sur le matelas en mousse jaune qui désormais serait mon lit, et j'ai examiné les lieux. Loin d'être une sorte de maison en modèle réduit dotée de tout le nécessaire, il y avait une seule pièce d'un dénuement extrême. Quatre murs en ciment avec des empiècements en zinc, un plancher de bois et un plafond. Ni cuisine ni salle d'eau à l'intérieur. Peut-être s'en servaient-ils de remise avant mon arrivée. C'était une construction sommaire, tenant davantage de l'abri que du foyer. Toutefois, cela me paraissait solide.

Au bout d'un moment, je me suis allongée et assoupie. Je me suis réveillée bien plus tard, au moins quatre ou cinq heures après mon arrivée. Le soir s'était transformé en nuit noire. Personne n'était venu me chercher, ni vérifier si j'allais bien. Ou, si d'aventure quelqu'un était venu, je n'en avais rien su.

Sur la table qui me servait de bureau, une lampe-tempête et une boîte d'allumettes. J'en ai pris une et je l'ai frottée.

À l'extérieur de l'abri se trouvait une citerne. Un tuyau sortait du flanc du réservoir, menant à un robinet argenté. À côté, un seau et un morceau de savon.

J'ai ôté ma robe – je portais la marron et orange. J'ai rempli le seau et je me suis assise à côté. Près de la citerne, une plaque de ciment. Je m'y suis accroupie. Les lucioles, la lune, les étoiles et la flamme de ma lampe-tempête étaient les seules lumières qui m'éclairaient. J'ai chassé les insectes, frappé là où les mouches me chatouillaient. Puis je me suis recroquevillée comme pour me cacher, car alors que j'aurais dû me sentir dissimulée par le voile de la nuit, je devinais autre chose dans les ténèbres, un mystère qui me rendait plus vulnérable, plus nue qu'à la lumière du jour. Et c'était toujours la guerre, avec la possibilité d'un raid aérien nocturne.

Je me suis lavée en vitesse avec soin, je me savonnais et me rinçais tout en comptant pour oublier ma peur. À quinze, j'avais fini.

De retour à l'abri, j'ai enfilé ma vieille chemise de nuit, une ancienne robe de coton de ma mère qu'elle m'avait donnée des années plus tôt, parce que j'étais tombée amoureuse de ses motifs de fleurs et que je l'avais suppliée de me la céder. Naguère, elle affichait des tons éclatants de rose, jaune, bleu clair, mais à présent, en regardant de près, on voyait les trous que les mites avaient laissés partout, et on aurait dit que les couleurs avaient passé un compromis, formant un fond uni dans différents tons de beige.

Quelques mois avant le début de la guerre, maman avait décidé que la chemise de nuit était désormais trop usée pour que je continue à la porter et elle m'avait demandé de la jeter. Mais j'avais refusé.

À présent, alors que je l'enfilais, elle me rappelait maman, et papa, et Ojoto, le calme et la paix, notre vie d'avant-guerre. J'étais heureuse de l'avoir. Qu'est-ce que ça pouvait bien faire, les trous et les couleurs fanées ? Ma vie avait été mise sens dessus dessous, alors au fond, cette chemise de nuit me convenait parfaitement : c'était la tenue adéquate pour une enfant abandonnée. Car c'était bien ça : sans la protection de maman et papa, j'étais une enfant abandonnée. Dans ce cas, autant jouer à la petite fille misérable.

Je ne me suis pas rendormie tout de suite. Je me suis assise à la porte de l'abri, sur les petites marches qui menaient au-dehors. La lune brillait, l'air était empreint de fraîcheur. Les criquets chantaient. J'ai pris la bible de papa entre mes mains et j'ai contemplé le firmament en me demandant ce que faisait maman en ce moment.

Quand je me suis enfin décidée à retourner à l'intérieur, je suis d'abord restée un moment sur le pas de la porte pour m'approprier l'espace, même dans l'obscurité. J'observais la pièce à la lumière de ma lampe-tempête. Une partie du mur était de zinc et le métal encore lisse et brillant donnait l'impression de dégager aussi de la lumière. Je contemplais mon environnement en écarquillant les yeux. À nouveau, le matelas de mousse jaune. Le bureau et la table. Le reste de la pièce était nu.

Pourrais-je survivre ici ? D'ailleurs, combien de temps devrais-je rester ? Maman m'avait dit que je ne passerais pas longtemps chez le professeur et sa femme, peut-être quelques jours seulement. Quelles étaient les chances qu'il en soit ainsi ? Combien ça durait, un petit moment ? Quelques semaines ? Deux mois ? M'enverrait-elle vraiment chercher ? Et si elle m'oubliait ?

Peu importe, ai-je décidé. Si c'était là le riz que Dieu avait mis dans mon panier… il était inutile d'espérer de la soupe.

DEUXIÈME PARTIE

12

Parfois, quand je repense à l'année 1970 – l'année où ont commencé les leçons –, j'ai l'impression de tout revivre à nouveau dans ma tête : je me revois assise bien droite à la table de la cuisine avec maman, ou dans le salon, le cœur battant la chamade, mon cerveau essayant de digérer les versets en les retournant dans tous les sens pour essayer d'y comprendre quelque chose.

Je n'ai eu de cesse, depuis, d'oublier cet épisode, de faire comme s'il n'avait jamais existé, parce que reconnaître son existence reviendrait à conserver le souvenir de ma mère à l'époque où elle était convaincue qu'il y avait un démon en moi.

Mais je n'y arrive pas.

En parlant de maman. Au début de 1970, il y avait un an et demi que je ne l'avais pas revue. J'avais passé la fin de 1968, tout 1969 et le début de 1970 chez le professeur, sans que jamais elle n'ait envoyé quelqu'un me chercher. Il est vrai qu'elle ignorait combien de temps nous serions séparées. Il est vrai qu'une partie d'elle-même était persuadée que je ne demeurerais pas longtemps à Nnewi. Mais le temps passait, et le professeur et sa femme s'étaient habitués à m'avoir à leur service. Après tout, mon père n'était plus de ce monde. Il n'aurait jamais pu supporter de voir sa fille réduite à l'état de petite bonne et n'aurait éprouvé que mépris à l'égard de son ami pour l'avoir ainsi traitée. Hélas, cela n'avait plus d'importance. Il n'était plus là. Quant à ma mère, elle s'était persuadée elle-même qu'elle n'avait pas d'autre solution. Avant la mort de papa, nous appartenions à la classe moyenne supérieure, mais la vérité, c'est qu'après sa disparition, à cause de la guerre, nous avons basculé dans la pauvreté. Maman a fait la même chose que les femmes des classes populaires qui envoyaient leurs enfants travailler chez des familles plus riches. Cela avait du sens. Les gens plus fortunés prenaient en charge leurs enfants : ils les nourrissaient, leur fournissaient un abri et surtout payaient pour leur éducation.

Maman m'a souvent dit que lorsqu'elle avait reçu l'appel du professeur, elle s'apprêtait à venir me chercher. Au début, j'ai cru qu'elle mentait. Que jamais elle n'aurait osé le jurer sur la Bible. À peine l'aurait-elle approché que le livre se serait enflammé. Pourtant, après toutes ces leçons sur les Saintes Écritures – elle avait en permanence sa bible à la main –, au moindre mensonge elle aurait dû partir en fumée, ainsi donc il est possible qu'elle ait réellement songé à venir me chercher juste au moment où mon comportement l'y obligeait. Parfois ce genre de coïncidences se produit.

En un sens, tout s'est bien passé. Puisque j'avais été une bonne petite fille – à l'exception de l'incident de la fin –, puisque j'avais travaillé dur dans la maison et que je m'étais bien tenue, le professeur et sa femme ont veillé à ce que je reçoive une éducation digne de ce nom, comme l'auraient fait des gens riches. Maman m'a dit : « Tu te rappelles ce que je t'ai dit un jour au sujet de ton cerveau ? Ils tiendront leurs engagements. Ils paieront tes études, ton uniforme d'écolière, tes manuels et tout ce dont tu auras besoin pour recevoir une bonne instruction et devenir quelqu'un. Il faut que tu penses à ton avenir, c'est important. C'est la seule chose à laquelle je pensais… »

Quand je l'ai rejointe à Aba, j'ai découvert une belle petite maison couleur ivoire. Pourtant, elle n'avait pas toujours été dans cet état – ni belle ni ivoire.

À la manière dont maman le raconte à présent, on dirait un drame hollywoodien, ou un film de James Bond – il y a tant d'épisodes, et même de surprises. Pourtant, je la crois dans les moindres détails parce qu'elle a gardé de cette époque – et même de mes leçons – des souvenirs parfaitement exacts, qui n'ont jamais varié avec les années.

Elle raconte donc qu'en arrivant à Aba, il y avait des trous dans le toit de la maison, et à l'intérieur l'herbe lui arrivait jusqu'à la taille. Au début, elle n'a pas reconnu l'endroit. Elle a traversé un champ aux graminées jaunes et vertes, et après avoir suivi la route pendant six kilomètres, elle a atteint une zone plus escarpée. Elle était certaine d'être près de la maison car elle se souvenait que celle-ci était bâtie sur une élévation et surplombait presque le village. Elle a continué à marcher encore une dizaine de minutes, grimpant une pente douce, mais sans voir aucun bâtiment.

Elle a posé son sac un moment pour prendre du repos. A sorti un mouchoir pour s'essuyer le front ; elle se rappelle ce détail, dit-elle, parce qu'il s'agissait d'un vieux mouchoir de papa, brodé de la lettre U comme Uzo. Elle a alors pensé à lui.

Une femme est passée, un seau d'eau sur la tête, et maman avait beau savoir qu'elle allait la déranger, elle l'a interpellée parce qu'elle se sentait démunie, complètement perdue et désorientée, ce qui était pour elle un véritable camouflet, parce qu'elle se trouvait dans un endroit qu'elle croyait connaître, qu'elle croyait avoir toujours connu, qu'elle était née à Aba et y avait grandi.

À peine avait-elle ouvert la bouche pour formuler sa question que son regard s'est posé sur la maison. Elle était bien là, en fin de compte, à peine visible sur la pente qui se prolongeait doucement. C'était un cube de zinc usé et de ciment friable qu'on distinguait difficilement parmi la verdure luxuriante.

Elle a présenté ses excuses à la femme qu'elle avait dérangée. L'autre est repartie et maman a scruté le lieu où se trouvait la maison. Elle savait bien que la guerre abîmait tout, elle s'attendait à des déconvenues : vitres cassées, orangers et goyaviers dépourvus de fruits, leurs feuilles sèches et craquelées, l'air morts de faim. Des animaux s'étaient introduits à l'intérieur – des agoutis, des écureuils, des chèvres ou des chiens errants. On distinguait leurs empreintes dans la terre.

Elle a posé son sac. Elle venait d'entrer quand elle a vu quelqu'un, sans doute un homme, accroupi sur la droite. « *Chi m o !* » a-t-elle hurlé.

Il était presque réduit à l'état de squelette à présent, s'il ne l'était pas déjà en arrivant ici. On aurait dit que sa chair avait été dévorée, sans doute par les animaux dont elle avait vu les traces à l'extérieur.

À force de crier, elle a ameuté les habitants du village. Elle a senti leurs mains sur elle, ils essayaient de la calmer, de la soutenir. « *Rapum aka !* » beuglait-elle. Lâchez-moi ! « *E metukwana m aka !* » Ne me touchez pas !

Elle a conclu qu'Aba ne valait pas mieux qu'Ojoto,

en tout cas pas ainsi qu'elle l'espérait puisqu'elle s'y trouvait encore confrontée à la mort.

Que signifiait tout cela ? Elle était venue à Aba pour fuir tout ce qui pouvait lui rappeler la disparition de papa. Et là, elle découvrait un cadavre qui souillait l'énergie des lieux, si bien qu'à nouveau, sa maison était tout entière marquée par le sceau de la mort.

Soudain, elle s'est sentie faible, s'est mise à suer à grosses gouttes. Elle s'est accroupie pour ne pas tomber. Une femme lui a offert de l'eau. Elle l'a bue d'un trait, s'en est humecté le visage, puis elle a rendu le récipient à sa propriétaire. Elle a ensuite examiné l'intérieur de la maison. Un peu plus loin, des débris de verre jonchaient le sol.

Elle a hurlé à nouveau.

« Madame, lui a dit la femme d'une voix douce. Madame. »

Maman s'est tournée vers elle. Elle voulait lui expliquer qu'elle venait de très loin mais que la situation, ici, était tout aussi mauvaise. « Je ne peux pas rester là », a-t-elle dit. Elle s'est mise à secouer la tête et le corps de manière si étrange que la femme a dû la prendre dans ses bras pour la calmer. Plusieurs hommes se préparaient à transporter le cadavre ailleurs. Qui était cet homme ? se demandaient les gens à voix basse. Mais ils ne se sont pas longtemps posé la question. Ils l'ont emporté avec cette résignation et cette tristesse blasée des gens qui ont trop souvent vu la mort.

L'un des hommes présents a commencé à ramasser les débris de verre.

La femme qui avait réconforté maman l'a soudain reconnue. « Mais, tu n'es pas Adoara, la fille des regrettés Kenneth et Flora Amaechi ? »

Maman a acquiescé.

La femme s'est alors écriée, pleine d'enthousiasme : « Bienvenue à toi, Adaora. *Nno !*

— Mais je ne pourrai pas vivre dans cette maison…

— Ne t'inquiète pas, l'a interrompue l'autre. La terre de ton père t'accueillera. Je te le dis, ne t'inquiète pas. Tout ira bien à nouveau. Ensemble, on va tout réparer. Une personne seule ne peut pas faire bouger un éléphant, mais quand tout un village s'y met, c'est une autre histoire.

— Je ne peux pas rester là, s'est récriée maman. Comment le pourrais-je ? » Mais tout au fond d'elle-même, elle savait déjà qu'elle resterait. Sinon, où irait-elle ? Elle ne pouvait fuir indéfiniment.

C'est ainsi qu'elle est restée à Aba. Les villageois l'ont aidée à reconstruire la maison, le toit, les fenêtres, les portes. Ils ont peint les murs couleur ivoire. Taillé l'herbe à la machette, et maman a arrosé avec des bidons remplis d'eau. En guise de camouflage, ils ont recouvert la maison de feuilles de palmier. À l'intérieur, ils ont balayé et lavé le carrelage.

Ce sont eux qui l'ont aidée à remettre en état le jardin et à planter des arbres devant la maison, après la guerre. Un autre goyavier et un autre oranger. Un manguier et un papayer. Des plants d'ananas qui dressaient leurs couronnes crénelées à la surface du sol.

Ce sont eux qui l'ont aidée à dresser les quatre murs de sa petite boutique devant la maison, juste après la barrière.

Tout cela a pris du temps. « C'est pour ça que j'ai mis si longtemps à venir te chercher, dit maman pour sa défense chaque fois qu'elle me raconte cette histoire. Je ne t'avais pas oubliée. La situation est restée très difficile pendant un long moment. »

La maison était petite, composée d'un grand salon et de deux chambres. Maman en avait préparé une pour moi, l'autre lui était réservée.

Après mon arrivée, pendant une semaine, maman ne m'a pas parlé. Chaque matin, je sortais de ma chambre, je prenais mon bain et je m'habillais. J'allais à la cuisine chercher quelque chose à manger, puis je retournais dans ma chambre. Je ressortais pour le déjeuner et pour le dîner. Elle n'était jamais là. Soit elle était à la boutique, soit occupée ailleurs.

Presque une semaine s'est écoulée sans que nous échangions un mot.

Enfin, au terme de cette semaine, alors que je venais prendre mon petit déjeuner, je l'ai trouvée dans la cuisine. Elle portait une robe noire, comme si elle était en deuil. Ainsi qu'un foulard noir sur la tête.

Je me suis arrêtée à la porte, aux prises avec un vrai dilemme car j'ignorais si je devais m'en aller ou rester. Quoi que je fasse, je devrais lui témoigner du respect, ce qui signifiait pour l'essentiel que je devais commencer par la saluer.

« Bonjour, maman. »

Autour de la table de la cuisine, deux chaises sur lesquelles nous aurions déjà dû nous asseoir pour manger. Or, de toute la semaine, non seulement nous n'avions pas parlé, mais pas une fois nous ne nous étions retrouvées pour partager un repas.

Ce matin-là, elle avait sans doute décidé de m'attendre. Assise, elle touillait son thé. Elle venait sûrement de manger une tangerine, car l'odeur piquante d'agrume fraîchement pelé emplissait la pièce.

La cuisine était vaste et bien éclairée par deux grandes

fenêtres à jalousies, à présent ouvertes, qui laissaient filtrer le soleil.

Maman m'a regardée et a répondu d'un ton très solennel à mon salut.

« Bonjour, Ijeoma. » Elle s'est remise à touiller son thé.

Je suis restée à la porte. « Désolée de te déranger, ai-je dit. Je reviendrai quand tu auras fini. »

Elle a secoué la tête. Puis elle a répondu sans me regarder : « Tu peux rester. Je me disais justement qu'aujourd'hui, c'était le bon moment pour parler avec toi de certaines choses. » Elle a désigné l'autre chaise. « Viens t'asseoir. »

Je me suis approchée, j'ai tiré la chaise et j'ai pris place.

« Tu as eu une semaine pour t'installer, maintenant nous devons décider de ton emploi du temps. La tâche la plus importante à présent, c'est de s'occuper de la purification de ton âme. »

13

Au début, on s'installait ici, à la table de la cuisine, face à face. Les leçons avaient lieu le soir, après que maman avait fermé la boutique, avant le dîner.

La première fois, maman a ouvert sa bible. Page une, chapitre un, verset un. Elle a commencé :

1 Na mbu Chineke kere elu-igwe na uwa.
2 Uwa we buru ihe toboro n'efu na ihe toboro nkiti ; ochichiri di kwa n'elu obu-miri : Mo Chineke nerughari kwa n'elu miri.

1 Au commencement, Dieu créa le ciel et la terre.
2 Or la terre était vide et vague, les ténèbres couvraient l'abîme et un vent de Dieu agitait la surface des eaux.

Sa voix était douce et calme. Elle lisait à un rythme régulier, page après page, jusqu'au chapitre suivant. Je suivais sur ma propre bible, celle de papa, à mesure que nous avancions.

20... mais pour un homme, il ne trouva pas l'aide qui lui fût assortie.

21 Alors Yahvé Dieu fit tomber une torpeur sur l'homme, qui s'endormit. Il prit une de ses côtes et referma la chair à sa place.

22 Puis, de la côte qu'il avait tirée de l'homme, Yahvé Dieu façonna une femme et l'amena à l'homme.

23 Alors celui-ci s'écria :

Pour le coup, c'est l'os de mes os
et la chair de ma chair !
Celle-ci sera appelée « femme »,
car elle fut tirée de l'homme, celle-ci !

24 C'est pourquoi l'homme quitte son père et sa mère et s'attache à sa femme et ils deviennent une seule chair.

Elle a répété le dernier verset :

24 N'ihi nka ka nwoke garapu nna-ya na nne-ya, rapara n'aru nwunye-ya : ha ewe gho otu anu-aru.

Elle a dit : « *Nwoke na nwunye*. Homme et femme. Adam *na* Ève. *I ne ghe nti ?* Tu m'écoutes ? » Elle agitait son index en guise de mise en garde.

J'ai acquiescé, sans rien dire ni cesser de la regarder. Sur son visage, l'expression d'une personne qui voit peu à peu sombrer un bateau au loin. Elle semblait prête à hurler sur le capitaine, mais elle savait aussi qu'il ne pourrait l'entendre. Pas de si loin. Alors elle parlait doucement, comme si elle priait et que les prières puissent avoir davantage d'effet que les cris.

Je l'écoutais, je la voyais froncer les sourcils, serrer les lèvres, puis se détendre, serrer à nouveau, se détendre.

Juste avant de commencer, maman m'avait remis une écharpe de prière noire en me demandant de l'attacher sur ma tête. « C'est la marque de la véritable pénitence », m'avait-elle expliqué. J'ai tiré dessus à cet instant.

« *I ne ghe nti ?* Tu m'écoutes ? »

J'ai hoché la tête.

« *I na aghota ?* Tu comprends ? »

J'ai de nouveau hoché la tête.

Elle m'a souri et a tiré sur le foulard, peut-être pour qu'il cache davantage mes cheveux. Enfin, elle m'a tapoté la tête.

« Le sens profond, Ijeoma, ma chérie, c'est que si Dieu avait voulu que les choses soient autrement, Il les aurait inscrites différemment dans la Bible. »

Elle a refermé le livre et m'a dit que nous en resterions là pour aujourd'hui. La séance avait bien duré quinze minutes au total, mais j'étais si mal à l'aise que ça m'avait paru beaucoup plus long.

Elle s'est levée. A pris deux assiettes dans le placard et s'est approchée du fourneau. Elle les a remplies de riz et de ragoût, puis les a posées sur la table.

Nous avons mangé en silence ce soir-là. Ensuite, nous nous sommes retirées chacune dans notre chambre.

14

Le lendemain matin, j'ai retrouvé maman à la cuisine pour le petit déjeuner. Attablées face à face, nous trempions nos tartines dans notre thé quand elle m'a dit : « Tu sais, ce n'est pas facile de s'installer quelque part. Il m'a vraiment fallu beaucoup de temps pour que les choses ressemblent à ce qu'elles sont aujourd'hui. »

J'ai répondu que je comprenais et je l'ai remerciée, même si à l'époque je ne comprenais pas réellement ni n'éprouvais de réelle gratitude, car je souffrais encore de son abandon, de cette longue période passée chez le professeur où je me torturais l'esprit de toutes les manières possibles à tenter de m'expliquer pourquoi ma propre mère avait jugé préférable d'ainsi s'éloigner.

« Tout ce travail, et à présent nous avons notre maison à nous. Une nouvelle vie, avec des souvenirs tout neufs à bâtir. Tu sais, je ne fais plus ces terribles cauchemars désormais. »

J'entendais dans sa voix comme une supplique désespérée. À cet instant, on aurait pu croire que c'était elle, l'enfant, et moi, la mère ; elle désirait obtenir mon approbation, tentait de me convaincre des raisons pour lesquelles je devrais être fière d'elle.

« C'est bien, ça, maman. Je suis contente que tu n'aies plus de cauchemars.

— Ce n'est quand même pas de chance, a-t-elle ajouté en regardant sa tasse d'un air déprimé. Si seulement j'avais fini plus tôt de tout installer, j'aurais pu empêcher… » Sa voix s'est tue.

Je l'ai considérée, sans rien dire.

Elle a levé la tête et ajouté avec une gaieté feinte :

« J'ai envie de préparer de la soupe de gombo pour ce soir. Je n'en vends pas à la boutique. Tu voudrais bien aller en acheter au marché ? »

J'ai acquiescé.

« Le marché n'est pas loin. Tu suis notre chemin, tu prends à droite la route principale et là tu apercevras le clocher de l'église. Suis cette direction et, au bout de deux kilomètres, tu commenceras à voir le marché – des abris en zinc, des parasols, des objets suspendus sur les étals des vendeurs. »

Nous avions fini notre thé et nos tartines.

« *Oya*, je file à la boutique », a-t-elle dit en se levant. Elle a attrapé son sac à main sur le comptoir, près de là où elle était assise.

Je me suis levée à mon tour pour débarrasser, j'ai ramassé les tasses et les soucoupes et je suis allée les poser dans l'évier.

Je n'avais pas encore commencé la vaisselle quand maman a dit : « Je voulais te dire depuis un moment combien je suis désolée de t'avoir laissée là-bas si longtemps. »

Je me suis retournée face à elle. Elle tenait son sac, où elle cherchait de l'argent pour les gombos. Après l'avoir trouvé, elle est restée plantée là, son sac dans une main, l'argent dans l'autre. Enfin, au lieu de se contenter de me donner l'argent, elle s'est approchée et m'a serrée contre elle. « Je suis vraiment, vraiment désolée », a-t-elle dit.

Ma première pensée a été : c'est bizarre d'être ainsi, dans les bras de maman. Il existait à présent entre nous une distance qui n'était pas là auparavant, même lorsqu'elle m'avait enlacée la première fois en venant me chercher chez le professeur. Je sentais une tension. C'était ma mère, et j'aurais dû m'abandonner à son étreinte, me délecter d'être ainsi dans ses bras, comme le jour où elle était apparue chez le professeur, comme autrefois, avant qu'elle me laisse là-bas. Mais à présent, c'était différent. À cet instant, elle avait davantage l'air d'une tutrice ou d'un symbole de maternité que d'une vraie mère – de ma maman à moi, il ne demeurait plus que l'enveloppe extérieure.

Au loin, dehors, un moteur vrombissait, et j'ai cru entendre une chèvre bêler. J'ai passé mes bras autour d'elle, mais je n'ai pu réellement me laisser aller, et je suis resté plantée là, aussi raide qu'un piquet.

Quand enfin elle m'a lâchée, elle a sorti un mouchoir des replis de son boubou et s'est essuyé les yeux. « Si tu as besoin de quelque chose, je serai au magasin. N'aie pas peur de t'y arrêter. Tu peux entrer. »

J'ai acquiescé.

Elle est allée jusqu'à la porte. Là, elle s'est arrêtée et s'est retournée une fois encore. Elle a semblé m'examiner un moment.

« N'oublie pas que ce soir, nous reprenons notre étude de la Bible. »

Je n'y pensais déjà plus, mais j'ai répondu. « Non, maman, je n'oublierai pas. »

En chemin vers le marché, je me suis arrêtée à l'église. C'était vendredi ; depuis mon retour, l'office du dimanche n'avait pas encore eu lieu. J'ai donc eu envie de me familiariser avec l'endroit, puisque j'étais tout près.

Je suis entrée et j'ai pris place sur l'un des bancs face à l'autel, d'où je voyais toutes les petites décorations sur les étagères qui longeaient le mur par-derrière : des fleurs jaunes et rouges, des bouteilles en verre et en céramique, une pile de bibles et autres livres.

Amina et moi n'avions accompagné le professeur et sa femme à l'office qu'occasionnellement. Les tâches ménagères passaient toujours avant.

Assise dans cette église d'Aba, ce jour-là, je n'ai pu m'empêcher de songer combien le service religieux m'avait manqué, et même le simple fait de me trouver en ce lieu saint.

Il n'y avait personne. L'endroit s'en trouvait d'autant plus empreint de sacré : c'était comme un vide mystique, le genre d'espace qui évoquait pour moi l'écho d'une voix. J'ai alors repensé à ces passages de la Bible où l'on raconte que Dieu a parlé. Et s'Il s'adressait à moi maintenant, que dirait-Il ?

Quelles que soient Ses paroles, Sa voix résonnerait certainement. Peut-être était-ce la raison de tout cet espace vide dans l'église. Amplifier la voix de Dieu à nos oreilles et en nous. Dans nos cœurs.

Soudain, j'ai éprouvé le besoin impérieux de prier. Je voulais demander pardon pour ce que j'avais fait à Nnewi. Pas un jour ne s'était écoulé sans que j'y repense. Pas un jour ne s'était écoulé sans que cela me manque terriblement, sans que je veuille recommencer. Mais pour l'heure j'étais assise dans une église, et pour la première fois j'étais terrassée par la culpabilité. Je voulais que Dieu m'aide à ne plus penser à Amina et me remette dans le droit chemin. Je souhaitais qu'Il me guide, que Ses paroles résonnent en mon cœur. J'ai ouvert la bouche pour prier, hélas, les mots ne sont pas venus. On aurait dit qu'ils demeuraient coincés dans ma gorge. J'ai essayé, encore et encore. En vain. Au bout d'un moment, je me suis levée et je suis rentrée chez moi.

Ce soir-là, nous avons lu la Bible comme la veille, maman lisant à voix haute tandis que je suivais sur mon propre exemplaire.

Nous n'avions pas prié la première fois, mais ce soir-là, à la fin de la lecture, elle m'a dit : « Nous allons adresser une prière à Dieu. »

Alors elle s'est levée de sa chaise pour s'agenouiller devant. Je l'ai imitée. Elle a posé les coudes sur le siège, et j'ai fait de même.

« Notre père qui êtes aux cieux, protégez cette enfant qui est la mienne du démon venu ravir son âme innocente. *Zoputa ya n'ajo ihe.* Protégez-la des démons qui cherchent à la condamner aux enfers. Ne la soumettez pas à la tentation. *E kwela ka o kwenye na nlanye.* Donnez-lui la force de résister et d'accomplir Votre volonté. Que son cœur se souvienne des leçons que Vous lui avez enseignées, la leçon de nos origines, d'Adam et Ève. »

Mon esprit par moments ne suivait plus, je songeais à ce que nous avions lu, à la Genèse, à Adam et Ève, à Amina et moi, et tout cela me perturbait.

Maman a continué ainsi, suppliant Dieu, implorant sa pitié et sa protection. Enfin, elle a déclaré : « Que Votre volonté s'accomplisse sur la terre comme au ciel. *Ka e mee uche Gi n'uwa ka e si eme ya n'eluigwe.* »

Elle a soufflé. J'ai soufflé à mon tour.

« Amen ! » a-t-elle achevé d'un ton très ferme, comme si elle jurait.

À cet instant, une grande faiblesse m'a envahie. J'ai ouvert la bouche pour dire amen mais c'était un vrai combat, une lutte pour parvenir à répéter ce mot minuscule après elle.

15

« Tu ne comprends pas ? C'est cette façon de vivre qui a entraîné la destruction de Sodome et Gomorrhe, la même chose que vous avez commise, toi et cette fille – comment s'appelle-t-elle déjà ? »

Nous en étions encore à la Genèse. Maman s'attardait sur l'histoire de Sodome et Gomorrhe.

Deux anges étaient venus visiter la ville de Sodome, et Lot les avait persuadés de passer la nuit chez lui. Mais les hommes de la cité vinrent frapper à sa porte en exigeant de voir ces étrangers. *Montre-les-nous pour que nous fassions leur connaissance.* Lot refusa. À la place, il leur offrit ses deux filles vierges pour qu'ils en usent comme bon leur semblait, du moment qu'ils ne touchaient pas aux deux étrangers, qu'ils ne leur faisaient pas de mal.

« Lot était un homme bon, a dit maman. Hospitalier. Il voulait protéger ses hôtes du péché.

— Mais il a offert ses deux filles aux Sodomites pour qu'ils en usent comme bon leur semblait. En quoi cela le rend-il bon ?

— L'essentiel est que Lot les ait protégés de cette chose terrible contre laquelle la Bible nous met en garde.

— Quelle chose terrible ?

— Que l'homme couche avec l'homme, a-t-elle répondu en soupirant d'un air irrité.

— Et c'est ça, la leçon que nous devons tirer de cette histoire ? »

Elle a levé les yeux au ciel mais n'a pas commenté.

« Peut-être que c'était une leçon sur l'hospitalité », ai-je repris d'une voix douce, malgré mon agacement. Toutefois, je ne voulais pas provoquer maman davantage. « L'idée qu'il puisse risquer ses propres biens et mettre en danger sa famille pour protéger ses invités. Ça pourrait être un simple enseignement sur l'hospitalité.

— Ce n'est pas le cas. Tout le monde sait quelle leçon tirer de cette histoire. L'homme ne doit pas coucher avec l'homme, et s'il le fait quand même, il sera détruit. Voilà pourquoi Dieu a détruit Sodome et Gomorrhe.

— Ça ne pouvait pas être parce qu'ils étaient égoïstes, inhospitaliers et violents ? C'était forcément pour cette autre raison ?

— Oui, a répondu maman. C'était pour cette autre raison. Ça n'aurait pas pu être pour un autre motif. »

16

Lévitique 18

22 Tu ne coucheras pas avec un homme comme on couche avec une femme. C'est une abomination.

À présent, les leçons avaient lieu non plus dans la cuisine mais au salon. Nous nous asseyions par terre, entre le canapé vert pâle et la petite table en bois, nos bibles à la main.

« Qu'est-ce que ça veut dire, "abomination" ? ai-je demandé.

— C'est simple : c'est quelque chose de dégoûtant, de dégradant, de scandaleux, quoi.

— Mais qu'est-ce qu'il y a de dégoûtant, de dégradant et de scandaleux à coucher avec un homme comme avec une femme ? Est-ce que la Bible l'explique ?

— Le fait que la Bible dise que c'est mal est une raison suffisante. En plus, comment les gens pourraient-ils croître et se multiplier s'ils se comportent de cette manière ? Ce détail suffit à créer le scandale : le fait que cet acte ne permet pas la procréation. »

J'en savais suffisamment pour avoir compris que le professeur et sa femme ne pouvaient pas avoir d'enfants. Qu'il existait d'autres hommes et femmes, maris et épouses, qui ne parvenaient pas à concevoir, eux non plus. « Mais même entre un homme et une femme, la procréation n'est pas toujours possible. Est-ce que c'est aussi une abomination ? ai-je demandé. Et s'ils n'y peuvent rien ?

— Dieu a prévu que ce soit l'œuvre d'un homme et d'une femme. Voilà comment les choses doivent être, alors oui, c'est une abomination quand il ne s'agit pas d'un homme et d'une femme. Et c'est une abomination si un homme et une femme ne peuvent pas concevoir un enfant. »

J'ai eu l'impression que ma tête allait exploser. Réalisait-elle ce qu'elle disait au sujet du professeur et de sa femme, et de tous les autres couples dans la même situation ? J'avais la sensation qu'un million de questions me tournaient dans la tête, hélas elles étaient d'une nature qui aurait exaspéré maman encore davantage. J'aurais pu quand même tenter de les poser, mais elles ressemblaient à de minuscules bulles dans mon esprit. Je les sentais flotter, mais soit elles étaient encore trop embryonnaires pour avoir un sens, soit elles étaient trop fluctuantes, et je ne parvenais pas à les cerner avec assez de précision.

Maman a continué. Lévitique 19.

19 Vous garderez mes lois.

Tu n'accoupleras pas dans ton bétail deux bêtes d'espèces différentes, tu ne sèmeras pas dans ton champ deux espèces différentes de graines, tu ne porteras pas sur toi un vêtement en deux espèces de tissu.

« Tu comprends en quoi cela s'applique à toi et cette fille ? »

J'ai secoué la tête.

« Très bien. Et si on lisait ce passage encore une fois ? On verra si tu ne comprends toujours pas. »

Elle l'a donc relu.

« Alors ?

— Maman, je ne sais pas.

— Je vais t'aider. Tu es une Igbo. Cette fille est une Haoussa. Même si c'était un garçon, tu ne comprends pas qu'Igbo et Haoussa, ça revient au mélange des graines ? Tu ne comprends vraiment pas ? Ce serait contraire aux commandements de Dieu. » Elle a marqué une pause. « Et puis, tu n'as pas oublié ce qu'ils nous ont fait subir pendant la guerre ? Tu te rappelles ce qu'ils ont infligé au Biafra ? Ce sont les siens, le peuple de cette fille, qui ont tué ton père. »

Elle a posé sa bible ouverte au centre de la table et s'est levée pour aller à la cuisine.

J'ai regardé sa bible. Il y avait des notes partout dans les marges, en igbo et en anglais. De petits morceaux de papier étaient coincés entre les pages. Il y avait aussi des inscriptions sur ces feuilles minuscules. Les notes dans les marges étaient peut-être anciennes, mais je voyais bien que sur les morceaux rajoutés, elles étaient récentes, censées la guider. Tout cela pour mon bien.

Elle est revenue de la cuisine avec deux verres d'eau qu'elle a posés au milieu de la table, à côté de la bible. Elle s'est assise, a bu une gorgée et m'a donné mon verre.

17

Avant la guerre, papa me racontait des histoires à la lumière de la bougie, des récits de royaumes anciens où les animaux parlaient. Sa voix du soir, rauque après ces heures de silence passées à sa table de travail, me parlait de rois et de reines, de tambours magiques, de tortues et de lièvres pleins de ruse.

Un jour, je l'ai interrogé à propos de ces animaux – pourquoi ne parlaient-ils pas et ne se comportaient-ils pas dans la vraie vie comme dans les contes ? –, alors il a basculé dans un doux état second ; il avait l'air de méditer. Pourtant ses yeux restaient vifs et brillants, ils reflétaient toute l'énergie et la passion que son visage dissimulait. Il m'a parlé d'allégories, de propre et de figuré. Il m'a expliqué que certaines choses en symbolisaient d'autres, que telles histoires étaient des allégories de telles situations dans la vie.

« C'est quoi, une allégorie ? » ai-je demandé.

Il a plongé plus avant dans ses réflexions. C'était un homme qui aimait se prélasser dans ses pensées. Parfois, il paraissait se perdre dans les méandres de son esprit. Ce jour-là, il m'a répondu : « Une colombe peut être de manière littérale un simple oiseau. Mais elle peut aussi être le symbole de la paix, et parfois de quelque chose d'encore plus vaste que la paix. Une allégorie, c'est un symbole. Une chose qui en représente une autre. Ça peut être un petit truc tout simple, une colombe par exemple. Mais toujours, ça sert à illustrer quelque chose de grand, une idée plus importante, un concept si considérable que nous ne saisissons pas toujours la pleine étendue de son sens. »

Nous sommes arrivées au livre des Juges. Chapitre 19. Maman lisait les mots calmement, à croire que Dieu était physiquement présent avec nous dans la pièce et qu'elle Lui devait obéissance.

1 En ce temps-là – il n'y avait pas alors de roi en Israël –, il y avait un homme, un lévite, qui résidait au fond de la montagne d'Éphraïm. Il prit pour concubine une femme de Bethléem de Juda. 2 Sa concubine se fâcha contre lui et le quitta pour rentrer dans la maison de son père à Bethléem de Juda, et elle y demeura un certain temps, quatre mois. 3 Son mari partit et alla la trouver pour parler à son cœur et la ramener chez lui ; il avait avec lui son serviteur et deux ânes. Comme il arrivait à la maison du père de la jeune femme, celui-ci l'aperçut et s'en vint tout joyeux au-devant de lui. 4 Son beau-père, le père de la jeune femme, le retint et il demeura trois jours chez lui, ils y mangèrent et burent et ils y passèrent la nuit.

Le père et le lévite se mirent à discuter du prix de la concubine, et celle-ci fut forcée de repartir avec le lévite. Sur le chemin du retour, ils passèrent par la ville de Gibéa, où la plupart des habitants étaient des vauriens. Une des nobles âmes de la ville offrit l'hospitalité aux étrangers afin de les protéger. Mais avant la fin de la nuit, les autres hommes de la ville vinrent frapper à la porte de ce bon citoyen en exigeant qu'on leur livre le lévite pour le violer. L'hôte les supplia de n'en rien faire et leur proposa même sa propre fille à la place.

Plutôt que de subir un tel sort lui-même, le lévite offrit sa femme aux hommes de la ville. Jusqu'au petit matin, les habitants abusèrent donc de la jeune femme. Quand ils en eurent fini avec elle, elle s'écroula devant la porte de son hôte. Au matin, le lévite sortit et la poussa pour qu'elle se lève et qu'ils puissent ainsi repartir. Elle ne bougea pas. Ennuyé, il la jeta sur son âne et c'est ainsi qu'il la ramena. De retour chez lui, il la démembra et la coupa en morceaux qu'il expédia dans tous les territoires d'Israël.

Nous étions dans le salon, installées par terre, devant la table basse.

« Réfléchis bien à cela », a dit maman après sa lecture.

C'était une histoire chaotique. Je ne savais pas très bien à quoi elle voulait que je réfléchisse. « À quoi je dois réfléchir ?

— Tu ne vois pas en quoi cela s'applique à toi ? »

Je n'en avais pas la moindre idée, mais j'ai toutefois essayé de considérer les choses de son point de vue, tenté de poursuivre une réflexion plus approfondie. J'imaginais toute la scène dans ma tête. L'image terrible du viol, de la pauvre jeune femme gisant inconsciente devant la porte, puis jetée sur le dos de l'âne par le lévite. L'image horrible de cet homme découpant sa femme en douze morceaux. Voilà ce qui me venait à l'esprit. Quelle partie de cette histoire pouvait-elle s'appliquer à moi ?

J'ai étiré mes jambes sous la table et répondu : « Maman, je ne comprends pas ce que tu me demandes. *A ghotaghi m.*

— Qu'est-ce que tu ne comprends pas ? Tu ne comprends pas pourquoi ces hommes ont offert les femmes à la place des hommes ?

— Non, je ne vois pas pourquoi. »

Au bout de quelques instants, j'ai réalisé qu'enfin, je comprenais. La raison m'a soudain paru évidente. « Oui, maman, ça y est, je comprends. Ces hommes ont offert les femmes parce que ce sont des lâches de la pire espèce. Quel genre d'hommes offriraient leur femme et leur fille pour qu'elles soient violées à leur place ? »

Maman m'a dévisagée en écarquillant les yeux et, d'un ton très calme, elle m'a dit : « Ijeoma, tu n'as rien compris.

— Comment ça ?

— Mais tu ne vois pas ? Si ces hommes s'étaient livrés, cela aurait été une abomination. Ils ont proposé les femmes pour que les choses soient ainsi que Dieu les a voulues : l'homme avec la femme, et non l'homme avec l'homme. Tu comprends, maintenant ? »

Je sentais la migraine resserrer son étau dans ma tête. Mon cœur battait la chamade, stupéfait par les paroles que maman venait de prononcer. Elle avait dit exactement la même chose à propos de l'histoire de Lot. On aurait dit qu'elle était obsédée par cette histoire d'abomination. Comment pouvait-elle réellement croire que c'était là la leçon à tirer de cette horrible fable ? Qu'en était-il de toute cette violence et de ces viols ? Elle devait quand même comprendre que les choses étaient plus complexes que cela ? Pour moi, tout cela n'avait aucun sens.

Je me suis dit : et si toutes ces histoires n'étaient en réalité que des allégories représentant un enseignement plus ardu à comprendre, difficilement accessible au premier abord ?

En plus de nos leçons, j'accompagnais désormais maman à l'église le dimanche. Comment se faisait-il que jamais ces questions ne soient posées ? D'ailleurs, comment était-il possible que personne ne pose jamais la moindre question ? Au lieu de cela, la congrégation entière acquiesçait et répondait « Amen » à tout ce que disait le père Godfrey, les fidèles applaudissaient sans jamais demander la moindre explication. J'aurais aimé que papa soit là, pour connaître son avis. Je m'interrogeais sur ce que dirait le père Godfrey si jamais je lui soumettais mes questions. Saurait-il seulement me répondre ? À quel point les prêtres faisaient-ils semblant de savoir ?

J'ai regardé maman et je lui ai dit : « Maman, la Bible est pleine d'histoires. Peut-être que ce sont seulement des allégories d'autres choses.

— Tais-toi. La Bible est la Bible, on ne la remet pas en cause. Ce qu'on lit dedans, c'est ce qu'on doit en retirer. »

Un peu plus tôt, maman était allée nous chercher des verres d'eau. Ils étaient posés là, sur la table, un pour moi, un pour elle. Nous n'y avions pas encore touché.

J'ai ouvert la bouche à nouveau pour lui demander si elle savait ce qu'était une allégorie. Mais cette fois, elle avait dû me voir venir. Elle a pris le verre d'eau et me l'a tendu. « Tiens. Bois un peu. »

Je me suis rendu compte que j'avais soif, alors j'ai pris le verre et j'ai bu.

Elle m'a observée. Quand j'ai eu terminé, elle a repris : « Très bien. Nous n'avons pas le temps de nous arrêter. Nous devons poursuivre. *Osiso-osiso.* » Elle a avalé une gorgée en vitesse, a tourné la page de sa bible et poursuivi sa lecture.

18

L'idée que les histoires racontées dans la Bible puissent être des allégories commençait à s'enraciner en moi. Une nuit, allongée seule dans ma chambre, je me suis mise à penser à toutes sortes de choses. Si mon esprit était une de ces vieilles balances, comme celle qui symbolise la justice, avec un plateau représentant le bien et l'autre le mal, alors les deux seraient en équilibre. Toutes ces séances d'étude ne m'avaient fait aucun bien ; en réalité, cela creusait le fossé entre ce que je ressentais dans mon cœur et ce que maman et le professeur pensaient. Les histoires racontées dans la Bible revêtaient de moins en moins d'importance à mes yeux car plus nous avancions, plus il me semblait impossible de comprendre ce que Dieu voulait vraiment dire.

Pourtant, je tenais à savoir. Je me suis relevée pour m'agenouiller au bord de mon lit, car soudain il m'est apparu que je pourrais peut-être trouver des réponses si j'essayais à nouveau de prier seule. Peut-être Dieu me parlerait-Il. Peut-être Sa voix descendrait-elle en moi pour m'apporter des réponses.

Je sortais juste d'une leçon avec maman. Le foulard que je portais pendant ces séances était complètement défait, et mes tresses s'égaillaient en tous sens sur mes épaules. Je les rassemblais en nouant le foulard autour quand mon esprit est revenu à Adam et Ève.

Cette pensée m'a tout à coup traversée : certes, il y avait Adam et Ève. Et si jamais cette histoire était simplement la seule qui soit parvenue jusque dans la Bible ? Dans ce cas, pourquoi exclure la possibilité d'un certain Adam avec un autre Adam, ou d'une certaine Ève avec une autre Ève ? Le simple fait que l'histoire se concentre sur cet Adam-là et cette Ève-là ne signifiait pas que toute autre possibilité soit interdite. Ce n'était pas parce que la Bible s'était attachée à une série d'événements précis, à une histoire spécifique, que cela invalidait ou discréditait toutes les autres histoires, toutes les autres séries d'événements. D'accord, la femme avait été créée pour l'homme. Mais en quoi cela excluait-il le fait qu'elle ait pu être aussi créée pour une autre femme ? De même que l'homme pour un autre homme ? Les possibilités étaient infinies, et chacune d'entre elles tout à fait possible.

Je m'interrogeais sur la Bible dans son ensemble. Peut-être toute cette histoire était-elle celle d'une certaine culture, caractéristique d'un lieu et d'une époque précis, ce qui rendait les choses difficiles à comprendre pour nous aujourd'hui, et encore moins applicables. Par exemple l'Exode. *Tu ne feras pas cuire un chevreau dans le lait de sa mère.* Le Deutéronome le dit aussi. Mais qu'est-ce que cela pouvait bien signifier ? Quelle valeur cela avait-il pour les gens de l'époque ? Est-ce que bouillir un chevreau dans le lait de sa mère était une métaphore pour condamner le manque de sensibilité, le fait d'avoir un cœur de pierre ? Ou était-ce une référence à un rituel ancien que plus personne n'accomplissait aujourd'hui ? N'empêche, c'était là, dans la Bible, susceptible d'être interprété de toutes les manières qui plaisaient aux gens.

Et si Adam et Ève n'étaient que des symboles de l'amour entre les êtres humains ? Qu'Ève, différente d'Adam dans le sens où elle était une femme, n'était que l'instrument par lequel Dieu signifiait que cet amour ne pouvait s'obtenir que par l'entremise d'une tierce personne, autre que soi-même ? Et s'il n'y avait là rien d'autre à comprendre ? C'est vrai ça, pourquoi pas ? À présent, je savais bien qu'il y avait au moins quelques allégories dans la Bible : celles qui étaient identifiées en tant que telles. Par conséquent, pourquoi d'autres histoires racontées dans la Bible, comme celle d'Adam et Ève, ne pourraient-elles pas tenir de l'allégorie, elles aussi ? En effet, si l'on voulait tout prendre au pied de la lettre, qui Caïn avait-il épousé, puisque seuls Adam, Ève, Caïn et Abel existaient à l'époque ? Si l'on s'en tenait au sens le plus littéral, qui Dieu mettait-Il en garde contre tout désir de vengeance envers Caïn ? Qui y avait-il d'autre sur terre à prévenir, à part Adam et Ève, les propres parents de Caïn, qui n'avaient visiblement aucune intention de tuer leur fils ? Il devait bien exister d'autres êtres humains, c'est sûr, et Adam et Ève ne constituaient qu'un exemple, une représentation symbolique de l'ensemble.

J'étais très excitée par mes idées. Depuis que nous avions commencé à étudier la Bible, j'avais le sentiment d'être perdue dans le désert, assoiffée, ne sachant où aller. Soudain, j'avais trouvé un robinet où m'abreuver. La joie de cette découverte m'a envahie. Mon premier mouvement a été de me précipiter vers maman pour tout lui expliquer. Cela pourrait certes tourner à la querelle, mais il fallait qu'elle sache qu'il y avait bien plus dans la Bible que la simple interprétation qu'elle en tirait. J'ai couru vers la porte.

À peine l'avais-je atteinte que je me suis ravisée. Mieux valait pour moi taire mes théories à maman. Quel bien cela m'apporterait-il ? Elle pourrait estimer que je me rebellais contre elle et contre Dieu, et décider de passer à deux leçons par jour.

Je suis donc restée plantée devant la porte, et puis j'ai fini par retourner dans mon lit.

19

Nous arrivions à la fin de l'Ancien Testament, au livre de Malachie. Maman venait de terminer par la prière de clôture. Elle était appuyée à la table basse, bras croisés. Son visage affichait une expression horrible, sourcils froncés, comme si le soleil était descendu du ciel à travers les fenêtres à jalousies pour l'attaquer.

Elle ne me regardait pas et tripotait les coins de sa bible. Enfin, elle s'est retournée et m'a parlé. D'un ton très calme, elle a murmuré : « Tu penses encore à elle ? »

Cette question m'a surprise. J'ai baissé la tête en me demandant si je pouvais feindre de ne pas avoir entendu. Mais elle ne m'a pas laissé le choix. Elle m'a posé la question à nouveau en ajoutant un détail supplémentaire : « Tu penses encore à elle *de cette manière* ? »

La réponse était très simple : bien sûr que je pensais encore à Amina. Et *de cette manière*, évidemment. Comment aurais-je pu m'empêcher de penser à une personne avec qui j'avais passé autant de temps ? Certaines nuits, je rêvais d'elle si fort qu'en me réveillant, j'avais l'impression que la réalité était un rêve, et le rêve, la réalité : Amina partant faire les commissions avec moi, Amina lavant des vêtements avant de les suspendre pour qu'ils sèchent, Amina coupant du bois, ou m'accompagnant pour aller chercher de l'essence.

Amina et moi nous lavant au robinet en nous regardant les yeux dans les yeux. Amina et moi sur le matelas que nous partagions, nos souffles se mêlant dans le petit espace qui nous séparait.

Je n'ai pas eu la présence d'esprit de répondre autre chose que la vérité. J'ai regardé maman dans les yeux et j'ai acquiescé. « Oui, je pense toujours à elle. » Et puis : « Oui, je pense toujours à elle de cette manière. »

Soudain, maman s'est levée en criant des choses au sujet de la prière et du pardon tout en agitant les bras. Ensuite elle a empoigné le col de ma robe.

Elle hurlait : « À genoux maintenant ! J'ai dit, à genoux ! »

Je me suis exécutée, en silence, car j'étais incapable de dire un mot. Mon esprit était trop occupé pour que je puisse parler – il tentait de retracer les étapes qui m'avaient conduite à commettre cette bévue, s'attardait dessus, les méditait. Je ressassais ma stupidité, ne comprenais pas pourquoi je ne lui avais pas donné une réponse plus maligne – moins franche.

« Prie ! criait-elle. Tu dois demander pardon à Dieu pour tes péchés, et surtout pour celui-là. Est-ce que je ne t'ai pas dit de prier ? Pourquoi tes lèvres ne remuent pas ? Pourquoi aucun son ne sort de ta bouche ? Prie, je te dis ! Mon enfant ne portera pas en elle ces désirs malsains, malsains ! Leur simple présence en toi est un terrible manque de respect envers Dieu et envers moi ! »

Elle a continué à vociférer ainsi, et pendant tout ce temps, je ne pouvais que la regarder en écarquillant les yeux. Enfin, j'ai voulu me lever, mais elle m'a crié de rester à genoux. « À genoux ! » glapissait-elle en haletant, comme hors d'haleine.

Je me suis exécutée.

Elle a posé les mains sur ma tête, en appuyant bien pour que je me tourne vers la table.

« Seules tes propres prières pourront te sauver à présent. J'ai prié pour toi autant que je le pouvais. À ton tour maintenant. Seul le Seigneur peut te sauver. »

J'ai enfoui mon visage dans mes mains en fermant les yeux. Je suis restée ainsi, perdue dans mes pensées, en souhaitant de toutes mes forces qu'il existe un moyen de remonter le temps pour changer la réponse à l'origine de cette déflagration.

« Prie ! » criait-elle toujours.

À ce stade, j'aurais pu prier. Je le voulais, même, si seulement la prière pouvait calmer les choses. Mais mon esprit était incapable de trouver les mots qu'il fallait. Tous ces hurlements, tous ces ordres ne cessaient de se faire écho dans ma tête.

À genoux !

Prie !

Péché !

Terrible manque de respect !

Seul le Seigneur peut te sauver !

Il m'a fallu un moment pour me rendre compte que je n'entendais plus sa voix. Alors seulement j'ai ouvert les yeux. Maman n'était plus là.

Je suis restée à genoux encore un moment. Je m'attendais à ce qu'elle revienne incessamment, mais les minutes passaient, et au bout d'environ une demi-heure, je me suis levée, je suis sortie par la porte principale sur la véranda, j'ai fait le tour de la maison, et je suis revenue dans la cuisine par la porte de derrière. Aucun signe de maman.

J'ai pris le chemin qui menait à la boutique. La porte

était fermée avec une chaîne de métal. Je savais qu'elle ne pouvait être là.

Je suis revenue chez nous. Je me suis assise par terre, là où elle m'avait laissée, et j'ai attendu.

Environ une heure a dû s'écouler.

Bruit métallique venant de la porte d'entrée. Des clés qui tintent, une poignée qu'on tourne, pif, paf, des objets qui cognent contre le mur.

Maman est entrée avec un pichet en céramique. Il était rouge et mat, peint à la main, comme si la couleur avait coulé goutte à goutte, pareille à du sang qui dégouline.

Elle s'est approchée tout près, me surplombant. Puis elle s'est agenouillée. Elle dégageait une odeur d'encens. Sa voix était faible, presque penaude : « J'ai réfléchi. Ce n'est pas toi. »

Je me suis retournée d'un seul coup.

« Non, ce n'est pas du tout toi. Il n'y a pas de mal en toi. C'est le démon qui fait que tu te comportes ainsi. »

Elle a posé le pichet par terre, près de la table.

« *Ngwa*, mets-toi à genoux », m'a-t-elle demandé d'un ton beaucoup plus calme qu'auparavant.

J'ai obéi.

« Baisse la tête et ferme les yeux. »

Elle a appliqué ses mains sur ma tête.

« Au nom de Dieu tout-puissant, je t'ordonne de sortir de son corps, a-t-elle dit d'une voix de plus en plus forte à mesure qu'elle répétait cette phrase, mais toujours en se maîtrisant. Au nom de Dieu tout-puissant, je t'ordonne de laisser mon enfant tranquille. »

J'ai senti des gouttes dans mon cou et sur mon visage.

Sa voix est devenue perçante, comme une pleureuse,

et j'ai senti des frissons dans mon dos. « *Lagha chi azu ! Lagha chi azu !* » s'est-elle écriée.

Les gouttelettes continuaient de pleuvoir sur mon cou, mon visage et même mes bras. J'avais la tête qui tournait, à croire que tout mon sang avait reflué. Elle s'adressait au diable, elle lui hurlait de s'en aller, de ne plus me tourmenter. « Je t'ordonne de partir. Je t'ordonne de la laisser en paix. *Lagha chi azu ! Lagha chi azu ! Asi m gi, Lagha chi azu !* »

Enfin, elle a poussé un long soupir d'épuisement. Tout est redevenu calme. Je ne sentais plus de gouttelettes. J'ai ouvert les yeux lentement. Maman était assise par terre à côté de moi, le visage baigné de larmes. Les bras ballants. Le pichet était tout près, entre sa main et le canapé.

« C'est ma faute », a-t-elle murmuré. Elle était enrouée à présent.

Je me suis approchée et j'ai appuyé la tête contre son épaule. « Ce n'est pas ta faute, maman. »

Nous sommes restées sans rien dire.

« C'est ma faute, a-t-elle répété d'une voix faible.

— Non, maman, ce n'est la faute de personne.

— Si. Bien sûr que c'est ma faute. » Et elle a reparlé de ce jour, sur la véranda, où je l'avais suppliée de pouvoir la suivre à Aba. Peut-être aurait-elle dû m'autoriser à l'accompagner. Quel genre de mère envoyait sa fille faire la bonne chez des étrangers, et pendant si longtemps ? En plus, une enfant qui venait de voir le cadavre de son père baignant dans son sang. Abandonner ainsi sa fille en pareilles circonstances, quand elle aurait dû tout tenter pour la garder auprès d'elle.

Jusqu'à cet instant, j'en voulais encore à maman de m'avoir ainsi laissée chez le professeur. Mais à présent, en l'entendant me dire combien elle avait pensé à tout cela, combien elle s'en était voulu, ma rancœur a fondu. « Maman, tu n'es pas la seule à avoir envoyé ta fille servir chez des gens. » Je connaissais d'autres familles qui avaient des petites bonnes, elles aussi. C'était sans doute leurs parents qui les avaient mises au travail, elles aussi. « Tu n'es pas la seule. Il y en a beaucoup d'autres qui font la même chose. »

Elle a acquiescé. « C'était pour ton bien. »

J'ai hoché la tête.

« Pour ta sécurité, pour que tu aies plus de confort. »

J'ai hoché la tête à nouveau.

« Lui et sa femme, ils ont toujours été bons avec toi ?

— Oui, maman. Ils n'ont montré que de la gentillesse envers moi.

— Tu sais, il y a des gens qui partent rien que pour avoir le plaisir de revenir chez eux.

— Oui, maman. »

Elle a pris mon visage entre ses mains et a serré fort. Ses mains étaient moites. L'atmosphère était lourde, chargée. « Ne t'inquiète pas, a-t-elle dit. Il n'y a pas de péché si grave qu'il ne puisse être pardonné, ni de mauvaise action si terrible qu'on ne puisse s'en repentir. Tu te repentiras et tu seras pardonnée dans la gloire et la puissance de Dieu. »

Silence.

« Tu seras guérie par la gloire et la puissance de Dieu. »

Je continuais de me taire.

« Dis-le !

— Je serai guérie par la gloire et la puissance de Dieu. »

Elle a pris le pichet, a versé un peu d'eau dans sa main, puis elle en a aspergé ma tête.

« Amen, a-t-elle dit.

— Amen », ai-je répondu.

Nous sommes passées au Nouveau Testament et très vite nous sommes arrivées à l'Apocalypse. Six mois s'étaient écoulés depuis le commencement de nos leçons. Le moment approchait où j'allais entrer au lycée.

Le dernier jour où nous étudiions la Bible, maman m'a appelée au salon, et je l'ai trouvée là, tenant dans sa main une liste écrite sur du papier cartonné. C'était un résumé – un pense-bête – de ce qu'elle jugeait important, les moments clés de l'Ancien et du Nouveau Testament. Elle m'a demandé de m'asseoir et, debout telle une maîtresse d'école qui fait la classe, elle a entrepris de me la lire :

Lévitique, 18:22

Tu ne coucheras pas avec un homme comme on couche avec une femme. C'est une abomination.

Lévitique 19:19

Vous garderez mes lois.

Tu n'accoupleras pas dans ton bétail deux bêtes d'espèces différentes, tu ne sèmeras pas dans ton champ deux espèces différentes de graines, tu ne porteras pas sur toi un vêtement en deux espèces de tissu.

Lévitique 20:13

L'homme qui couche avec un homme comme on couche avec une femme : c'est une abomination qu'ils ont tous deux commise, ils devront mourir, leur sang retombera sur eux.

Marc 10:6-9

Mais dès l'origine de la création Il les fit homme et femme. Ainsi donc l'homme quittera son père et sa mère, et les deux ne feront qu'une seule chair. Ainsi ils ne sont plus deux mais une seule chair. Eh bien ! ce que Dieu a uni, l'homme ne doit point le séparer.

Épître aux Romains 1:26-32

Aussi Dieu les a-t-Il livrés à des passions avilissantes : car leurs femmes ont échangé les rapports naturels pour des rapports contre nature ; et de même les hommes, délaissant l'usage naturel de la femme, ont brûlé de désir les uns pour les autres, perpétrant l'infamie d'homme à homme et recevant en leur personne l'inévitable salaire de leur égarement.

Et comme ils n'ont pas jugé bon de garder la vraie connaissance de Dieu, Dieu les a livrés à leur esprit sans jugement, pour faire ce qui ne convient pas : remplis de toute injustice, de perversité, de cupidité, de malice ; ne respirant qu'envie, meurtre, dispute, fourberie, malignité ; diffamateurs, détracteurs, ennemis de Dieu, insulteurs, orgueilleux, fanfarons, ingénieux au mal, rebelles à leurs parents, insensés, déloyaux, sans cœur, sans pitié ; connaissant bien pourtant le verdict de Dieu qui déclare dignes de mort les auteurs de pareilles actions, non seulement ils les font, mais ils approuvent encore ceux qui les commettent.

Première épître aux Corinthiens 6:9-11

Ne savez-vous pas que les injustes n'hériteront pas du Royaume de Dieu ? Ne vous y trompez pas ! Ni impudiques, ni idolâtres, ni adultères, ni dépravés, ni gens de mœurs infâmes, ni voleurs, ni cupides, pas plus qu'ivrognes, insulteurs ou rapaces, n'hériteront du Royaume de Dieu. Et cela, vous l'étiez bien, quelques-uns. Mais vous vous êtes lavés, mais vous avez été sanctifiés, mais vous avez été justifiés par le nom du Seigneur Jésus-Christ et par l'esprit de notre Dieu.

Première épître aux Corinthiens 7:2
Toutefois, à cause des débauches, que chaque homme ait sa femme et chaque femme son mari.

Première épître à Timothée 1:10-11
... les impudiques, les homosexuels, les trafiquants d'hommes, les menteurs, les parjures, et pour tout ce qui s'oppose à la saine doctrine, celle qui est conforme à l'Évangile de la gloire du Dieu bienheureux, qui m'a été confié.

Épître de saint Jude 1:7
Ainsi Sodome, Gomorrhe et les villes voisines qui se sont prostituées de la même manière et ont couru après une chair différente sont-elles proposées en exemple, subissant la peine d'un feu éternel.

Apocalypse 21:8
Mais les lâches, les renégats, les abominables, les assassins, les impurs, les sorciers, les idolâtres, bref, tous les hommes de mensonge, leur lot se trouve dans l'étang brûlant de feu et de soufre : c'est la seconde mort.

(Elle avait souligné deux fois le mot « abominables » à mon intention.)

Après avoir lu à haute voix ce qui était écrit sur le papier cartonné, maman m'a dit : « Il faut vraiment que tu comprennes que ces choses que tu as faites avec cette fille, c'était sous l'influence des esprits démoniaques. *I ne ghe nti ?* Tu m'écoutes ? »

J'ai hoché la tête.

« Satan trouve toujours le moyen de nous influencer depuis les enfers. Mais je vais continuer à prier pour toi, et toi aussi, tu dois continuer. Rien n'est impossible quand on reconnaît en Jésus notre Seigneur et notre Sauveur. »

Après avoir suivi toutes ces leçons, fait toutes ces prières, si l'on m'avait demandé comment je me sentais, j'aurais répondu que j'étais épuisée. Ni en colère, ni en proie à la confusion, ni même repentante. Juste épuisée.

Une semaine avant que je parte en pension au lycée, deux ou trois jours après notre dernière séance d'étude de la Bible, maman s'est à nouveau tournée vers moi pour m'interroger : « Est-ce que tu penses toujours à elle de cette manière ? »

Je l'ai regardée dans les yeux, sachant bien que je ne devais pas lui dire la vérité, toutefois je n'ai pu me résoudre à proférer un mensonge. J'ai secoué la tête sans ciller, en essayant d'avoir l'air convaincue. C'était la première fois que je mentais à maman. Le fait de ne pas avoir utilisé de mots me réconfortait.

Elle a souri et m'a tapoté l'épaule. « C'est très bien, mon enfant. Très, très bien. » Elle a soupiré puis a ajouté : « Le pouvoir de Dieu ! Le merveilleux pouvoir de notre glorieux Dieu tout-puissant ! »

TROISIÈME PARTIE

20

Je suis devenue la femme d'affaires que maman évoquait naguère, car j'ai fini par reprendre toute la partie commerciale de sa boutique. Bien sûr, je n'ai fréquenté aucune école de commerce après le lycée, alors peut-être que finalement, c'est aussi maman qui avait raison quand elle me parlait des protéines et de la nécessité d'utiliser mon cerveau, avec ou sans diplôme.

Quoi qu'il en soit, dans ma vie quotidienne, en dehors du travail auprès de maman au magasin, parfois mes yeux se posent sur un objet qui me rappelle l'époque où je vivais chez le professeur. Un tas de sable, par exemple. Ou les graines marron foncé des pommes étoiles blanches. Parfois, un simple baquet de linge sale suffit à ressusciter les souvenirs. Peu importent les vêtements. Peu importe qu'ils n'aient rien à voir avec ceux du professeur ou de sa femme. Soudain, mon esprit retourne là-bas, et je ne peux m'empêcher de me remémorer ces jours anciens, malgré les années : le *toc-toc* du professeur à la porte de mon abri, la flamme de la lampe à pétrole dansant sur le bureau. Amina et moi, recroquevillées de peur.

Le jour où j'ai rencontré Amina, j'étais chez le professeur depuis à peine un mois et nous étions à court de carburant. Il y avait eu de fortes pluies le matin et le ciel était gris. Puis, l'après-midi, le soleil est revenu. J'ai achevé mes premières corvées et, au moment où les rayons sont apparus, je suis partie chercher de l'essence.

Pendant ce premier mois chez le professeur, on aurait dit que nous passions notre temps à courir nous réfugier dans le bunker. Lorsque je revenais du marché, j'entendais les bombardiers là-haut dans le ciel, et je filais me cacher dans les buissons. En général, il était impossible de savoir si c'étaient des avions amis ou ennemis, par conséquent tout le monde se mettait à l'abri. On restait à couvert jusqu'à ce qu'il n'y ait plus de danger.

Un jour, j'étais tellement déboussolée que je n'ai pas pu sortir de ma cachette, et je ne suis revenue chez le professeur qu'au coucher du soleil. Jamais je n'étais rentrée aussi tard. Sa femme et lui étaient si fâchés contre moi qu'il a menacé de me battre, treize coups sur le derrière – parce que j'avais presque treize ans – pour que je comprenne que je ne devais plus jamais arriver aussi tard.

Ce jour-là, quand je suis sortie pour aller acheter du carburant, je suis partie en courant afin d'être sûre de ne pas revenir trop tard. Les routes étaient boueuses à cause de la pluie du matin, des flaques grandes comme des ruisseaux, disséminées ici et là. Malgré tout, j'ai couru. Pas longtemps, car j'ai bientôt été à bout de souffle. Je me suis arrêtée pour reprendre ma respiration.

Juste après un bosquet de palmiers rabougris gisaient des chiots, entassés les uns sur les autres en position fœtale, grattouillant la terre poussiéreuse comme s'ils voulaient s'enterrer. Non loin de là, un groupe d'enfants atteints du syndrome du kwashiorkor, leur sébile de mendiants à la main.

Dans un champ jouxtant la route, un policier examinait

une rangée de cadavres qu'il tâtait du bout d'un bâton, peut-être pour les marquer. Visage de marbre, il avait un nez tout ridé et paraissait affligé d'une moue permanente, si bien que ses lèvres semblaient recouvrir ses narines. Peut-être cette grimace était-elle délibérée, étant donné l'odeur inhérente à sa mission.

Comptait-il les corps ? Les inspectait-il pour d'autres raisons ? Je l'ai regardé qui les passait en revue un par un.

J'avais déjà vu tant d'images de la mort – le cadavre de mon père, pour commencer. Ensuite, tous ces hommes décapités sur le bord de la route, quand maman m'avait accompagnée à Nnewi. La mort était partout présente. Pourtant, à cet instant, c'est le phénomène inverse dont j'ai été témoin.

D'autres gens s'étaient rassemblés aux abords du champ : un homme pieds nus, en marcel et pantalon kaki, qui semblait incapable de ne pas se gratter la tête. Une femme squelettique qui tenait par la main une petite fille. Un garçon guère plus âgé que moi, qui sur son dos en portait un autre plus jeune, blessé. Une femme âgée aux cheveux gris, avec une branche en guise de canne, à la respiration difficile.

Tous observaient les corps gisant par terre, lorsque l'un d'entre eux – un jeune garçon, nu – s'est dressé parmi les cadavres, comme s'il était ressuscité. En le voyant ainsi se relever, les gens autour de moi ont poussé un « oh » de surprise tous en même temps, en une parfaite synchronisation.

Sur le visage du garçon, la stupéfaction. Peut-être s'était-il assoupi parmi les corps, ou bien s'était-il cru mort lui aussi. Le policier, qui avait fait un bond en arrière en le voyant ainsi revenir à lui, a très vite repris ses esprits. Il a alors relevé son bâton et s'est mis à décrire de grands moulinets en guise de mise en garde. Le garçon a reculé de quelques pas, trébuchant sur les cadavres parmi lesquels il avait dormi. Le policier brandissait toujours son bâton en tous sens, à deux mains maintenant, à la manière d'un fouet, qui s'est abattu avec une telle force qu'il a claqué comme un coup de fusil, et le garçon a détalé au loin, aussi nu que le jour de sa naissance.

Okeke était un homme de haute taille, dont le visage émacié s'affaissait d'un côté, à croire que cette moitié-là était toujours triste. Le reste de son corps était à l'avenant : à la fois maigre et mélancolique.

Tout le monde le connaissait sous ce nom d'Okeke et tout le monde l'appelait ainsi. Adulte ou enfant, peu importait. Tous disaient Okeke.

Moi aussi, j'employais ce nom, mais jamais devant lui. On m'avait enseigné depuis toujours qu'il ne fallait pas appeler un adulte par son prénom. Chaque fois que j'allais le voir, je lui disais simplement « monsieur ».

Ce jour-là, tout le monde devait être à court de carburant car la file était longue, elle sortait de la petite boutique aux murs de ciment et serpentait jusqu'à la route principale. Au bout d'une heure, je touchais presque au but, il ne restait que deux personnes devant moi. L'essence était stockée dans de grands jerricans en plastique transparent laissant voir ce qui restait à l'intérieur. De là où j'étais, j'apercevais ceux qui s'entassaient derrière la boutique, tous vides ; il n'y avait plus rien. Okeke utilisait des entonnoirs de tailles variables pour transférer le carburant de ses bidons dans les récipients de ses clients. Il s'est mis à tous les rassembler, se préparant à fermer.

Le premier de la file, un grand type maigre, s'est

écrié : « *Brother, abeg-o ! Make say we get kerosene-o ?* Il reste de l'essence *?* »

Okeke a continué de ranger ses entonnoirs, sans prendre la peine de répondre. Il les a ensuite disposés sur le comptoir, près des jerricans.

« *Nawa-o ? E don finish ?* Y a plus rien ? » a demandé une femme derrière moi. Dans sa bouche, le mot « rien » sonnait comme « mort », à croire qu'elle pleurait un membre de sa famille. « Mais qu'est-ce que je vais devenir, moi ? Comment je vais préparer à manger ? Comment je vais m'éclairer ? »

Un vent de panique s'est levé en moi. Et moi, que ferais-je ? Je pouvais retourner dire au professeur et à sa femme qu'il n'y avait plus d'essence, mais cela signifiait une journée de plus sans vraie nourriture à manger, puisque nous n'avions plus de carburant pour alimenter le fourneau. Il restait du gari, qu'on pouvait préparer avec de l'eau froide, mais pas grand-chose d'autre, pas même des pois de terre en guise d'accompagnement. À ce stade, nous n'avions même plus de pain.

Celui qui était devant a levé les mains en l'air, de frustration et de résignation, puis il a tourné les talons. Le suivant l'a imité.

J'ai regardé derrière moi. Tous ceux qui attendaient s'en allaient à présent. Okeke déplaçait les bidons vides, il allait les ranger un par un derrière la boutique. La deuxième fois qu'il est sorti, il s'est arrêté pour contempler la porte ouverte du magasin. Il n'y avait plus personne à part moi. Il m'a regardée.

Je serrais les poings. Dans l'une, un billet froissé que le professeur m'avait donné pour payer l'essence.

« Tu es toujours là, toi », m'a dit Okeke, ce qui n'était pas franchement une question.

Quand je commençais à me plaindre, à geindre ou

à supplier, mon père me disait toujours que le chasseur trop bruyant rentre chez lui bredouille. De toute façon, je savais déjà grâce à mon expérience d'enfant que ceux qui obtenaient ce qu'ils voulaient, la plupart du temps, étaient ceux qui faisaient le moins de bruit et se montraient les plus sages. Donc je suis restée muette en essayant de me tenir le mieux possible, ce qui n'était pas difficile car je n'avais pas d'autre option.

La dernière fois que j'étais venue, environ deux semaines plus tôt, je devais acheter du pain et une boîte de sardines en plus du carburant. Je n'avais pas assez d'argent pour payer les sardines, pourtant Okeke me les avait quand même données. « Je te les donne à crédit. Tu m'apporteras l'argent la prochaine fois. »

Je me suis soudain aperçue que je n'avais pas l'argent que je lui devais. En réalité, non seulement j'avais oublié que je devais le rembourser, mais j'avais aussi oublié d'en parler au professeur en rentrant, deux semaines plus tôt. Peut-être était-ce aussi bien qu'il n'y ait plus d'essence, ai-je pensé, car avec quel argent l'aurais-je payée après avoir remboursé les sardines ?

Okeke me fixait. Puis ses yeux se sont posés sur la bouteille vide dans ma main.

À force d'entendre le professeur et sa femme, mais aussi les gens du village, je savais qu'Okeke avait une famille, lui aussi – une femme, trois filles et un fils. Ce dernier, Dubem, s'était enrôlé dans l'armée biafraise, quelques mois plus tôt. On murmurait qu'il ne rentrerait peut-être pas, qu'Okeke n'aurait peut-être bientôt plus de fils.

J'ai alors songé à lui raconter la scène dont je venais d'être témoin, celle du garçon qui s'était relevé d'entre les morts. Toute cette histoire était encore fraîche dans mon esprit.

Je voulais lui en parler pour lui redonner de l'espoir au sujet de son fils. Peut-être connaîtrait-il le même sort que ce garçon, ressuscité sur ce champ macabre.

Mais avant que j'aie pu ouvrir la bouche, mon esprit était déjà parti dans toutes les directions. J'avais l'impression d'avoir dans la tête une sauterelle qui bondissait en tous sens, ici et là, ne sachant où se poser. Ou encore de jouer à la marelle sur du sable, sur un sol marqué de lignes dessinées avec un bâton, creusé de cases formant de profondes dépressions numérotées de un à dix. Mon esprit sautait d'une case à l'autre en essayant de parvenir au sommet.

Je ne suis pas certaine qu'il soit arrivé jusqu'à dix, et quand bien même, je ne sais pas très bien ce que ce dix aurait été, mais au bout du compte, c'est l'histoire d'Ogbuogu qui a émergé, un de ces vieux contes traditionnels que papa me racontait. Peut-être que c'était ça, le dix.

Il était une fois deux villages voisins qui se livraient une guerre de territoire incessante. Le premier village possédait une puissante armée de guerriers féroces, tous équipés de lances, d'arcs et de flèches extraordinaires. Le second village n'abritait pas de soldat redoutable ; personne n'y possédait d'armes d'élite. Il y avait là en revanche un garçon nommé Ogbuogu, que les dieux avaient pourvu du don de savoir organiser les villageois le plus efficacement possible, afin qu'ils remportent toutes les batailles. Les habitants du village voisin le savaient et pour eux, avoir ce garçon pour adversaire était la pire des calamités, car ils étaient certains de toujours perdre face à lui.

Chaque fois que l'ennemi se préparait à attaquer le village d'Ogbuogu, le crieur allait partout, annonçant *ndi iro abiawana* : l'ennemi arrive. Il soufflait dans son *opi* le code musical qui signalait à Ogbuogu l'imminence de la bataille. En plus de la mélodie de sa flûte, il chantait :

Ogbuogu nwa, Ogbuogu nwa,
Anyi agbarana ogu oso

Ogbuogu nwa, Ogbuogu nwa,
Anyi agbarana ogu oso

Ima na ofu nwa n'egbu ora nine !
Anyi agbarana ogu oso

Enfant combattant, enfant combattant,
Ne fuyons pas le combat

Imaginez qu'un enfant tue un village entier !
Ne fuyons pas le combat.

Un jour, alors que le village d'Ogbuogu avait pratiquement récupéré toutes les terres qui lui appartenaient, l'ennemi découvrit le secret du crieur. Avec leur propre *opi*, ils imitèrent sa mélodie. Bien entendu, Ogbuogu répondit à l'appel.

Il partit au combat avec son arc et ses flèches, ignorant que l'ennemi lui tendait un piège. En arrivant sur le champ de bataille, il s'aperçut qu'aucun des guerriers de son village n'était venu. Il était seul, encerclé par les hommes du village voisin.

Le combat s'engagea. Ogbuogu se démena comme un beau diable. Il était difficile de croire qu'il affrontait seul un ennemi si supérieur en nombre. Mais au bout d'un moment, la fatigue l'envahit. Il était trop tard quand ses camarades comprirent ce qui se passait.

Lorsqu'ils arrivèrent sur le champ de bataille, Ogbuogu était mort. Ils ne purent rien faire d'autre que ramener son corps au village en criant et en versant des larmes. Non seulement ils avaient perdu un des leurs, mais cette perte-là les laissait particulièrement vulnérables aux attaques. Cela risquait même de causer pour de bon leur fin, si le village ennemi décidait de les chasser de leurs terres.

Ils pleuraient toujours la mort d'Ogbuogu quand le crieur annonça que, justement, l'ennemi s'apprêtait à attaquer. Cette nouvelle sema un vent de panique. Comment repousser cet assaut sans Ogbuogu ? Quel espoir avaient-ils de s'en sortir vivants ?

Ils tinrent un conseil rapide et évaluèrent leurs options. Quand vint le moment, ils se rassemblèrent et se préparèrent avec leurs arcs et leurs flèches. La chance ou l'intelligence les poussa à imaginer qu'ils pouvaient attacher la dépouille d'Ogbuogu sur un cheval. Ils fixèrent donc une planche derrière son dos pour le maintenir droit, comme s'il était encore vivant. Puis ils lui mirent dans la bouche une petite colonie de fourmis, si bien que de loin, on avait l'impression que sa mâchoire bougeait naturellement.

Ils arrivèrent ainsi sur le champ de bataille, Ogbuogu au milieu d'eux, chevauchant fièrement sa monture.

En voyant ainsi Ogbuogu sur son cheval, l'ennemi fut frappé de stupeur et s'égailla en s'écriant que l'esprit d'Ogbuogu était revenu pour se venger. Si jamais ils tentaient de l'affronter, de même que face à n'importe quel autre esprit, ils risquaient de mourir très vite, et de se retrouver dans la pire contrée du monde de l'au-delà.

C'est ainsi que le village d'Ogbuogu demeura invaincu.

Ce sont les gargouillements de mon estomac qui m'ont arrachée à ma rêverie. Ce matin-là, j'avais été tellement accaparée par les corvées domestiques, dont je voulais me débarrasser au plus vite, que j'avais complètement oublié le petit déjeuner. Or, la veille au soir, je n'avais mangé qu'un quignon de pain en guise de dîner – c'était tout ce qui restait, un petit morceau, presque une bouchée, à peine de quoi nourrir une fourmi.

La faim me flanquait des coups de poignard dans le ventre. Par réflexe, j'ai appuyé sur mon estomac, pour tenter de diminuer l'inconfort.

Okeke a suivi mon geste des yeux, s'attardant sur mon abdomen. Puis il m'a regardée de nouveau en face.

« Quand est-ce que tu as mangé pour la dernière fois ?

— Hier, monsieur. On n'a plus d'essence pour le fourneau.

— Et le pain ?

— Je l'ai fini hier soir, monsieur. »

Il a froncé les sourcils, mais je ne savais pas très bien si son expression avait changé ou si c'était la partie affaissée de son visage qui me donnait cette impression.

Il a regardé la bouteille en verre que j'avais apportée en guise de récipient pour transporter le carburant. « Donne-moi ça. »

Je la lui ai tendue.

Il a pris ma bouteille et l'a emportée derrière le comptoir, là où il avait rangé les entonnoirs. De dessous, il a sorti un petit récipient, sans doute sa réserve personnelle, qu'il a posé à côté du reste. Puis il a choisi le plus minuscule de ses entonnoirs, l'a plongé dans le goulot et a versé de l'essence.

Ensuite, il m'a rapporté la bouteille pleine.

« Merci, monsieur », ai-je dit en tendant la main pour la prendre.

Je me suis retournée pour m'en aller, mais il m'a arrêtée. « Attends. Encore une chose. »

Il est allé cette fois vers un autre placard. Il en a sorti une miche de pain enroulée dans un sac en plastique, qu'il a déballée et coupée en deux moitiés inégales. Il m'a donné le plus gros morceau et a gardé le plus petit pour lui.

Il est ensuite allé s'asseoir sur un tabouret haut et a commencé à manger sous mes yeux. Il mordait dans la mie à belles dents, rattrapant les miettes au passage pour les avaler aussi. Je suis restée debout là où j'étais, puis à mon tour je me suis mise à manger.

Quelques instants plus tard, alors qu'il s'apprêtait à me parler, il y a eu un grand *boum* au-dehors. J'ai sursauté et je l'ai regardé, les yeux écarquillés d'effroi.

Il a froncé les sourcils, l'air soucieux, et une pensée lui est venue. « Ne t'inquiète pas. Je me souviens, maintenant. C'est seulement l'armée biafraise. Les entraînements. Ils auront fini dans une heure. »

Après avoir terminé son pain, il s'est essuyé les mains d'un geste brusque sur son pantalon. En avalant ma dernière bouchée, j'ai soudain réalisé que je ne l'avais pas encore remercié. J'avais à peine réussi à articuler un « merci » quand il m'a dit : « Qu'est-ce que tu attends ? » Sa voix était douce. « Tu peux y aller maintenant. C'est tout. Je n'ai rien d'autre pour toi. Va. Tu peux rentrer.

— Mais j'ai de l'argent pour l'essence. »

Il a secoué la tête et m'a fait signe de partir. « Va-t'en. Garde cet argent. Utilise-le pour t'acheter quelque chose la prochaine fois que tu es à court de carburant pour cuisiner. Ton *oga* n'en saura rien si tu ne lui dis pas. »

J'ai hoché la tête. Je l'ai remercié. Et je suis repartie.

Sur le chemin du retour, les arbres luisaient, ceux qui étaient nus comme ceux qui avaient gardé leurs feuilles. Parfois, quand une branche se balançait à ma hauteur, je levais le nez pour la toucher, alors l'eau qui se trouvait encore dessus, vestige de la dernière averse, m'aspergeait telle une bénédiction.

Je n'étais plus très loin quand j'ai senti qu'une ombre me suivait, une ombre qui n'était pas la mienne. Elle traversait les routes avec moi, sautait par-dessus les flaques en même temps que moi. Elle semblait aussi taper dans le feuillage, ou tout au moins demeurait tout près derrière moi quand je le faisais.

Je me suis arrêtée pour la laisser passer. J'ai trouvé un gros rocher près d'un udala, l'arbre où poussent les pommes étoiles blanches, et je me suis assise. J'ai attendu là dans l'espoir que l'ombre passe son chemin, mais non. Au contraire, elle s'est assise sur un autre rocher, les yeux brillants, pareils à des ampoules. Ce n'était plus une ombre.

Elle avait la peau aussi claire que moi. D'un jaune de papaye mûre. Elle portait une robe-tablier verte en lambeaux, ouverte sur les côtés. Ses cheveux pendaient en longues mèches autour de son visage, rappelant ces images de Mami Wata avec des serpents. Mais aucun serpent ne se tordait sur elle. Elle avait l'air trop sonnée ou trop désorientée pour parler, à moins qu'elle soit seulement épuisée.

Près de là où j'étais assise, quelqu'un avait fait un tas de graines de pommes étoiles blanches sur le sol. Les fourmis s'étaient frayé un chemin jusqu'à cet amoncellement. Je les ai observées un moment, leur manière d'avancer en file indienne, de se regrouper en cercle autour des graines. Les alentours étaient jonchés de feuilles écrasées. Suspendu tout là-haut, le soleil veillait sur nous.

Nos pieds chaussés de plastique se sont déplacés sur la terre boueuse. Nous observions le sol, mais de temps en temps je lui jetais un regard, et je suis sûre qu'elle faisait de même. Un oiseau s'est envolé depuis l'arbre, battant très fort des ailes. Nous avons penché la tête pour l'observer. Enfin, nous avons trouvé le courage de nous regarder dans les yeux. Dès que nos regards se sont croisés, j'ai su que je ne repartirais pas sans elle.

Je suis arrivée à la maison bien plus tard que jamais auparavant. Tout au fond de moi-même, je sentais que j'allais recevoir une correction. J'y étais résignée.

J'ai relevé le loquet de métal pour ouvrir la barrière, que j'ai ensuite poussée pour qu'on entre toutes les deux. On a pris par-derrière, empruntant le chemin qui menait à la maison. On s'est arrêtées devant la porte de la cuisine.

Le professeur et sa femme étaient debout, chacun appuyé à un bout du comptoir. La cuisine était fraîche, leurs visages pleins de froideur. Ses yeux à lui étaient empreints d'austérité, ceux de sa femme, encore plus sévères.

Elle tenait son mouchoir contre sa poitrine. Sa respiration s'est soudain faite sonore et laborieuse. « Tu sais quelle heure il est ? a-t-elle dit avec colère.

— Qu'est-ce qui a bien pu te retenir aussi longtemps ? a-t-il ajouté.

— Tu n'as aucune excuse possible.

— Non, vraiment, aucune excuse possible. »

Elle s'est éclairci la gorge : « L'heure du dîner est passée depuis belle lurette et nous n'avons rien mangé. » Elle a toussé trois fois, avec légèreté.

Pour moi, il était maintenant clair que son asthme résultait en réalité de son aversion pour le ménage.

« Je pourrais te battre pour ça, a-t-il dit. Douze coups, un pour chacune de tes douze années. Ou bien est-ce treize maintenant ? Peu importe, je pourrais même le multiplier par deux. Vingt-six coups pour faire bonne mesure.

— Oui, nous pourrions te battre pour ça. Vingt-six coups pour faire bonne mesure », a-t-elle répété.

J'ai baissé la tête. « Je suis vraiment désolée, ai-je répondu.

— Tu as de la chance, a repris le professeur. Beaucoup de chance. Car je suis trop fatigué pour te corriger ce soir. Enfin, je suis certain que tu vois déjà combien nous sommes fâchés contre toi. C'est une punition suffisante pour l'instant. Mais tant que tu vivras sous notre toit, tu ne dois jamais plus être aussi en retard. »

J'ai hoché la tête et je leur ai répété combien j'étais désolée.

« Par chance, en ton absence, ton maître a réussi à dénicher des ignames chez un vendeur ambulant, un peu plus loin sur la route. Elles sont dans le placard. Sors-les, pèle-les, découpe-les et mets-les à bouillir. *Osiso-osiso.* Vite, vite. Si je dois attendre davantage, je vais mourir de faim. »

Elle s'est retournée pour quitter la pièce. D'abord il lui a emboîté le pas, puis il s'est arrêté. Elle aussi. Presque en même temps, ils ont fait volte-face et leurs yeux se sont posés sur la jeune fille qui m'accompagnait. Ils l'ont observée avec attention avant de me regarder à nouveau.

« Qui est-ce ? » a demandé la femme du professeur.

Il s'est bien écoulé une minute, le temps que je réfléchisse à ce que j'allais répondre. Je me suis éclairci la gorge et j'ai simplement dit : « C'est une amie, ma tante.

— Elle a l'air d'une gamine des rues, d'une petite vagabonde, a commenté le professeur.

— Une amie ? » a relevé sa femme. Sa voix était rauque et dure.

Les traits de son visage se sont un peu détendus tandis qu'elle réfléchissait. « Eh bien, gosse des rues ou vagabonde, peu importe pour l'heure. Occupe-toi des ignames. Elle n'a qu'à t'aider. Plus il y aura d'aide, plus le dîner sera prêt rapidement. »

Le professeur a médité ce qu'elle disait et ajouté : « Oui, je suppose que tu as raison. Oui, tu as certainement raison. »

Enfin, le bruit de leurs pas a résonné, mettant une distance grandissante entre nous et leurs paroles.

Ce soir-là, Amina et moi on a pelé les ignames ensemble, on les a rincées ensemble, et nos doigts se frottaient les uns contre les autres dans la bassine. J'ai arrosé le bois d'essence dans le fourneau et j'ai allumé le feu, tandis qu'elle mettait à bouillir la casserole d'ignames.

Après que le professeur et sa femme eurent mangé, après qu'on eut mangé nous aussi, fait la vaisselle et nettoyé la cuisine, j'ai rempli le seau sous le robinet à côté de mon abri. On s'est lavées ensemble sur la plaque de ciment ce soir-là. Les criquets jouaient leur habituel concert nocturne, les moustiques se posaient sur nous et les lucioles diffusaient leur lueur verte, telles des gouttes d'herbe lumineuses.

Après tout cela, j'ai emmené Amina à l'intérieur, à la lumière de ma lanterne, et je lui ai offert de partager mon matelas.

21

Dans la semaine qui a suivi l'arrivée d'Amina, le professeur et sa femme ont parlé de la mettre dehors. « Que fais-tu encore là ? demandait-il. Tu dois retourner d'où tu viens. Va-t'en avant que je te jette à la rue. »

Je savais bien ce qui mettait si mal à l'aise le professeur. Je savais quelles inimitiés séparaient les différentes ethnies, surtout les Haoussas et les Igbos. S'il y avait eu des chances pour qu'Amina soit igbo, voire qu'elle vienne de l'État de Cross River, il aurait été moins nerveux. Même si elle avait été yoruba, il se serait senti plus à l'aise. Mais c'était une jeune fille haoussa, ennemie du peuple igbo.

C'était la première fois que je me liais d'amitié avec une Haoussa. Jusque-là, je les avais seulement vus de loin, quand ils passaient sur la route, et au marché où ils venaient faire du commerce. C'était la première fois que j'avais un contact aussi intime avec une personne de cette ethnie.

C'était normal que le professeur et sa femme s'inquiètent. Les Haoussas massacraient les Igbos à tour de bras, alors héberger une petite Haoussa représentait un vrai danger. Si jamais elle avait encore de la famille, celle-ci pourrait très bien venir la chercher en nous assassinant dans la foulée.

Amina répondait en le regardant d'un air calme et indifférent.

Un après-midi, il est sorti sur la véranda, l'air fâché. Amina et moi, on coupait du bois devant la maison. Le ciel était couvert, mais il ne pleuvait pas encore.

Il est resté là à nous observer, l'air très ennuyé. Il a bien dû s'écouler ainsi une demi-heure. Enfin, il a appelé Amina.

Elle s'est éloignée de la partie du jardin où le bois était rangé en petits fagots pour le rejoindre dans la véranda.

« Tu n'as donc vraiment nulle part où aller ? » a-t-il demandé.

Elle a secoué la tête et répondu : « Non, monsieur.

— Ni oncle ? Ni tante ? Ni cousin ? »

Elle a de nouveau secoué la tête et dit non.

Le professeur est resté silencieux pendant un moment. Amina se tenait devant lui, tête baissée.

À ce moment-là, sa femme est sortie pour se joindre à lui.

« Elle n'a aucune famille », lui a-t-il annoncé.

Ils sont demeurés ainsi pendant une bonne minute, les yeux toujours fixés sur Amina.

« Quand on y réfléchit, elle n'a pas vraiment l'air haoussa, a dit la femme. En réalité, elle ressemble plus à une Fulani qu'à une Haoussa. Ce qui signifie qu'elle pourrait passer pour une Igbo. »

Le professeur a réfléchi aux paroles de son épouse. « C'est juste. Certains Igbos et Fulanis ont des traits semblables. Leur peau, par exemple.

— Et elle travaille dur. »

Le mari a acquiescé.

« Dans le fond, sa présence pourrait être plus bénéfique que négative, a-t-elle repris.

— En effet.

— Nous avons toujours besoin de main-d'œuvre supplémentaire.

— Tu as sans doute raison. Mais à la première alerte, je la renvoie.

— C'est tout à fait sensé.

— Très bien. »

Il s'est avéré qu'Amina ne parlait pas beaucoup, il y avait donc très peu de risques qu'on la démasque et qu'on découvre qu'elle était haoussa. Jamais personne ne posait de questions quand on allait faire les commissions. Avec le temps, le professeur et sa femme ont dû conclure qu'elle ne représentait pas de danger, en tout cas pas comme ils se l'étaient imaginé.

22

Un soir tard, après avoir achevé nos corvées ménagères, on a pris notre bain, Amina et moi, puis on s'est assises en chemise de nuit sur les quelques marches menant à la porte de notre abri pour que je lui tresse les cheveux.

Tout à coup, elle a dit : « Est-ce que tu allais à l'école, avant ? »

Elle était assise sur la marche inférieure et je peignais une mèche de ses cheveux pour la natter tout en tenant entre les dents le fil qui servirait à maintenir la tresse.

Je savais à présent qu'elle n'avait pas retrouvé sa famille car presque tous ses proches étaient dans le Nord. À cause de la guerre, ils la croyaient sans doute morte. Nul n'était venu la chercher, et elle n'était pas allée les retrouver. En réalité, elle était incapable de partir seule à leur recherche. Elle ne savait même pas précisément où ils habitaient.

« Dis-moi, est-ce que tu allais à l'école avant ? »

J'ai retiré le fil de ma bouche pour répondre : « J'allais à l'école jusqu'à ce qu'elle ferme. C'était quelque temps avant que maman m'amène ici.

— *Oga* dit qu'il m'enverra étudier quand la guerre sera terminée. »

J'ai hoché la tête et répondu qu'il avait accepté de payer mes études à moi aussi.

« C'était comment, ton école ? »

J'étais au beau milieu de la tresse quand Amina s'est brutalement arrachée à moi pour se retourner.

Je lui ai tapé sur l'épaule plutôt durement. « Regarde un peu ce que tu as fait ! Tout est fichu, et maintenant, il faut que je recommence.

— Excuse-moi, a-t-elle répondu d'un ton hautain.

— C'est bien joli de s'excuser, mais ça ne répare rien. » J'ai poussé un soupir exaspéré. « Il faut que tu te retournes pour que je m'y remette.

— Très bien, a-t-elle dit avec nonchalance sans tenir aucun compte de mon agacement. Mais d'abord, dis-moi comment c'était.

— Comment c'était quoi ?

— L'école !

— Quoi ? Comment c'était l'école ? Mais tu sais pas déjà comment c'est, l'école ?

— Si. Mais dis-moi quand même. »

Je devais avoir l'air perplexe, parce qu'elle a poussé un petit rire et a repris : « Fais pas cette tête-là. Alors, tu me racontes ou pas ?

— À t'entendre, on dirait que tu n'y es jamais allée.

— Bien sûr que si. Oui, bien sûr. » Ses traits sont peu à peu devenus songeurs, et elle a ajouté, pour clarifier la situation : « J'y allais, à l'école, mais seulement de temps en temps. Et pas assez longtemps pour savoir comment c'était pour de vrai. » En prononçant ce dernier mot, sa voix s'est éteinte, comme si elle poussait une plainte, un soupir.

« Oh.

— Ma mère avait besoin de moi à la maison, pour faire des commissions, de la vente. Ce genre de choses.

— Mais alors, tu sais lire ?

— Bien sûr que je sais lire, a-t-elle répondu en riant. Je lisais le Coran tous les jours. Et je ne sais pas seulement lire l'arabe. Ma mère me laissait lire des livres en anglais, à la maison. *Aladin* et *Ali Baba et les quarante voleurs*. Ce genre d'histoires.

— Peut-être qu'un jour, tu pourras m'apprendre l'arabe.

— Peut-être, oui », a-t-elle ri à nouveau.

Le silence s'est installé, puis elle m'a annoncé : « Tu sais, je pourrais être mariée à l'heure qu'il est. »

Je l'ai dévisagée, stupéfaite. « Mais, tu as à peine treize ans.

— Ah, j'avais ma dot, mon trousseau et plein de cadeaux déjà prêts. Encore un peu et j'aurais eu un époux, j'aurais appliqué le purdah et j'aurais été enfermée, sans plus pouvoir sortir. Si les choses s'étaient passées comme ça, je ne t'aurais sans doute jamais rencontrée.

— C'est bien que les choses se soient passées ainsi et qu'on ait pu se rencontrer. »

Elle a froncé les sourcils et j'ai su aussitôt que j'avais parlé trop vite.

« Tu es contente qu'ils aient incendié la maison de ma famille ? s'est-elle écriée. Tu es contente que mon père et ma mère soient morts ? Tu es contente que mon frère soit parti quelque part faire la guerre et soit sûrement mort à l'heure qu'il est ?

— Mais ce n'est pas ce que je voulais dire.

— Et qu'est-ce que tu pouvais bien vouloir dire d'autre ? Tu n'étais pas là. Tu n'as rien vu. Je suis sortie pour aller acheter des beignets de haricots. Moins d'une demi-heure plus tard, je reviens, et la maison n'est plus là, tout a disparu. »

À présent, dans ma tête, je ne voyais plus rien d'autre que sa maison en flammes, et elle qui assistait à ce triste spectacle. Je l'ai vue hurler, se précipiter vers l'incendie, en appelant au secours.

Maintenant, elle pleurait.

« Je suis désolée. Vraiment désolée. Je ne voulais pas du tout dire ça. »

23

On ne pouvait pas en être certains à l'époque, mais au début du mois de janvier 1970, la guerre tirait à sa fin. Les radios ne parlaient plus que d'une opération en cours. Opération Tail-Wind, ça s'appelait. L'offensive nigériane finale. D'abord, on a découvert qu'Owerri avait été repris par l'armée nigériane. Ensuite, il a été question d'Uli. Et puis un jour, on a appris la nouvelle.

Amina et moi, on rentrait juste du marché et on était dans la cuisine. J'écrasais de l'igname ; Amina faisait la vaisselle.

Un peu plus tôt, dehors, régnait un brouhaha inhabituel, une agitation peu ordinaire. Plusieurs hommes bavardaient avec véhémence en poussant leurs brouettes. Deux femmes discutaient d'une voix forte tout en égrenant du blé devant chez elles. Une troisième parlait à son amie, criant presque, tout en donnant à son bébé de petits morceaux de pain à manger. Plusieurs filles étaient passées en portant des seaux d'eau sur la tête, leurs voix s'élevaient et leurs bras gesticulaient autant que leur chargement le leur permettait.

Depuis la cuisine, Amina et moi, on a entendu le professeur mettre la radio en marche. Au début, c'était très bas, mais très vite il a augmenté le volume, si fort que de là où nous étions, on a entendu clairement Radio Biafra annoncer qu'Ojukwu avait fui, qu'il était monté à bord d'un avion et avait pris la direction de la Côte d'Ivoire. Officiellement, il allait discuter d'un armistice.

Seulement nous savions tous ce que cela signifiait. Ojukwu s'était rendu.

Le professeur s'est écrié : « Traître ! » C'est sorti comme un juron.

« Quel lâche, a ajouté sa femme, il nous aurait tués si on lui en avait laissé la possibilité. »

La radio continuait.

Dans le mortier, l'igname était intacte, le pilon suspendu dans ma main. Je suis restée immobile, les yeux fixés sur les cubes de légume, l'oreille tendue, songeant à tout ce que la fin de la guerre impliquait. Par exemple, que cela ne ramènerait pas mon papa. C'était fini, mais rien ne pouvait faire revivre la famille d'Amina. Les défunts n'allaient pas soudain sortir de leur tombe. Il était même certain qu'aucun ne reviendrait d'entre les morts à la manière de Jésus. Pas de résurrection pour eux.

Amina se tenait devant l'évier, l'air aux aguets, écoutant la voix atténuée du présentateur de Radio Biafra.

J'imaginais Ojukwu, là-haut dans son avion. Je l'imaginais atterrir sur un espace dégagé, paisible et silencieux, une terre où se mêlaient des sables blanc, gris, brun. Là-bas, pas de guerre. Là-bas, des éléphants erraient, paresseux, ces éléphants dont les défenses donnaient l'ivoire, ainsi que je l'avais lu.

« Être dans un avion pour partir ailleurs, ai-je enfin dit à Amina en m'appuyant sur le pilon dans le mortier.

— Pour quoi faire ? » a-t-elle rétorqué en se retournant vers moi. Ses sourcils étaient froncés, ses yeux plissés. « À quoi bon partir maintenant que la guerre est terminée ? Si on voulait partir, ce n'était pas mieux de le faire pendant la guerre ?

— Je sais, je sais. Mais si tu pouvais aller n'importe où dans le monde ? Même à *Obodo ndi ocha* ! Est-ce qu'ils connaissent seulement la guerre, au pays de l'homme blanc ? Réfléchis ! N'importe où dans le monde ? »

Elle a secoué la tête comme pour chasser la question de son esprit.

Le professeur est alors entré dans la cuisine en se raclant la gorge pour annoncer sa présence. Je me suis remise à piler l'igname que j'aurais dû avoir fini de préparer depuis longtemps. J'ai entendu Amina soupirer lorsqu'elle a quitté la cuisine.

Quelques jours plus tard, Gowon a officiellement déclaré que la guerre était finie. À nouveau, nous l'avons entendu à la radio depuis la cuisine. Dehors, le soleil brillait haut dans le ciel, et Gowon a dit :

Citoyens du Nigeria,

C'est le cœur plein de gratitude envers Dieu que je vous annonce qu'aujourd'hui marque la date officielle de la fin de la guerre civile... Le soi-disant Soleil levant du Biafra s'est couché pour de bon. Ce serait une grave erreur pour quiconque de persister à utiliser le nom de Biafra pour décrire une partie de l'État du centre-est du Nigeria...

Gowon n'avait pas terminé que déjà le professeur s'exclamait : « Quel imbécile ! » Et sa femme d'ajouter : « Meurtrier ! »

... *Le tragique chapitre de la violence vient de se refermer. Nous sommes à l'aube d'une nouvelle réconciliation. Une fois encore la possibilité nous est donnée de construire une nation nouvelle...*

Et Gowon a poursuivi ainsi dans le même registre.

Ce soir-là, nous étions dehors sur la route quand les soldats sont arrivés, les soldats haoussas de l'armée nigériane, qui avançaient au pas de l'oie.

« Nigeria uni ! Nigeria uni ! » criaient-ils. Ils levaient la jambe bien haut en marchant, tous vêtus d'uniformes verts, béret sur la tête, maintenant fermement leur fusil contre leur poitrine.

24

Selon le proverbe, il n'est pas difficile d'enflammer le bois qui a déjà été touché par le feu.

Après avoir fini notre dîner, composé de gari et de soupe de légumes, on est retournées à notre abri, sur la plaque de ciment, pour faire notre toilette du soir.

Près du seau, dans l'angle de la plaque, le tabouret qu'on avait laissé ainsi le matin. Dessus étaient posés le peigne qu'on se partageait, des épingles à cheveux, notre crème pour le corps et un petit miroir. On finissait juste de se sécher quand Amina a pris le miroir. Nos serviettes enroulées autour de nous tombaient jusque sur nos cuisses. Elle s'est penchée près de la lampe-tempête. Son visage s'en est trouvé illuminé. Puis elle a tiré sur ses tresses en désordre. « C'est bien, comme ça ? »

Je me suis approchée et j'ai passé les doigts dans ses cheveux. Dans ces tresses que j'avais nattées le matin même. J'ai pris son visage entre mes mains, et j'ai fait semblant d'inspecter ses cheveux. J'ai hoché la tête en souriant. Elle m'a souri à son tour.

Autour de nous, le concert habituel de la nuit : les sauterelles bondissantes, le bourdonnement des lucioles, le chant des criquets, le frissonnement des feuilles sous la brise. J'ai à nouveau caressé les cheveux d'Amina, ses bras. Elle m'a imitée.

De retour à l'abri, nos serviettes se sont retrouvées par terre.

Dans la pénombre, nos mains se perdaient sur nos corps. Nos doigts suivaient les courbures de notre chair, les plis. Plus que nos voix, c'étaient nos mains qui parlaient. Nos souffles se mêlaient à la rumeur de la nuit. À un moment, nos lèvres se sont rencontrées. C'était le début, la première fois que nos corps s'enflammaient au contact du corps de l'autre.

25

« C'est comme si on était mariées », a dit Amina un jour.

Un instant s'est écoulé, et une pensée m'est venue : « Tu veux dire ensemble ? Ou à quelqu'un d'autre ? »

Elle a écarquillé les yeux. « Bien sûr, ensemble. Je voulais dire que j'aimerais bien être mariée avec toi.

— Moi aussi, j'aimerais bien. »

Silence.

« Mais ce n'est pas comme ça que ça marchc, tu sais. De toute façon, on est encore trop jeunes », ai-je ajouté.

Nouveau silence.

« Tu as déjà embrassé quelqu'un ? » ai-je demandé.

Elle a secoué la tête. « Non. Jamais. Quand est-ce que j'aurais pu embrasser quelqu'un ? » Puis, d'un air sceptique : « Et toi ? Tu as déjà embrassé quelqu'un ? »

J'y pensais justement, c'est pour ça que je lui avais posé la question. Tout ce temps, cela m'avait troublée, c'était une sorte de trahison. Peut-être qu'elle me détesterait pour ça, parce que je l'avais fait avec un autre, cette chose spéciale qui était censée n'appartenir qu'à nous. Mais je lui devais la vérité.

« On m'a embrassée une fois. C'était mon meilleur ami, à Ojoto. Ce n'était pas du tout pareil qu'avec toi.

— Ton meilleur ami ?
— Oui.
— Mais quel genre de meilleur ami c'était, celui-là ?
— Juste un ami.
— Et ça n'est arrivé qu'une fois ?
— Une seule.
— Tu me promets que ce n'était pas aussi bien qu'avec moi ? »

C'était une drôle de question, tellement la réponse était évidente pour moi, alors j'ai ri. Puis, en toute honnêteté, j'ai répondu : « Je te promets que ce n'était pas aussi bien qu'avec toi. »

Au bout d'un moment, elle m'a demandé : « Et c'est comment, avec moi ? »

J'ai réfléchi. Comment décrire cela ? Je ne parvenais pas à trouver les mots. Alors j'ai simplement répondu : « Ça donne des frissons, et c'est bon, et c'est comme si tout était parfait en ce monde. »

Elle a souri. « Mais peut-être que tu étais juste trop jeune pour ressentir ça avec ton meilleur ami.
— Peut-être.
— Tu crois que tu aurais pu te marier avec lui ?
— Non. De toute façon, si aujourd'hui je suis trop jeune pour me marier, avant je l'étais encore plus.
— Tu répètes toujours qu'on est trop jeunes pour se marier.
— C'est parce que je le suis. »

26

C'est arrivé au début du mois d'août, à la fin de la saison des pluies, le jour de la fête de l'igname nouvelle.

Des boutiques commençaient à ouvrir en bordure de route, petites échoppes logées dans d'étroits abris en zinc. Ce qu'elles vendaient n'était pas de la même nature que les denrées proposées par les vendeurs de rue traditionnels. Elles avaient du rouge à lèvres, du parfum, du savon dans des emballages verts, rouges, bleus, violets – toutes les couleurs –, enveloppés avec tant de soin dans leurs jolies boîtes qu'ils paraissaient être de précieux présents. Il y avait également des tubes de dentifrice pour ceux qui étaient prêts à renoncer aux bâtonnets de nettoyage au profit des brosses à dents.

Ce jour-là, nous avions mangé du porridge d'igname au petit déjeuner, de l'igname bouillie à l'huile de palme au déjeuner et, au dîner, de la purée d'igname et de la soupe. Il y avait à présent sept mois que la guerre était terminée. Les écoles n'avaient pas encore rouvert, mais les feuilles des palmiers reverdissaient. Les ignames n'étaient pas particulièrement abondantes, pourtant les gens avaient tenu à célébrer cette fête.

Tout cela a dû se produire un samedi, car c'était le jour où le professeur nous apportait un seau rempli de ses chemises et pantalons, ainsi que des chemisiers, robes et boubous de sa femme pour qu'on les lave. Il avait l'habitude de venir tôt, en général le matin, jamais après le début de l'après-midi.

Ce samedi-là, il est passé bien plus tard.

Si seulement il avait porté son seau deux heures plus tôt. Alors nous aurions été encore dehors, à faire les commissions, ou à la cuisine pour nettoyer ou préparer à manger, ou tout simplement assises à la porte de l'abri, attendant sa venue.

S'il y avait pensé, il n'y aurait rien eu à découvrir : on aurait simplement pris le seau, et on se serait aussitôt lancées dans la lessive, avant de suspendre les vêtements pour qu'ils sèchent au soleil.

Papa parlait beaucoup de l'infini. Il revenait sans cesse sur le fait que tout dans la vie pouvait suivre une infinité de possibilités. Même avec un nombre limité de cubes de bois, les possibilités de construction étaient illimitées.

Aujourd'hui, quand je repense à ce samedi-là, je songe aussi à papa et à ses infinies possibilités, à la manière dont cela s'applique également à un événement aussi routinier que le fait d'apporter ses vêtements sales à laver.

C'était longtemps après le dîner. Amina et moi, on avait fini de nettoyer la cuisine.

Après notre toilette dehors au robinet, on était retournées dormir dans l'abri.

À l'intérieur il faisait noir, sauf près de la lampe-tempête posée sur la table, près de la bible de papa. On s'est installées à nos places habituelles sur le matelas : elle, près du mur, moi de l'autre côté, plus près de la porte.

On était allongées face à face, prêtes à dormir, mais le sommeil se refusait à nous. Dans la lumière de la lampe-tempête, je voyais battre ses paupières. Pendant longtemps, nous n'avons rien dit. Et puis elle m'a confié : « Tous les matins, au petit déjeuner, ma mère me demandait à quoi j'avais rêvé pendant la nuit. »

Maman aussi parlait beaucoup des rêves. Je l'ai dit à Amina. On s'est accordées pour conclure que c'était peut-être une caractéristique de toutes les mères.

J'ai repensé à mes rêves de la nuit précédente. Ce n'a pas été celui où je me retrouvais prisonnière du rêve qui m'est revenu le premier, mais plutôt celui où j'avais mal aux dents et où elles se mettaient à tomber.

Amina a répondu : « Tu l'as déjà fait, celui où on s'élève du sol sans raison particulière, comme un ballon qui flotte en l'air et qui monte de plus en plus, et toi, tout ce que tu veux, c'est redescendre, mais tu n'y arrives pas ?

— Oui, c'est ceux-là qui m'effrayaient le plus. À ton avis, ça veut dire quoi un rêve comme ça ?

— Ma mère m'a expliqué un jour : ça veut dire que tu vas continuer à t'élever, mais à la fin tu vas retomber. Des choses bien vont t'arriver pendant un moment, et après il se produira quelque chose de mauvais. »

J'ai presque regretté de lui avoir posé la question.

J'ai essayé de me souvenir quand j'avais rêvé de ça pour la dernière fois. Impossible. Mais bon, peut-être que dans mon cas, la chute avait déjà eu lieu. Peut-être était-ce justement cela : ma présence chez le professeur en tant que petite bonne à tout faire.

« La veille du jour où ma maison a été détruite, j'ai rêvé d'une fleur jaune qui poussait toute seule dans un champ. Je voulais le raconter à ma mère quand je suis rentrée avec les beignets de haricots, mais je n'ai jamais eu cette chance.

— Je suis désolée. »

Le drap couvrait nos poitrines, Amina l'a alors remonté jusqu'aux épaules. On était allongées tranquillement. On se taisait toutes les deux.

Enfin, j'ai dit : « Les rêves ne sont pas toujours tristes. En tout cas, pas nécessairement. Même les plus effrayants, ils ne signifient pas forcément quelque chose de mauvais. »

Je me suis retournée et suis remontée un peu, si bien que je n'étais plus face à elle.

La flamme de la lampe-tempête frémissait. À côté, la bible de papa. J'ai essayé de me souvenir d'un passage de la Bible qui parlait des rêves. Presque aussitôt, l'histoire de Joseph m'est revenue. « Tu connais l'histoire de Joseph et de ses rêves ?

— C'est qui, Joseph ?

— Tu sais, Joseph, dans l'Ancien Testament. »

Elle a secoué la tête en répétant qu'elle ne savait pas qui était Joseph.

Je lui ai expliqué. Comment Dieu s'était adressé à lui à travers ses rêves. Que dans l'un d'eux, Joseph gerbait le blé avec ses frères, et sa gerbe se tenait bien droite, nette et haute. En revanche, celles de ses frères étaient repliées, elles s'inclinaient devant la sienne. Dans un autre songe, c'était le soleil, la lune et les étoiles qui s'inclinaient devant Joseph.

« Au début, ai-je expliqué, quand il a raconté ça à ses frères, ils étaient en colère contre lui parce qu'ils imaginaient que Joseph voulait dire qu'il valait mieux qu'eux. Dans un premier temps, on dirait que le rêve n'était là que pour causer des problèmes. Ses frères étaient tellement en colère contre lui qu'ils l'ont vendu à un marchand d'esclaves. Mais des années plus tard, tout s'est arrangé. Joseph et ses frères ont été réunis. En fin de compte, ils ont découvert que les rêves et tout ce qui en avait découlé s'inscrivaient dans les projets de Dieu. Tu imagines : tout ça avait été voulu par Dieu. Car c'est d'eux que sont nées les douze tribus d'Israël. »

Elle a soupiré et s'est blottie contre moi. « Je ne comprends pas pourquoi Dieu a voulu qu'ils passent par tout ce cirque. Pourquoi est-ce que ses frères l'ont vendu comme esclave et qu'il l'est resté pendant toutes ces années ? Ça revient à faire un grand détour inutile au lieu d'aller droit au but. Pour moi, ça n'a pas de sens.

— Peut-être que des fois, on est obligé de faire un grand détour. Parce que alors on apprend plus de choses.

— Je ne sais pas. Mais tu as peut-être raison. »

Amina était à présent si proche de moi que j'ai eu envie de me pencher pour l'embrasser. J'ai commencé par poser mes lèvres sur son front. Puis je me suis arrêtée sur son nez. Bientôt, je suis arrivée à ses lèvres, au creux de son cou que laissait nu le large col de sa chemise de nuit.

Elle s'est relevée et s'est postée au-dessus de moi à quatre pattes. Sa façon de bouger avait quelque chose de triste, ainsi que la manière dont ses lèvres s'attardaient dans mon cou. Tout ce chagrin aurait pu l'arrêter, mais elle a continué, sans doute déterminée à chasser ainsi sa douleur.

Petit à petit elle est descendue vers ma poitrine. Jamais on n'était allées plus bas. Mais elle m'a délicatement ôté ma chemise de nuit, et à mon tour je lui ai retiré la sienne. Elle a pris mes seins dans ses mains, s'est mise à les frôler, les caresser, les lécher. Je sentais ses dents mordiller la pointe. Un sentiment d'euphorie m'a envahie.

Elle a continué à descendre le long de mon ventre dans une rivière de baisers. Elle s'est ensuite aventurée plus bas, vers mon bas-ventre, plus loin que jamais on était allées. Je gémissais en me soumettant à ses caresses. J'ignorais encore qu'une bouche pouvait me faire éprouver de telles sensations dans cette partie de mon corps où je n'avais jamais imaginé qu'elle puisse se poser.

Les coups frappés à la porte nous ont ramenées à la réalité. Le professeur s'était ainsi annoncé bien des fois. Mais toujours il avait attendu la permission pour entrer. Il ne s'y autorisait qu'après avoir reçu notre réponse, et il nous trouvait donc occupées à bavarder, à nous coiffer, voire à grignoter.

La porte s'est ouverte avant qu'on ait eu le temps de remettre nos chemises de nuit. Il est entré en trombe en nous expliquant qu'il n'avait pas vu le temps passer, qu'il laissait le seau devant la porte et que nous n'aurions qu'à nous en occuper le lendemain matin en nous levant.

C'est alors que son regard s'est posé sur nous. Amina était allongée sur le dos, ma tête suspendue au-dessus de ses jambes. On avait fait de notre mieux pour s'écarter l'une de l'autre, mais sans grand résultat. Je n'avais réussi qu'à me relever, et Amina à refermer les cuisses.

En nous découvrant ainsi, il s'est mis à suffoquer, tel un malade à l'article de la mort.

Il s'est immédiatement emparé de la lampe-tempête, l'a approchée de nous, s'est penché pour nous regarder de plus près, nous examinant comme s'il voulait s'assurer que ce qu'il voyait était bien réel.

À nouveau, il a sursauté et suffoqué de concert.

J'étais à présent pétrifiée, et Amina devait ressentir la

même chose, non seulement à cause de la manière dont il nous examinait, mais aussi parce que nous avions à présent le malheur de nous voir à travers ses yeux à lui.

Il s'est approché, nous a mises debout l'une après l'autre et nous a giflées. En plus d'une année passée chez lui, il avait parfois brandi la menace d'une correction mais sans jamais passer à l'acte, jusqu'à cet instant.

Il avait dû remarquer la bible sur la table en prenant la lampe-tempête, parce qu'il s'est retourné pour reposer l'une et s'emparer de l'autre. En la désignant, il s'est alors écrié : « Une abomination ! »

Le mot s'est mis à résonner dans mon esprit.

En me regardant droit dans les yeux, il a hurlé : « Voilà ce que c'est, s'il faut nommer la chose ! Voilà comment l'appelle la Bible ! »

Puis il s'est tourné vers Amina en vociférant : « Et le Coran aussi le condamne. Je ne sais pas grand-chose de l'islam, mais je sais que sur ce point, le Coran et la Bible sont d'accord ! »

Il faisait les cent pas en nous parlant, à grand renfort de gestes frénétiques, et nous expliquait qu'il faudrait répondre de nos actes. Il avait entendu raconter que dans certains cas, on lapidait les coupables pour qu'ils aillent se jeter dans la rivière. La pluie de pierres continuait de s'abattre jusqu'à ce qu'ils se noient. Bien sûr, on parlait rarement de ce genre d'affaires. Tout cela était si tabou, c'était un anathème, une chose qu'on n'osait même pas évoquer, qui ne méritait même pas de nom.

Amina et moi, on a fondu en larmes, sanglots profonds qui faisaient tressauter nos épaules. Nos vêtements gisaient éparpillés sur le sol, telles des graines disséminées. Nous étions nues, et nous ressentions cette nudité de la même manière qu'Adam et Ève avaient dû l'éprouver au jardin d'Éden, dans la brise du soir. Nous avions ouvert les yeux, et nous aussi, nous voulions nous cacher. Mais d'abord, il nous fallait endurer le sermon du professeur. Et il continuait d'arpenter la petite pièce, de long en large, revenant à l'envi sur notre honte, l'œil furieux, la bouche écumant de colère.

Et il nous sermonnait, nous sermonnait, nous sermonnait. Comme Dieu avait dû le faire avec Ève.

27

C'est ainsi que maman est revenue vers moi. Près de deux ans étaient passés, ensuite cet incident, et enfin nous nous sommes retrouvées.

Dès que je l'ai vue, j'ai couru me jeter dans ses bras. Juste à l'instant où elle passait la barrière. En dépit des tristes circonstances où elle s'était séparée de moi, et en dépit des tristes circonstances qui nous réunissaient à présent, j'étais vraiment heureuse de la voir. Tant de temps s'était écoulé, et elle me manquait.

Maman n'avait jamais été très en chair, mais elle avait maigri, elle s'était desséchée.

Quand je l'ai lâchée, nous nous sommes retrouvées face à face, les yeux dans les yeux.

Je me souviens encore aujourd'hui de la manière dont ses vêtements retombaient sur elle, à croire qu'elle n'avait pas de formes, et puis cette odeur rance de sueur – pas complètement étrangère, mais un peu rebutante.

Je suis restée avec elle, je tirais doucement sur ses vêtements sans y penser, ainsi que le font parfois les gens qui se connaissent bien. Je tripotais le revers en haut de son boubou.

J'ai fini par lâcher le tissu pour glisser ma main dans la sienne. Sa peau était ridée, comme à force de lavages.

Ou à force d'usage. Ou bien était-ce l'âge. Je sentais un battement, une sorte de tremblement dans sa main. J'avais gardé la tête baissée jusque-là, enfin je l'ai relevée et j'ai vu des larmes dans les yeux de ma mère : elles scintillaient devant moi telles les gouttes d'argent à la saison des pluies. Ses joues étaient creusées. En cet instant, j'aurais voulu retourner dans son ventre, ne serait-ce que pour lui donner davantage d'épaisseur, un peu de rondeur sur ses hanches, ses seins, ramener la vie sur ses pommettes.

Elle s'est mise à fredonner, sans y penser, et tout en fredonnant ainsi, elle riait, sans raison, d'un rire doux et lisse. Je me suis penchée, et j'ai enroulé mes bras autour d'elle en priant pour que n'arrive jamais le jour où elle m'échapperait complètement, où elle se serait recroquevillée, recroquevillée, jusqu'à ce qu'il ne reste rien d'elle sur cette terre.

Le professeur nous observait sûrement depuis le début. Quand maman et moi nous sommes arrachées à notre dernière étreinte, il s'est raclé la gorge pour nous faire comprendre qu'il était temps que la réunion commence.

Des tabourets avaient été disposés dans le jardin, derrière la maison, dans cet espace recouvert d'un épais tapis d'herbe verte qui séparait le bâtiment principal de notre abri. C'était la fin de la matinée, et nous nous sommes assis en cercle, comme à un conseil de village, mais sans les ornements, et l'accueil en fanfare qui marque le début de ce genre de réunions.

Le soleil brillait avec éclat. Je sentais le poids de ses rayons sur mes épaules. Sur le mur en ciment qui servait de clôture au jardin s'égaillaient des lézards.

« Bien, racontez-moi donc de quoi il s'agit, a dit maman.

— Je vais laisser Ijeoma vous le raconter elle-même, a répondu le professeur. Allez, dis-lui. Vas-y », m'a-t-il ordonné.

Je suis restée silencieuse, la gorge nouée.

La femme du professeur, qui se taisait jusqu'à présent, a alors pris la parole. « Le temps n'attend personne », a-t-elle commenté d'un ton sévère.

Maman me regardait en fronçant les sourcils. « Ijeoma, mais qu'est-ce que tu as fait ? »

Depuis le début, Amina était assise avec nous sans que maman lui prête attention. Soudain, elle l'a remarquée.

Elle lui a souri et s'est adressée à elle en igbo, lui posant tout une série de questions : comment vas-tu ? Qui es-tu ? Que fais-tu là exactement ?

Amina se taisait, car même si elle connaissait quelques mots d'igbo, bien pratiques quand on sortait faire les commissions, elle n'en savait pas suffisamment pour comprendre tout ce que maman lui avait dit, sans parler de formuler des réponses.

Le professeur a repris la parole pour expliquer qui était Amina, et maman a fait la grimace pour exprimer son mécontentement qu'il ait laissé une Haoussa habiter chez lui, qui plus est en la laissant partager ma chambre à moi, son enfant. Ne comprenait-il pas combien c'était dangereux ? Ne savait-il donc pas que l'armée haoussa avait tué son mari, que c'était ce même peuple qui avait détruit le Biafra ?

Il a répliqué que jusqu'à ce jour, Amina n'avait jamais causé le moindre problème, et que de toute façon c'était une petite fille inoffensive.

Toujours aussi fâchée, maman arborait un air renfrogné.

Toute cette situation était très pesante pour moi, et j'avais la sensation d'avoir des nœuds dans le ventre. Je me suis abîmée dans mes pensées. Je m'imaginais ailleurs, hors de ce moment. Ou plutôt, je m'imaginais dans un endroit où rien ne s'était jamais produit, où il ne se passait rien non plus à présent, et qu'à l'avenir tous ces riens n'auraient aucune conséquence.

La voix de maman m'a ramenée à la réalité. « Ijeoma, tu m'entends ? » Ses mots étaient stridents d'irritation. « Tu m'entends, ou je parle dans le vide ?

— Oui, maman, je t'entends.

— Alors vas-y. Raconte-moi ce qui s'est passé. »

J'ai bafouillé, ma langue s'est emmêlée dans les mots avec maladresse avant qu'enfin quelque chose de cohérent sorte de ma bouche. « Amina et moi, on ne pensait pas à mal.

— À propos de quoi vous ne pensiez pas à mal ?

— À propos de ce qu'on faisait.

— Et qu'est-ce que vous faisiez exactement ?

— Nos vêtements.

— Vos vêtements ? »

J'ai hoché la tête, mais je n'ai pas pu continuer.

Soudain, un éclair de lucidité sur son visage, montrant qu'elle avait sans doute compris. Elle a ouvert grand les yeux et la bouche. « *Chi m o !* » s'est-elle exclamée en un souffle. Mon Dieu ! Elle était toujours assise sur son tabouret, mais ses mains s'agitaient, se tordaient, comme un voleur pris en flagrant délit.

« On ne pensait pas à mal », ai-je répété.

Maman a poussé de doux gémissements.

« Maman, je suis désolée », ai-je dit en m'approchant, et je me suis agenouillée devant elle en entourant ses jambes de mes bras. Quand je me suis relevée, j'ai vu qu'Amina se tenait debout à mes côtés, le visage plein de larmes. Elle a dit : « Madame, je suis désolée moi aussi. S'il vous plaît, ne soyez pas en colère contre nous. »

Maman me semblait minuscule à présent, encore plus que tout à l'heure. Elle a lentement secoué la tête en nous regardant. Puis elle a porté les mains à sa bouche, l'a recouverte en une vaine tentative pour réprimer ses larmes.

Je suis restée là à la regarder pleurer, et j'ai imaginé le châtiment dont le professeur nous avait parlé : tout le village rassemblé sur les berges de la rivière, Amina et moi entraînées dans le courant, les pierres pleuvant sur nous jusqu'à ce qu'on soit pleines de bleus et de meurtrissures, affaiblies à force de coups. J'ai imaginé qu'on nous abandonnait à la noyade.

Voilà comment j'ai finalement quitté la maison du professeur. Quant à Amina, puisqu'elle n'avait plus de famille ni nulle part où aller, elle est restée. Le professeur et sa femme se chargeraient de la remettre dans le droit chemin, et maman agirait de même avec moi.

Elle m'a emmenée prendre le bus sans prononcer le moindre mot. Elle me tenait fermement par la main. Dans un lourd silence déprimant, nous sommes montées nous asseoir sur les sièges. Sa poigne était si forte qu'elle me faisait mal. *Lâche-moi*, imaginais-je lui dire, à elle et à sa main. *Lâche-moi*. Et je me figurais qu'elle répondait quelque chose comme : *C'est la colère. Elle fait ce qu'elle veut.*

QUATRIÈME PARTIE

28

Le lycée, l'académie pour jeunes filles Obodoañuli – académie du pays de la joie – avait, chose ironique, l'air humble et effacé, presque austère, à croire que les jeunes filles en question se destinaient à entrer dans les ordres. Si l'on se fondait uniquement sur les apparences, il n'y avait là rien de joyeux.

Le lycée ne se trouvait pas exactement à Nnewi, mais un peu à l'ouest, sur la commune toute proche d'Oraifite, dont la séparait la rivière Ekulo. Dans ce cours d'eau et aux abords poussaient des palétuviers aux racines recourbées comme des vieux au dos cassé, s'arc-boutant pour échapper au soleil.

L'école était telle une petite enclave, entourée d'arbres et de buissons, surtout des palmiers et bananiers. La seule route qui traversait la forêt menait au lycée. C'était un chemin de terre boueux semé de nids-de-poule, au bout duquel une grille s'ouvrait sur le campus.

Le campus était vaste, de petits bâtiments s'y élevaient – entre douze et quinze –, ressemblant à de grandes huttes. Les classes constituaient les plus petites constructions, chacune était pourvue de deux petites fenêtres sans carreaux, munies de volets de bois qui la plupart du temps étaient ouverts.

Les autres bâtiments, plus grands, servaient de dortoirs, de toilettes, de salles de bains, de locaux administratifs et de bibliothèque. Parfois, les élèves se retrouvaient dans les bureaux réservés aux professeurs – le soir surtout, mais jamais le week-end. Il n'y avait presque personne, le week-end. La plupart des professeurs et des élèves rentraient chez eux.

Devant les dortoirs, il y avait une véranda, avec des tubes fluorescents accrochés au plafond qui s'allumaient la nuit. À l'intérieur, des chambres où étaient alignés des lits à intervalles réguliers. Chaque dortoir contenait trois chambres de deux ou trois lits. Près des lits, un pupitre et une chaise où nous nous installions pour lire et faire nos devoirs. Sur les bureaux, une lanterne. Il n'y avait pas grand-chose d'autre dans les dortoirs, en dehors de ce que les élèves apportaient elles-mêmes.

« Et c'est fini ces bêtises entre toi et cette fille, m'avait dit maman avant de m'envoyer en pension. Souviens-toi qu'à présent, tu es une nouvelle personne. Et tu as de la chance que le professeur ait bien voulu tenir ses engagements en t'envoyant au lycée malgré le comportement honteux que tu as manifesté. Allez, regarde-moi. *Nee anya*. Quoi que tu fasses, tiens-toi à l'écart de cette fille !

— Si tu as tellement peur que je recommence, pourquoi vous nous envoyez dans la même école ?

— C'est la seule où le professeur ait les moyens de vous inscrire toutes les deux. Sinon, crois-moi, j'aurais veillé à ce que vous alliez dans des établissements aussi éloignés que le ciel l'est des enfers. »

Le lycée accueillait pour l'essentiel des filles igbos. Mais il y avait aussi deux Efiks et, en plus d'Amina, une autre Haoussa, qui aurait pu passer pour igbo car elle avait toujours vécu en terre igbo – d'ailleurs, si étrange que cela puisse paraître, l'un de ses parents était igbo.

Nous restions entre nous. Les Efiks demeuraient ensemble, et les Igbos avec les Igbos. Au cours des premières semaines, surtout, chaque fois que je croisais Amina, soit elle était seule, soit en compagnie de la fille haoussa-igbo.

Environ le troisième jour après mon arrivée, je suis tombée sur elle en allant en cours. Elle était seule, et je l'ai serrée dans mes bras en essayant d'entamer la conversation, je lui ai demandé comment elle trouvait l'école, si elle s'y était bien accoutumée. Mais Amina est restée très raide entre mes bras et, après, elle m'a à peine jeté un regard, alors même que je marchais à côté d'elle. Elle ne me répondait que par monosyllabes.

Nous nous rendions dans deux classes différentes. Finalement, je suis partie à mon cours. J'ai fait une nouvelle tentative après : je suis venue l'attendre. Quand elle est sortie, je me suis approchée d'elle, mais en me voyant, elle a murmuré qu'elle était occupée et elle s'est éloignée d'un pas rapide, à croire qu'elle voulait mettre de la distance entre elle et moi.

Dans les jours qui ont suivi, j'ai eu beau essayer de l'aborder, elle demeurait aussi loin de moi que possible. Je me suis soudain demandé si tout ce qui s'était passé chez le professeur n'avait pas été le fruit de mon imagination. Comment pouvait-elle se montrer aussi froide envers moi ?

Au bout de plusieurs tentatives, puisqu'elle refusait de se comporter comme avant, j'ai mis un point d'honneur à ne plus m'approcher d'elle. Il y avait des moments, bien sûr, où nous nous trouvions à proximité l'une de l'autre car nous ne pouvions l'éviter – le rassemblement du matin, les cours d'éducation physique, les repas à la cantine du lycée – mais, la plupart du temps, nous gardions nos distances. Je me suis mise à passer de plus en plus de temps en compagnie d'Ugochi, ma camarade de chambre.

Ugochi était assise sur son lit.

C'était une Igbo à la peau sombre, que nous surnommions *panla*, ou poisson séché, parce qu'elle était très mince et, à bien y regarder, on aurait dit que sa chair était si sèche qu'elle lui collait aux os. Même dans son visage, les os étaient trop saillants, ou sa peau était trop tendue, ainsi au premier abord elle paraissait grave, presque en colère.

Au moins, elle avait une belle silhouette – une belle poitrine, des hanches bien dessinées, d'excellentes proportions. Avec sa peau d'un brun chaud, elle n'était pas dénuée de séduction.

Elle repliait son foulard. Je la regardais faire depuis mon lit. C'était une écharpe beige, douce, brodée de pétales de fleurs épars.

Contrairement au reste des élèves qui avaient très peu d'objets personnels, et uniquement réservés à l'usage quotidien, Ugochi possédait quelques affaires dont elle se servait peu : une barrette fantaisie rose pâle que je ne l'avais jamais vue porter, pas plus que ses rubans de satin, une paire de sandales jaunes avec un gros nœud doré sur le dessus. Et cette écharpe. Régulièrement, elle s'asseyait pour l'admirer, puis la repliait et la rangeait. Parfois, je la voyais tout mettre dans un sac pour partir avec. Le reste du temps, ces objets restaient dans leur petit coin, dans la partie de la chambre qui lui était réservée.

C'était un après-midi, juste après les cours du matin.
« J'aime bien ton écharpe, lui ai-je dit. Je peux la voir ? »

Elle a semblé réfléchir, et elle m'a fait signe

d'approcher. « D'accord, viens voir. Mais rappelle-toi bien : tu peux la regarder, mais je ne la prête pas. C'est une écharpe spéciale.

— Qu'est-ce qui la rend spéciale ? »

Elle me l'a mise entre les mains, m'a autorisée à la toucher, à l'examiner. Les pétales étaient ourlés de rose. L'étoffe était douce, semblable à de la soie.

« Ça veut dire que je la garde pour les grandes occasions.

— Quelles grandes occasions ? ai-je demandé en la considérant d'un air interrogateur.

— Enfin, a-t-elle répondu en riant. Tu ne comprends vraiment pas ? »

J'ai secoué la tête.

« *You sef ?* a-t-elle repris. Tu ne sais donc pas ces choses ? Mais quel genre de fille tu es ? *Yellow sissy like you*... Une si jolie petite, tu n'as pas d'ami homme ? »

Je n'ai pu réprimer un rire. Un ami homme, voilà bien la dernière chose à laquelle je pensais. J'ai secoué la tête et répondu que non, je n'en avais pas.

Ugochi m'a alors regardée avec un mélange d'étonnement et de commisération. « Bon, peut-être qu'un jour tu en auras un. Enfin, sache que les hommes aiment ce genre de choses. Ils veulent *ocho mma, nwa nlecha, asa mma, asa mpete.* » Elle a éclaté d'un petit rire très féminin, se moquant presque d'elle-même. « Tu sais, belles, très belles. Pas de petit détail. Je réserve mes jolies choses aux moments où je vois mes amis hommes. Des objets spéciaux pour des gens spéciaux. Tu vois ? »

Le coup de sifflet a retenti, nous appelant en classe pour l'après-midi. Dehors, le bruit des pas, les voix qui montaient. « Il est temps d'y aller », a-t-elle dit, et elle a repris son écharpe.

29

Un jour, de bon matin, j'étais assise à mon bureau vêtue de mon uniforme, une blouse à carreaux blancs et verts et une jupe verte assortie. J'apprenais mes leçons, et de temps à autre se glissait en moi la pensée d'Amina, alors j'entendais la voix de maman me dire : « *Nee anya*. Quoi que tu fasses, tiens-toi à l'écart de cette fille ! » Si seulement maman avait su combien sa mise en garde serait inutile, ai-je songé.

De la nuit, je n'avais pas revu Ugochi, mais soudain elle a ouvert grand la porte et fait son entrée avec son air bravache habituel.

Je me suis retournée pour la regarder. Son maquillage et ses vêtements étaient en désordre. Ses cheveux étaient encore attachés avec l'un de ses rubans, mais elle était complètement décoiffée. Malgré son allure guère présentable, elle affichait un grand sourire.

« Qu'est-ce que tu fais comme ça, à ton bureau ? m'a-t-elle demandé.

— Je travaille.

— Tu travailles ?

— On a une interro d'histoire aujourd'hui. Tu as oublié ? »

Elle m'a regardée d'un air absent, à croire qu'elle

passait en revue des fiches dans sa tête. Enfin, elle a déclaré : « Ah oui, c'est vrai. Ben, je suis pas sûre que j'aie vraiment besoin de réviser. Je suis certaine que je m'en tirerai quand même.

— Et comment tu vas y arriver ? »

Elle détachait le ruban de ses cheveux. Elle a bafouillé avant de répondre : « Ben, tu sais. La plupart des trucs qu'on apprend en ce moment, ça correspond à des chansons. » Elle s'est mise à chanter : « Il y a sept fleuves en Afrique : le Nil, le Niger, le Sénégal, le Congo, l'Orange, le Limpopo, le Zambèze. Azikiwe, Awolowo, Tafawa Balewa. *Onye ocha, sepu aka n'opu eze.*

« Et voilà, a-t-elle dit en ouvrant largement les bras en guise de conclusion. Tout ça, dans une chanson, les sept fleuves, et les trois pères fondateurs.

— Pas mal. Mais bon, ça ne te mènera pas bien loin. Il n'y a pas de chanson pour tout. Et si jamais la question porte sur : "Homme blanc, enlève tes mains du chapeau du chef" ? Tu connais la réponse ?

— Personne ne devrait mettre la main sur le chapeau d'un autre, a-t-elle répondu en riant. En tout cas, pas sans permission. Mais le truc avec les chansons, c'est que je saurai forcément quelque chose ! Ce sera toujours mieux que rien, *abi* ?

— Et *Le monde s'effondre* ? Tu l'as lu ? On va sans doute aussi avoir une interro dessus. »

Elle a agité la main comme pour chasser cette pensée. En même temps, elle a retiré sa jupe en disant : « Tout le monde connaît l'histoire d'Okankwo. »

Je suivais des yeux ses mouvements, mais quand sa jupe est tombée, je me suis retournée. « Je me débrouillerai très bien avec ça », a-t-elle lancé, et du coin de l'œil j'ai vu qu'à présent, elle déboutonnait son chemisier.

Je ne voulais pas la regarder car cela me mettait mal à l'aise, et puis aussi par respect envers elle. J'ai relevé la tête seulement quand j'ai été sûre qu'elle avait eu le temps de se déshabiller et d'enfiler son uniforme de lycéenne. Seulement, elle n'en avait rien fait. Elle était enveloppée dans sa serviette et tenait son seau et sa bassine à la main. « Je vais me laver en vitesse. Attends-moi. Ne pars pas sans moi, d'accord ? »

J'ai acquiescé.

« Et pour les leçons. *No big problem. I go manage*... Je me débrouillerai. À tout de suite. »

Sa voix s'est tue et, quelques instants plus tard, la porte s'est refermée.

30

« Les cours, ça t'empêche vraiment de vivre comme tu veux, a dit Ugochi en se penchant pour remettre des vêtements dans son sac. Tu te rends compte à quel point c'est pénible de devoir revenir ici juste pour se changer ? »

J'ai éclaté de rire.

« Franchement, j'ai tellement hâte d'être au week-end. Je ne connais rien de mieux que d'avoir tout mon temps à partager avec mes amis hommes, a-t-elle ajouté en me lançant un clin d'œil.

— Mais combien tu en as ? Et s'ils sont si nombreux, comment peuvent-ils être si spéciaux ?

— Ma chérie », a-t-elle répondu d'une voix traînante. Elle s'était mise depuis peu à m'appeler « ma chérie » car elle était certaine désormais que j'étais l'amie proche qu'elle avait toujours souhaité avoir. Elle l'a répété d'une voix pleine de sentiment : « Ma chérie, ça, ça ne regarde que moi… pas toi. »

J'ai poussé un petit rire moqueur. « Un de ces jours, tu vas te faire attraper, l'ai-je défiée. À entrer et sortir en douce du campus ainsi que tu le fais tout le temps. Ne t'étonne pas d'être prise en flagrant délit.

— Oh, femme de peu de foi, a-t-elle rétorqué en

secouant la tête. Ne t'inquiète pas pour moi. Je sais ce que je fais. Je suis couverte. »

Elle finissait juste son sac quand on a frappé à la porte. Elle a fermé son sac puis elle est allée ouvrir.

Depuis la fenêtre près de mon lit, j'ai vu les feuilles s'agiter et j'ai su qu'il y avait du vent.

La porte s'est ouverte en grand sous le souffle de la brise. Quelqu'un est entré. D'abord j'ai distingué la silhouette d'une fille vêtue d'une longue robe noire. Je ne discernais pas ses traits, et je n'aurais pu dire si elle avait des cheveux sur la tête. Elle s'est avancée de quelques pas. « Je cherche Ijeoma », a-t-elle dit. C'était la dernière voix que je m'attendais à entendre.

Ugochi s'est écartée et a pointé le doigt dans ma direction, ensuite elle est revenue vers son lit, a ramassé son sac et l'a passé sur son épaule. « À plus tard, ma chérie, a-t-elle dit d'un ton moqueur. J'ai des affaires importantes à traiter, tu sais, mais je reviendrai. » Elle m'a lancé un clin d'œil.

Je lui ai fait au revoir et soudain je me suis sentie terriblement gênée d'être ainsi surprise, avec tout ce qui m'entourait. D'abord, j'ai ressenti le besoin d'expliquer à Amina pourquoi Ugochi m'appelait « ma chérie », de lui présenter des excuses, presque, parce que je ne voulais surtout pas qu'elle se méprenne. Je redoutais qu'elle ait une mauvaise impression, quelle qu'elle soit.

Amina a regardé autour d'elle, sans dire un mot. Enfin, d'une voix très timide : « Ça va ? »

Cela faisait à présent plusieurs semaines que j'avais tenté en vain de l'approcher.

Ses tresses étaient lâches et retombaient sur ses épaules. Je me suis rappelé le temps où je les lui nattais.

« Ça va. Et toi ?

— Moi aussi. » Après un instant de silence : « Tu m'as manqué. »

J'ai ressenti un frisson dans la poitrine, et j'ai répondu avec la plus grande sincérité : « Toi aussi, tu m'as manqué. »

Ce soir-là, nous nous sommes promenées ensemble sur le campus. Nous marchions lentement, en zigzag, décrivant des cercles sur la pelouse.

Nous n'avons parlé que du lycée, des méthodes strictes de la directrice, de cette façon qu'elle avait de nous faire tendre les mains au cours de l'appel du matin, puis de passer dans les rangs pour nous examiner de près, d'inspecter nos uniformes à la recherche d'un accroc, d'un faux pli, d'une tache. La directrice t'a déjà donné des coups de règle sur les doigts parce que tes ongles n'étaient pas assez propres ? nous sommes-nous demandé mutuellement. Nous marchions l'une à côté de l'autre. Nous ne nous touchions pas ni ne nous donnions la main. Nous avons parlé de nos camarades, de celles que nous appréciions, de celles que nous n'aimions pas. Des livres que nous lisions, des cours.

Pendant tout le temps où nous avions été séparées, elle s'était accrochée à l'espoir qu'un membre de sa famille viendrait la chercher. Ce n'était pas que le professeur et sa femme soient cruels avec elle, mais elle souhaitait plus que tout retrouver les siens. Pour cette raison, le professeur et sa femme avaient fait des efforts pour essayer de dénicher un parent à elle, même éloigné. Seulement, le bouche-à-oreille avait ses limites. Et puis sa famille éloignée avait peut-être elle aussi été victime de la guerre.

Nous n'avons pas parlé de ce qui s'était produit à Nnewi. Ni du fait que nous avions été surprises, des sermons qui avaient suivi, de l'arrivée de ma mère, ou de nos études parallèles de la Bible.

En apparence, Amina était toujours la même, silencieuse et sérieuse, juste un peu plus contemplative qu'auparavant.

31

Les premières vacances du semestre sont arrivées. Beaucoup d'élèves ont fait leur valise pour rentrer chez elles. Amina et moi étions parmi les rares à rester.

Un jour, après avoir obtenu une autorisation de sortie, nous avons quitté le campus pour aller nous promener sur la route.

Ce chemin nous a menées sur les berges de la rivière Ekulo. Elle paraissait étroite, mais de là où nous nous trouvions, légèrement en surplomb, elle semblait ensuite s'élargir. De petites vagues venaient lécher la terre brun-rouge sur les rives de temps à autre.

Nous avons continué et nous nous sommes assises sur un petit coin d'herbe sous les palmiers. La terre était tiède, gorgée de soleil. Une brise fraîche soufflait par intermittence, et le bruit des feuilles des palmiers qui se heurtaient les unes aux autres évoquait le claquement d'un fouet. Celles qui étaient déjà tombées roulaient sur le sol.

Au loin, une femme faisait sa lessive. Des moineaux volaient. Dans l'air, l'odeur de la terre, de l'eau de la rivière.

Au début, nous avons laissé un espace entre nous, puis je me suis rapprochée. Après un moment passé assises en silence, je me suis postée derrière elle et j'ai mis les mains sur ses yeux. « Tu entends ?

— Quoi ?

— L'eau. C'est apaisant, tu ne trouves pas ?

— Non. » Elle s'est tournée vers moi, sourcils froncés. « Ça m'empêche de trouver le repos. »

Mes leçons bibliques avec maman me sont revenues tout à coup. Ne pas trouver le repos, ai-je pensé. Des images de bétail, de créatures rampantes, d'animaux sauvages, d'oiseaux. Dieu les avait tous créés, et le septième jour, Il s'était reposé. Même Dieu se reposait. Et voilà Amina qui se disait sans repos.

J'ai aperçu un bâton à proximité. Je l'ai ramassé et, sans y penser, j'ai commencé à retirer les galets sur le sable devant nous.

« Pourquoi tu n'arrives pas à trouver le repos ?

— Je ne sais pas. » Elle a semblé réfléchir, puis elle a ajouté : « Pour toutes sortes de raisons.

— Qu'est-ce qu'il faudrait pour que tu te sentes apaisée ?

— Je ne sais pas. »

Au-dessus de nous, les oiseaux chantaient. De mon bâton, j'en ai dessiné un dans le sable. « Les oiseaux sont libres et heureux, ai-je dit. Tu les entends ? Est-ce qu'ils ne te donnent pas le sentiment d'être libre et heureuse ? On peut venir ici aussi souvent qu'on veut, juste pour les écouter. »

Amina a ramené ses cuisses contre sa poitrine et passé les mains autour de ses jambes.

J'ai éparpillé le sable, effaçant l'oiseau, et j'ai posé le bâton.

Alors j'ai eu la surprise de la voir s'en emparer pour esquisser quelque chose à son tour. Elle a tracé deux silhouettes qui se donnaient la main. Au-dessus, des cercles de nuages.

À la fin, elle a souri à demi.

« C'est joli », ai-je dit en la regardant.

Elle a ensuite posé sa main sur la mienne. « Peut-être que se tenir la main, ça me suffirait. »

De l'autre main, elle prenait des poignées de sable pour les laisser filtrer entre ses doigts. J'ai répondu : « Oui, peut-être que se tenir la main, ça suffira. »

Le lendemain matin, très tôt, elle a frappé à ma porte, et j'ai répondu.

Sur ses épaules, une petite couverture qu'elle tenait fermement. Dessous, elle était déjà habillée, d'une robe pervenche que je ne l'avais jamais vue porter. Ses tresses étaient ramenées en un chignon souple au creux de sa nuque. Elle paraissait épuisée.

« Tu n'as pas dormi cette nuit ? »

Elle a secoué la tête. « J'avais l'esprit tellement préoccupé que je n'ai pas pu. Je suis anxieuse, parfois.

— Et qu'est-ce qui t'inquiète ?

— Je ne sais pas. Tout. » Pause. « Nous.

— Ne t'inquiète pas. Tu n'as vraiment aucun souci à te faire. »

Elle m'a dévisagée un moment, puis elle a dit : « Enfin bon, je suis venue te demander si tu aimerais retourner à la rivière. Ça me plairait, à moi, si tu en as envie.

— Mais bien sûr », ai-je répondu. Il n'y avait rien au monde que je désirais plus.

32

Les cours n'avaient pas encore repris. C'était une journée ordinaire et, assises sur les marches de la véranda de son dortoir, Amina et moi, on s'apprêtait à manger. Une odeur de brûlé se dégageait de nos bols de riz et de haricots.

« Ça a un goût de cramé », ai-je observé.

C'était elle qui avait préparé le repas. Seulement, tout en faisant la cuisine, elle lisait *The Drummer Boy* qu'elle avait emprunté à la bibliothèque avant les vacances. Les haricots cuisaient et, emportée par sa lecture, elle les avait oubliés. Puisque c'était elle qui était chargée de préparer le repas, moi, sur un petit nuage, je ne m'étais rendu compte de rien, sans quoi je serais intervenue. Hélas, il était trop tard.

Elle s'est assise en face de moi, l'air contrit.

« J'ai l'impression de manger de la cendre », ai-je dit pour la charrier, en engloutissant dans ma bouche une cuillerée de haricots.

Elle a baissé la tête. « Je trouve que ce n'est pas si mauvais. »

Je suis revenue à la charge. « Non, c'est pire que de manger de la cendre. Je me demande si on ne risque pas de s'empoisonner, de brûler nos entrailles comme des toasts et de cracher nos poumons après. »

De colère, elle s'est relevée et a commencé à ramasser les assiettes de nourriture et les cuillères à grand fracas. *Bang* ici, *bing* là.

« Hé, je plaisante ! » ai-je dit en essayant de l'arrêter.

Elle s'est immobilisée.

« Je plaisante ! »

Il était tard. Le ciel était noir. Les élèves n'étaient pas encore revenues et il n'y avait personne alentour. Je me suis approchée d'elle, lui ai repris les assiettes et les ai posées par terre. Puis je l'ai attrapée par la main et je l'ai emmenée à l'autre bout de la véranda. Je l'ai poussée doucement jusqu'à ce qu'elle soit dos au mur. On s'est retrouvées l'une contre l'autre, nos mains partout sur nous, s'arrêtant sur notre taille. Mes lèvres se sont posées au creux de son cou et elle a gémi en me serrant plus fort. Quand nos bouches se sont enfin rencontrées, elle m'a embrassée avec fougue, à croire qu'elle n'attendait que ça. J'ai inspiré son odeur au plus profond de moi, jusqu'à l'ivresse, comme pour faire des réserves en prévision du jour où elle s'en irait.

33

Au début, maman venait me voir au lycée un week-end sur deux, comme pour s'assurer que je ne succombais pas à la tentation que représentait Amina. J'étais à trois heures de route de chez elle, à Aba, or, puisque à présent elle tenait seule la boutique, qui était ouverte tous les jours, fermer pour venir me voir représentait un véritable sacrifice financier, auquel elle consentait malgré tout.

À chaque visite, elle m'apportait des provisions : des biscuits Cabin, des sardines Titus, du gari, du sucre, du lait Peak, une boîte d'Ovomaltine, une miche de pain, du riz cuit et du ragoût. Nous nous asseyions sur la véranda de mon dortoir pour manger le riz et le ragoût.

Elle restait avec moi quelques heures. Amina savait qu'alors elle ne devait pas se montrer.

Voilà comment les choses se passaient.

Moi, prenant une cuillerée quand maman en avalait cinq.

« Tu dois manger davantage.

— Maman, je n'ai pas faim.

— Comment ça, tu n'as pas faim ? C'est l'après-midi, tu n'as pas déjeuné et tu me dis que tu n'as pas faim ? »

Je haussais les épaules.

Quand elle était à bout d'arguments, elle secouait la tête et concluait par quelque chose du genre : « Ah, cette enfant, je me demande bien ce que je vais faire de toi ! »

Nous restions assises un moment ensuite, et maman me questionnait sur mes cours et ma vie en général. Parfois, nous allions nous promener à l'extérieur de l'école avant qu'elle se prépare à repartir.

« Prends garde à manger ce qui reste, disait-elle. Je ne veux pas apprendre que tu l'as jeté ou laissé se perdre. Rappelle-toi le Biafra. » À cette époque, elle faisait sans cesse allusion à la guerre, et combien il était difficile alors de se nourrir.

« Je ne vais rien jeter et je ne laisserai rien se gâter », répondais-je invariablement. C'était la vérité, car dès que maman avait franchi le portail du campus et que je lui avais dit au revoir, je courais chercher les restes dans ma chambre pour les apporter à Amina. Voilà pourquoi je prenais garde à ne pas trop manger quand maman était là. C'était avec Amina que j'avais envie de partager mon repas.

34

« Le démon est revenu te prendre dans ses filets », aurait certainement dit maman. Ou encore : « Adam et Ève, pas Ève et Ève. » Mais ces paroles avaient beau résonner dans ma tête, je ne pouvais m'en empêcher.

Je continuais de voir Amina. Le soir après les cours, on mangeait ensemble, si ce n'était à la cantine, alors sur les marches de la véranda ou à l'intérieur, dans nos chambres, sur nos bureaux.

Quand on nous y autorisait, le week-end, ou pendant les vacances où on ne rentrait pas chez nous, on retournait se promener au bord de la rivière. Parfois on se donnait la main en marchant, en essayant de ne pas se faire remarquer, d'avoir juste l'air de deux lycéennes plutôt que de deux jeunes filles amoureuses.

Car nous étions amoureuses. En tout cas, je pensais l'être totalement. Je voulais par-dessus tout être avec elle, juste être en sa présence. Bien sûr, c'était aussi de l'amitié, ce compagnonnage intime avec une personne qui me connaissait comme nulle autre : une forme supérieure d'amitié. Mais il y avait de la passion. Toutefois j'étais certaine d'une chose : c'était également de l'amour. C'était d'ailleurs peut-être ça, l'amour, un mélange d'amitié et de passion. Une affection profonde agrémentée d'un immense respect. Et de gratitude. Et du désir de passer le restant de sa vie avec l'autre.

35

Au départ, c'était juste une rumeur, entendue au cours de notre deuxième année au lycée, puis nous avons découvert la vérité.

Le jour des visites, qui en général tombait le samedi, venaient des élèves d'un lycée de garçons voisin. Les professeurs encadraient ces visites, leur canne à la main. À travers tout le campus, des garçons et des filles se rassemblaient dans les vérandas devant les bâtiments. Les garçons n'avaient pas le droit d'entrer dans les dortoirs. Mais un lundi, après une visite des garçons le samedi, des rumeurs ont commencé à se répandre.

On racontait que bien avant ce jour, l'un d'entre eux s'était infiltré sur notre campus, jusque dans la chambre d'une des filles – ou peut-être était-ce la fille qui s'était faufilée au-dehors pour le retrouver. Quoi qu'il en soit, elle était tombée enceinte, et cela remontait à un moment déjà.

J'ai aussitôt pensé à Ugochi. Depuis combien de temps la voyais-je aller et venir la nuit, pour aller retrouver tel ou tel amant ? J'étais certaine que c'était elle.

La matinée puis l'après-midi de ce lundi se sont écoulées sans que je revoie Ugochi. Elle n'est pas du tout repassée par sa chambre.

Le lundi soir, après un coup de sifflet strident, une des élèves surveillantes est venue nous annoncer que le rassemblement du matin aurait lieu plus tôt le lendemain. « Ne soyez pas en retard, même d'une minute, sans quoi il y aura des conséquences ! » a-t-elle clamé.

J'ai pensé à la pauvre Ugochi. Où était-elle à présent ? Comment gérait-elle cette situation ? Cela devait être terrible que les gens murmurent ainsi sur elle dans son dos.

Mardi matin. Nous étions en rangs, dans notre uniforme vert et blanc, sur la pelouse du campus.

« Beaucoup d'entre vous connaissent Ozioma, a commencé la directrice. Et maintenant, beaucoup d'entre vous savent qu'elle attend l'enfant d'un certain Nonso. » La révélation des noms a déclenché la surprise générale. Quant à moi j'ai poussé un soupir de soulagement parce que ce n'était pas Ugochi, mais il m'a fallu un moment pour me persuader que la tranquille Ozioma, que tout le monde considérait comme la chouchoute de la directrice, était ainsi passée entre les mailles du filet pour, au bout du compte, tomber enceinte.

« Taisez-vous donc ! Franchement, je vous le demande, en quoi êtes-vous surprises ? D'ailleurs, l'êtes-vous vraiment ? N'est-il pas vrai que les mauvaises fréquentations corrompent les natures saines ?

« Sachez que cela ne résulte nullement d'une négligence de la part de vos enseignants ou de moi-même. Entre les rassemblements, la messe du dimanche matin et les réveils de la foi, on vous a bel et bien appris à distinguer le bien du mal. Que celles parmi vous qui ont l'habitude de sortir en cachette du campus prennent garde.

« Une parole suffit à la vertu. Que cela soit pour vous une leçon. Attention à ne pas suivre le même chemin qu'Ozioma, ni à laisser votre saine nature se corrompre à force de mauvaises fréquentations. »

C'est dans cet état d'esprit que le mardi s'est transformé en mercredi, puis le mercredi en jeudi, et ainsi de suite jusqu'à la fin de la semaine. La plupart des élèves sont reparties pour le week-end. Amina et moi sommes restées, mais cette fois nous gardions en tête les paroles de la directrice.

36

Puisqu'il s'agissait avant tout d'une école igbo, c'était aussi une école chrétienne, par conséquent les élèves étaient censées assister à l'office du dimanche, aux réveils, ainsi qu'aux soirées religieuses du mercredi. Ces obligations étaient maintenues pendant les vacances pour les élèves qui demeuraient sur place. Je ne savais pas si Amina avait accepté que le professeur lui enseigne la Bible – rien n'indiquait le contraire en tout cas –, mais à présent, elle allait à l'office et pratiquait la foi chrétienne, participant comme toutes les autres filles, y compris la Haoussa-Igbo.

Un dimanche matin, Amina et moi, on s'est rendues à l'office avec celles qui étaient restées là pour le week-end. Ensuite, on a passé un peu de temps à lire à la bibliothèque.

Après, on est retournées sur les bords de la rivière nous asseoir à l'endroit habituel, à observer le ciel qui passait du bleu éclatant au gris. Au bout d'un moment, le soleil a paru se dissoudre, et on a continué de contempler les cieux qui viraient au gris foncé.

Amina m'a pris la main en souriant pour m'aider à me lever. Elle l'a gardée dans la sienne un moment, puis a reculé, l'a lâchée et s'est mise à tourner sur elle-même, si vite que sa robe plissée s'est élevée tout autour telle une corolle. Elle a gloussé, sans doute gênée que sa robe remonte aussi haut, alors elle l'a rabattue à deux mains en me regardant dans les yeux, essayant de deviner ce que j'avais bien pu voir.

Moi aussi, par défi, je me suis mise à tourner sur moi-même, si vite que ma robe s'est relevée aussi haut que la sienne, sauf que moi, je n'ai pas tenté de la baisser. Bientôt elle s'est remise à tourner elle aussi. Je l'ai entendue rire, mon rire s'est mêlé au sien, et bientôt on est tombées par terre, hilares, pour une raison que ni l'une ni l'autre n'aurait pu expliquer.

On s'est assises par terre pour reprendre notre souffle, les yeux dans les yeux. Les bretelles de sa robe avaient glissé sur ses épaules. J'ai tiré dessus pour les faire descendre davantage, le regard plein de désir.

« Tu vas… a-t-elle murmuré.

— Je vais quoi ? »

Elle s'est approchée de moi.

« Ça ? » ai-je dit en baissant encore ses bretelles.

Elle a soupiré, manifestant une certaine surprise, mais elle s'est encore approchée, sans me quitter des yeux.

Mes doigts suivaient le bord de sa robe, en haut, là où la dentelle s'arrêtait sur la peau. Elle a placé ma main juste au-dessus de son sein. Je sentais son cœur qui cognait. Elle s'est penchée vers moi, a soupiré de nouveau. On est restées un moment ainsi. Soudain, elle a détourné les yeux pour regarder par terre, à croire qu'elle avait honte. Même si sa robe la recouvrait tout entière, ses épaules découvertes devaient suffire à la faire se sentir nue car elle a enroulé les bras autour.

On est rentrées dans le noir, sans dire un mot, marchant le long de la route bordée de palmiers et de bananiers, sa robe jaune et la mienne, crème, ondulant sous la brise.

Au lycée, j'ai pris la direction de mon dortoir, mais elle m'a attrapée par la main et on est parties toutes les deux vers sa chambre.

Là, on a retiré nos souliers, et on s'est assises à chaque bout de son lit. Sa camarade de chambre était partie pour le week-end. Mon cœur battait la chamade, mélange de terreur et d'excitation devant la possibilité d'enfin aboutir à ce que, depuis longtemps, je considérais comme un rêve impossible.

Elle s'est levée du lit pour s'approcher de moi. Au bout d'un moment, on s'est allongées. La pièce était plongée dans le noir, mais la lune brillait à travers les lattes obliques du volet.

On s'est regardées dans le clair de lune. Et on s'est endormies.

On devait être au milieu de la nuit quand elle s'est réveillée en sursaut en me demandant si je les avais vus, si je les avais entendus. « La grêle, a-t-elle bredouillé, et le feu, qui s'abattaient sur terre en formant des cratères. » Tout son corps tremblait tandis qu'elle prononçait ces mots, grelottant comme si elle avait la fièvre.

Elle m'a décrit son rêve : un chariot dans le ciel, tiré par des chevaux d'or, sans conducteur. Des gens alignés marchaient en direction du halo brillant qui auréolait le chariot.

Je ne voulais pas, mais je lui ai ri au nez. « Je vois que tu as lu l'Apocalypse. » Et j'ai ri encore plus fort.

« Les enfants ! s'est-elle écriée d'une voix tremblante. Des petits enfants, la tête dégoulinant de sueur. À tel point que leurs vêtements étaient trempés. Après toute cette marche, ces pauvres enfants devaient avoir mal partout, être au bord de l'inanition, voire pire encore, parce que de temps en temps, il y en avait un qui tombait, et les autres le piétinaient. »

C'était peut-être un signe, a-t-elle conclu. Peut-être que c'était nous, ces enfants qui tombaient, les pécheurs qui n'avaient plus la force de poursuivre dans le droit chemin.

« Non », ai-je répondu en prenant son rêve au sérieux. J'ai secoué la tête, affirmé que c'était juste un rêve. Je l'ai attirée contre moi et je l'ai serrée dans mes bras, le visage enfoui au creux de son cou. Était-ce son odeur qui me donnait ce sentiment de joyeux délire ? Je l'ai embrassée, depuis le cou jusqu'à la mâchoire, jusqu'à la bouche. Sa robe s'était déboutonnée sur le devant, et j'ai passé la main sur sa poitrine, je lui ai caressé les seins. « On est loin d'être des enfants déchues. Ce n'est qu'un rêve. »

Sur ma cuisse, sa main était moite. Elle s'est penchée vers moi, m'a caressé le visage, et m'a rendu mon baiser avec encore plus d'ardeur, de désir. Hélas, je l'avais déjà perdue. Dès que ce baiser s'est terminé, elle s'est levée. A reboutonné sa robe, mis ses sandales, les a attachées. Elle s'est dirigée vers la porte, l'a ouverte. L'air frais du dehors est entré. Elle est restée debout sur le seuil, frissonnant un peu, comme une ombre sur le point de disparaître. Au bout d'un moment, elle est sortie en refermant doucement derrière elle.

37

Au cours des deux semaines qui ont suivi l'incident du rêve, nous n'avons pas mangé ensemble, nous ne sommes pas allées à la rivière, nous nous sommes à peine parlé entre les cours.

Le troisième samedi, j'en ai eu marre de tout ça, j'étais ulcérée que les choses aient à nouveau ainsi basculé entre nous, et tout ça à cause d'un rêve stupide.

Toute la journée, je suis restée à la bibliothèque dans l'espoir d'y voir Amina, mais elle ne s'est pas montrée.

À présent, le soleil se couchait, et même si je n'étais pas dehors avec les autres élèves, je savais que les professeurs annonçaient la fin des visites. Par la fenêtre ouverte tout près de moi, je voyais les garçons s'éloigner un par un d'un pas léger. J'entendais la musique highlife de Cardinal Rex, « Ibi Na Bo » résonnant depuis une véranda tout près de la bibliothèque. Certains la fredonnaient en s'en retournant tranquillement vers le portail du lycée.

J'ai alors décidé d'en avoir le cœur net. J'ai refermé le livre que je lisais et je me suis levée. J'avais la sensation de marcher sur de la braise, ce qui me poussait à aller de l'avant, à agir.

Arrivée à sa porte, j'ai frappé, trois coups fermes

qu'elle ne pourrait manquer d'entendre si elle était là. Pas de réponse.

Au loin, « Ibi Na Bo » avait laissé place à « Love Mu Adure ».

J'ai frappé à nouveau. *Toc-toc-toc.* Rien.

Au moment où je tournais les talons, j'ai entendu le grincement de la poignée.

Elle est sortie en refermant derrière elle. « Ma camarade de chambre dort, a-t-elle dit à voix basse. Elle n'est pas bien aujourd'hui.

— Oh. Je suis désolée qu'elle soit malade.

— Ça va. Elle a juste mal au ventre. J'ai été ramasser de la citronnelle que j'ai fait bouillir pour lui faire une décoction.

— C'est gentil de ta part. J'espère que ça l'aidera à se remettre. »

Elle a acquiescé.

« Ça fait un moment que je ne t'ai pas vue, ai-je repris.

— Je sais. J'étais occupée.

— Qu'est-ce qui t'a autant occupée ?

— Je ne sais pas. Les cours. La lecture. Ma camarade de chambre malade. »

Nous étions debout face à face. Je me suis approchée et je lui ai pris la main. « On a raté la musique et la danse, aujourd'hui.

— C'est vrai, a-t-elle répondu en me retirant sa main. Peut-être la prochaine fois.

— On n'a pas besoin d'attendre. On entend la musique depuis là-bas. » J'ai repris sa main et je l'ai attirée contre moi. Elle ne s'est pas retirée cette fois ; elle m'a serrée très fort. Mais elle ne souriait pas et écarquillait les yeux. Je me suis rapprochée et j'ai voulu la prendre par la taille. Ma main l'avait à peine touchée qu'elle s'est écriée : « Arrête, s'il te plaît ! »

Elle l'a répété d'une voix plus calme : « Arrête, s'il te plaît. »

Je l'ai lâchée.

Elle a porté sa main à son front et dit : « Tu sais, en fait, j'ai mal à la tête. J'ai besoin de dormir. J'espère que tu t'es bien reposée aujourd'hui. On se voit plus tard. »

Elle a tourné les talons pour rentrer dans sa chambre, puis elle a refermé la porte derrière elle, sans attendre ma réponse.

38

À la fin de la deuxième année, rien n'avait pu fléchir la rigueur nouvelle qui s'était emparée d'Amina après son rêve, toutes les tentatives de persuasion, d'appel à ses sentiments, de rationalisation pure et dure avaient échoué.

Quand je lui disais : « Dieu nous aime tous de la même manière », elle répondait : « Sauf les voleurs, les menteurs, les traîtres, les meurtriers, les désobéissants. Il ne peut pas nous aimer tous de la même manière. »

Un jour, je suis même allée jusqu'à citer l'Évangile de saint Jean, 3:16 : « Car Dieu a tant aimé le monde qu'Il a donné Son Fils, l'Unique-Engendré, afin que quiconque croit en Lui ne se perde pas mais ait la vie éternelle. » Puis j'ai ajouté : « Tu vois, Dieu nous aime tous de la même manière. Il a donné Son fils unique pour nous sauver. Nous tous, même les voleurs et les menteurs et les traîtres, même les meurtriers et les désobéissants. Même ceux et celles qui étaient accusés d'abomination. » À ce stade, j'avais presque entièrement cessé de penser que je m'étais livrée à une quelconque abomination, pourtant je l'ai dit quand même. Pour lui prouver que Dieu nous aimait tous pareillement. Pour lui montrer que son amour n'était pas conditionnel. Pas même lorsqu'il incitait à aimer son prochain comme soi-même. Il ne déclarait pas : n'aimez pas votre prochain s'il est voleur, s'il est adultère, s'il est menteur, ou traître, ou si c'est un enfant désobéissant. Il disait simplement : « Aimez votre prochain comme vous-même. »

Tout cela s'expliquait donc. Néanmoins, Amina campait sur ses positions.

En troisième année, on aurait pu voir en elle la version lycéenne et nigériane de Margaret Thatcher : une vraie dame de fer !

Et puis un jour, un dimanche vers le milieu de la troisième année, miracle, la directrice nous a annoncé la visite imminente d'un prêtre *onye ocha*[1], qui promettait d'accomplir des merveilles grâce à la prière. J'étais captivée.

Ce serait l'invité de marque de notre réveil de la foi, le dimanche suivant.

Pendant la guerre, certains habitants d'Ojoto disaient que les membres *ndi ocha* de la Croix-Rouge avaient été envoyés au Biafra par Dieu pour nous sauver. Un jour, j'en ai même vu plusieurs lever les mains en s'écriant : « Gloire à Dieu ! Les *ndi ocha* savent même ramener les morts à la vie ! » Je n'avais pas la moindre idée de ce qui avait pu les conduire à penser cela – peut-être une infirmière de la Croix-Rouge avait-elle réussi à guérir un mourant et l'avait rendu à la vie. Bref, l'idée qu'un prêtre *onye ocha* vienne dans notre école pour accomplir des miracles m'a aussitôt rappelé ce que racontaient ces villageois pendant la guerre, si bien qu'à mes yeux, cette visite a pris l'allure d'un remède.

1. *Onye ocha* : désigne les Blancs au Nigeria. *(Toutes les notes sont de la traductrice.)*

À croire qu'il me suffisait d'être présente au réveil et d'avaler un flacon de pilules du dimanche *onye ocha* pour que tout s'arrange.

Le dimanche en question, il pleuvait. Les élèves les plus âgées montraient le chemin. Nous les avons suivies en pataugeant à travers les chemins boueux et les prés marécageux, sous une pluie battante.

Au bout de quelques kilomètres, nous sommes arrivées dans un champ, où nous nous sommes rassemblées en cercle autour du prêtre et de sa petite équipe *onye ocha*, sous l'averse continue.

Le prêtre portait une chemise blanche classique à manches courtes et un pantalon marron. Ses vêtements trempés lui collaient à la peau. Il était pâle, comme tous les Blancs, mais pourtant mat à cause du soleil, et sa peau tannée ressemblait tant à du cuir qu'elle faisait penser à une ceinture.

À ses côtés, une *onye ocha* grisonnante était assise dans un fauteuil roulant noir et argent. Elle était handicapée, nous a expliqué le prêtre avec cette façon de parler traînante typique des *ndi ocha*, un mot débordant sur l'autre.

Derrière la femme se tenait un homme avec un long bâton. « Regardez-le, et soyez témoin de la puissance de Dieu ! a annoncé le prêtre. Regardez-le et émerveillez-vous de cet homme qui a vécu toute sa vie sans voir. Mais aujourd'hui, mes frères et sœurs dans le Christ, aujourd'hui, il va recouvrer la vue ! »

Autour de moi, le « Amen » collectif de mes camarades de classe.

Le prêtre a commencé par la femme handicapée. Il l'a poussée au beau milieu de la foule et nous a incités à nous placer de manière à bien voir. La prière a débuté :

« Dieu tout-puissant qui êtes dans les cieux, nous sommes ici rassemblés aujourd'hui pour solliciter Votre pardon. Nous sommes venus Vous demander de nous donner de la force et de nous mener vers la lumière, afin que nos faiblesses ne nous condamnent pas aux ténèbres. Ô fontaine de vie, de sang, d'eau, nous reconnaissons que nous existons en ce monde uniquement pour Vous permettre d'exercer Votre grâce admirable et Votre divin pouvoir sur nous. Père éternel, nous Vous implorons de semer en nous Votre tendre amour, afin que nous puissions assister aux transformations que nous souhaitons pour nous-mêmes… »

Il a continué ainsi un moment, et tout à coup, ses paroles sont passées de l'anglais à un langage que je ne comprenais pas : « Devetium nahalesh divium namaha selelehakim danashanka levan balaton zaphan alatay fakani… » Tout en parlant, il agitait les bras. Ses yeux se sont fermés.

« Ushku bilani arakesh rushki rohush ekeleledu skuda wudswia… » Et ainsi de suite il a poursuivi, prononçant ces mots sans queue ni tête, au point que quand j'ai voulu essayer de comprendre, il avait déjà presque terminé. À la fin, j'ai malgré tout reconnu quelques mots dans ce fatras. J'ignore pour quelle raison il a achevé sur ces noms : « Schadrac, Méschac et Abed-Nego. »

Il s'est ensuite penché vers la femme en fauteuil roulant, l'a aidée à se redresser, jusqu'à ce qu'elle arrive en position debout. Puis il a tiré lentement le fauteuil en arrière. Malgré cela, la femme est restée debout. Elle a réussi à trouver son équilibre et, soudain, de manière totalement inattendue, elle s'est mise à marcher.

La foule a rugi en levant les bras bien haut dans le ciel. « Le Tout-Puissant soit loué ! » Par-dessus les champs, un chœur de voix s'est élevé pour remercier Dieu et notre Seigneur Jésus-Christ d'avoir opéré ce miracle sous nos yeux.

« Êtes-vous prêts pour ce que Dieu vous réserve à présent ? a crié le prêtre.

— Nous sommes prêts ! a hurlé la foule.

— Êtes-vous prêts à assister au prochain miracle de Dieu sous vos yeux ?

— Oui, mon père, nous sommes prêts à assister au prochain miracle de Dieu ! »

Le prêtre s'est alors approché de l'aveugle et l'a pris par le bras. La pluie avait cessé. Il a à nouveau prié, et ces mots bizarres et tordus sont à nouveau sortis de sa bouche, durs comme des pierres.

Il a pris un petit pichet posé sur le sol, en a versé le contenu dans sa main et en a aspergé la tête de l'aveugle, ses épaules, son visage. Enfin, il en a répandu sur ses yeux.

« À présent, mes frères et mes sœurs, soyez témoins de ce nouveau miracle ! »

La foule s'est exclamée.

Le prêtre a montré deux doigts en demandant à l'aveugle : « Combien de doigts ?

— Deux ! » s'est écrié l'autre.

Le prêtre a ensuite montré quatre doigts : « Combien de doigts ?

— Quatre ! s'est écrié l'aveugle.

— Par la gloire de Dieu, cet homme est guéri ! Par le divin triomphe du Tout-Puissant, il voit à nouveau ! »

Les mains se sont dressées bien haut dans le ciel, au cri de « Dieu soit loué ! »

Nos voix étaient des aigles, et nos amen se sont élevés très haut dans le ciel.

Après, pour demander nos miracles personnels, nous nous sommes mis en ligne derrière un seau de métal gris à côté duquel se tenait le prêtre. Mais d'abord, le don, sans lequel nul miracle ne pouvait s'accomplir. Le prêtre veillait bien à ce que nous n'oubliions pas de jeter nos pièces, qui tintaient à mesure qu'elles s'empilaient les unes sur les autres.

Les billets, il les prenait lui-même, les pliait et les rangeait avec soin dans la ceinture qu'il portait à la taille.

J'avais apporté quelques billets prélevés sur l'argent qui servait à payer mes repas et mes fournitures scolaires. J'en ai sorti deux de ma poche pour les donner au prêtre. Je lui ai expliqué que je souffrais de peines de cœur. Il a hoché la tête d'un air plein de compassion, affichant un sourire censé manifester sa bienveillance, puis il m'a aspergée d'eau bénite sur la tête, le visage, les épaules. Il s'est ensuite remis à prier, quelques paroles rapides d'une voix murmurante, et pourtant assez forte.

Enfin il m'a dit : « Va en paix, mon enfant. » Il était presque pantelant, comme s'il étouffait. Quelle tâche difficile que d'accomplir des miracles, semblait dire cet essoufflement.

« Dans combien de temps mes prières seront-elles exaucées ? » ai-je demandé.

La question l'a pris au dépourvu, mais très vite il m'a répondu : « Quand tu reviendras sur le campus, tu devrais voir un changement commencer à s'opérer. » Il m'a scrutée un moment, et a ajouté : « Ne t'inquiète pas. En tant qu'envoyé de Dieu, je peux te garantir que tes prières seront entendues. Ton cœur ira mieux. »

Jusqu'ici, Amina et moi avions réussi à nous tenir à l'écart l'une de l'autre. Mais à cet instant, en levant les yeux, j'ai découvert qu'elle était juste derrière moi.

Elle s'est approchée du prêtre en me jetant à peine un regard. Elle affichait un air sombre, et même si à l'époque je n'avais pas la moindre idée du miracle qu'elle avait demandé à l'*onye ocha*, aujourd'hui, je crois parfois le deviner. Alors pourtant, il me semble que c'est moi qui ai été exaucée. Peut-être est-ce ainsi que ça se passe quand deux personnes s'en viennent voir Dieu avec des demandes contradictoires. Comment décide-t-Il laquelle Il favorisera ? Mène-t-Il une joute en leurs noms ? A-t-Il des favoris ? Les êtres humains trahissent leur parole. S'il est vrai que nous sommes faits à Son image, dans ce cas, Dieu trahit-Il Sa parole ?

39

Ugochi était assise sur la chaise près de son lit, en chemise de nuit. Sur son bureau, la flamme de sa lampe vacillait, projetant sur son visage des ombres pareilles à des cicatrices errantes. Il n'y avait pas longtemps qu'elle était installée à son bureau, car un peu plus tôt elle était allée faire du canoë sur la rivière avec un garçon. Elle avait passé toute la soirée avec lui. Ils s'étaient contentés de se laisser dériver en buvant du Fanta et du Coca, à regarder les hirondelles voler dans le ciel.

« Vous avez juste bu des sodas en regardant les oiseaux et en vous laissant dériver ? Combien de temps tu peux dériver sur cette rivière, parce qu'elle n'est pas si large que ça, c'est plutôt un petit ruisseau bordé de berges accidentées. Est-ce qu'il y a seulement assez d'eau pour y mettre un canoë ?

— *Na wa-oh*, a-t-elle répondu en roulant des yeux, me fustigeant pour avoir osé poser la question. Miss Sainte-Nitouche, qu'est-ce que tu connais à ces choses-là ? Enfin, tu dois en savoir plus que je ne crois. » Elle a fait la moue, et ses lèvres ont formé un O par lequel elle a soupiré, produisant un son entre le « chut ! » et le sifflement.

À mon tour, j'ai roulé des yeux. « J'en sais assez

pour me douter que vous ne vous êtes pas contentés de dériver en buvant des sodas. »

Peu à peu, elle s'est détendue, et sa moue s'est muée en sourire. « *Ngwa*, je vais te le dire. Mais *nee anya*, tu ne dois le répéter à personne. À personne, tu m'entends ? Je ne veux pas devenir un sujet de commérages comme Ozioma.

— Si tu ne fais pas attention, c'est exactement ce qui t'arrivera, mais en pire : tu ne sauras même pas qui est le père de ton enfant.

— Ah, s'est-elle mise à rire, tu sais, j'ai décidé de me débarrasser de tous les hommes que je fréquentais pour essayer les jeunes garçons. Des lycéens de mon âge, tu vois ? Les hommes, c'est bien pour l'argent, mais ils n'ont pas envie de se marier. Tout ce qu'ils veulent, c'est avoir une petite amie pour s'amuser de temps en temps. Il faut bien que je commence à penser à mon avenir.

— Donc aujourd'hui, tu étais avec un de ces garçons ? »

Soudain, une timidité imprévue est apparue sur son visage.

« Depuis quand as-tu de la retenue ?

— Les jeunes ont aussi leurs avantages, a-t-elle gloussé. C'est vraiment un garçon bien », a-t-elle dit doucement. Je ne l'avais jamais vue ainsi auparavant. Si elle avait eu la peau plus claire, le rouge lui serait monté aux joues.

« Tu l'apprécies tant que ça ?

— Oui, vraiment.

— Assez pour l'épouser s'il te le propose ?

— Ouh, le mariage, c'est très loin, a-t-elle dit en riant. Tu ne m'as pas écoutée. Je t'ai dit que je voulais essayer LES jeunes garçons. Au pluriel. Pourquoi n'en choisir qu'un seul, et si tôt ? »

Elle avait le regard lointain. « En plus, les hommes jeunes ou vieux font ça tout le temps : ils ont plusieurs petites amies en parallèle. Pourquoi pas moi ? »

Elle était toujours assise sur sa chaise, mais à présent ses bras croisés reposaient sur son bureau. « Et même si je devais choisir, je ne saurais pas par où commencer. Oui, je l'aime bien, celui-là. Mais il y en a d'autres. Celui qui ne parle presque pas, et celui qui parle un peu trop. Le très très grand, et celui qui est plus petit que moi. » Elle feignait de ne plus savoir où donner de la tête. « Décision difficile. Ah là, là, c'est pas facile, la vie !

— Ben, au pire, tu peux tous les mettre en rang et tu les tires au sort en chantant *tumboko tumboki ti ti alaba bust.* Quand ton doigt tombe sur l'un d'eux à la fin de la comptine, il est éliminé. C'est facile. Et tu épouses le dernier qui reste. »

Elle a éclaté d'un grand rire qui a soulevé ses épaules. « Demain, je serai avec un autre. Peut-être qu'on ira à la rivière et qu'on empruntera le même canoë qu'aujourd'hui, ou peut-être qu'on décidera autre chose. Les possibilités sont sans fin. Mais je dirais qu'aujourd'hui, j'ai passé un très bon moment avec ce garçon. Certains lycéens savent vraiment s'y prendre avec les filles. Dommage qu'après, ils soient si nombreux à tromper leur femme. »

J'ai failli dire qu'elle était bien partie pour devenir en tout point pareille à ces hommes qu'elle condamnait. Mais j'ai tenu ma langue, et à la place je l'ai imaginée sur la rivière avec son lycéen. Dans ma tête je les ai vus grimper dans le canoë, le soleil illuminant leurs bras et leurs jambes nus. Ils avaient emporté du matériel de pêche et se préparaient à lancer leurs lignes pour attraper du poisson – peut-être l'*okpo isiukwu*, ce poisson-chat à grosse tête, ou bien des poissons-lunes, des perches ou des tilapias. Même si je ne savais pas du tout si ce genre de poissons vivait dans la rivière. Je les imaginais quand même. Enfin, le soir tombait et, malgré leur fatigue, elle et le garçon s'adonnaient à ce que font les filles et les garçons quand ils se retrouvent seuls dans le noir. Après tout cela, il plongeait la main dans sa poche et en ressortait un joli bracelet pour elle. J'imaginais les choses ainsi.

Cette année-là, j'ai commencé à tenir un journal, au début sur des feuilles volantes que je pliais en quatre, puis en huit, et que je mettais dans le plumier où je gardais mes crayons et stylos. Après, j'ai opté pour un petit carnet. Je le rangeais lui aussi dans mon plumier.

Ce soir-là, j'ai sorti mon carnet et pendant qu'Ugochi dissertait sur les garçons, j'ai écrit à Amina. Juste un mot. Rien que j'aie l'intention de lui donner à lire, en tout cas pas à ce moment-là. C'était seulement un désir de l'instant.

40

Un jour, toujours dans le courant de la troisième année, je suis allée me promener au-delà de la rivière, là où les rochers s'élèvent telles des collines et où les bananiers poussent très haut. Passé les rochers, j'ai découvert un sentier. Un pont de corde menait vers d'autres bananiers. Je suis restée devant le pont, dans cette partie de la forêt où les fleurs violettes des bananiers pendaient sur leurs tiges épaisses. Au loin, les agoutis et d'autres animaux menaient leur existence sauvage. À quelques pas devant moi, le sol se dérobait. La gorge rocheuse était profonde et étroite. Je suis demeurée là à me demander : et si je me jetais dans le vide, est-ce qu'elle viendrait pleurer ma mort ?

C'était à nouveau le jour des visites. Le soleil commençait à disparaître lorsque je suis revenue sur le campus et, en retournant à mon dortoir, je suis tombée sur la petite fête que j'avais tenté d'éviter un peu plus tôt, dans la véranda. Il y avait de la musique, comme d'habitude en ce genre d'occasions. Des garçons et des filles bougeaient à l'unisson, leurs bras et leurs hanches se trémoussant en rythme.

Je me suis faufilée parmi les premiers groupes d'élèves que j'ai rencontrés, à quelques pas de la véranda, que j'ai franchie en hâte pour rejoindre ma chambre. C'est là, près de la porte, que je l'ai découverte. Je ne l'avais jamais vue maquillée, mais ce jour-là, elle avait du rouge à lèvres et du khôl autour des yeux. Ugochi et d'autres filles étaient là, elles aussi. Amina portait un chemisier en dentelle qui lui découvrait l'épaule. Une jupe serrée et des sandales ornées de sequins. Des boucles d'oreilles que je ne connaissais pas, des pendants en forme de larmes, alourdies vers le bas. Il aurait suffi de les retourner et la partie fine et pointue serait devenue aussi coupante que la pointe d'un couteau. Ainsi donc j'avais devant moi Amina, qui s'était faite belle, même si elle l'était déjà naturellement.

Je me suis approchée d'elle. Elle n'avait pas remarqué ma présence. Je l'ai vue enrouler les bras autour des épaules d'un garçon, qui a passé les siens autour de sa taille.

Je lui ai tapoté l'épaule. Sans doute pas assez fort, car elle s'est penchée vers le garçon, et leurs têtes se sont rencontrées. De crainte que leurs lèvres ne se touchent, j'ai à mon tour passé un bras autour de sa taille pour l'attirer à moi. Elle dégageait un suave parfum de fleur, comme un buisson de roses.

Elle m'a regardée droit dans les yeux, très choquée. Le garçon a repris sa taille, à croire qu'il n'avait pas remarqué ma présence. Elle s'est retournée vers lui.

« Amina », ai-je dit d'une voix sèche et neutre.

Elle m'a fait face à nouveau. « Je suis désolée. » Le ton était davantage chargé de regret que le regard. Elle a répété : « Désolée. » Encore une fois. Si les regrets étaient de la viande, j'aurais pu me préparer un pot-au-feu.

Ont-ils échangé un baiser ou pas, je ne suis pas restée là à attendre.

41

La quatrième et la cinquième année, Amina et moi, nous nous sommes encore plus éloignées. Nous avons passé nos examens blancs dans la même salle sans échanger un mot, ni avant ni après. Quand est arrivé le moment des vrais examens, je m'étais résignée à ne plus entretenir le moindre espoir. Toute possibilité de relation entre nous, quelle qu'elle soit, semblait une cause perdue.

Le professeur et sa femme étaient toujours en relation avec maman, aussi je recevais par leur intermédiaire des informations sporadiques au sujet d'Amina, mais rien qui puisse réellement m'intéresser. Enfin, notre dernière année a touché à son terme, et c'est alors qu'est tombée la grande nouvelle.

C'est arrivé le tout dernier jour, quand les parents viennent rechercher leur fille, à l'issue de la fête d'adieu. Sur le campus, des chaises avaient été disposées en rangs, mais personne ne s'y asseyait. Au contraire, des essaims de parents grouillaient autour des lycéennes comme des fourmis sur des sucreries. Certains restaient dans le périmètre des chaises, oscillant avec leur enfant au rythme de tambours aussi invisibles qu'inaudibles. D'autres se contentaient de discuter.

Maman et moi avons repéré le professeur et sa femme à travers la foule. Amina était encore à leur charge, et elle se trouvait auprès d'eux quand nous sommes arrivées.

Le professeur arborait un sourire malicieux. Nous l'avions à peine salué quand il a lancé : « Amina a une merveilleuse nouvelle. Vous êtes au courant ? »

À côté de lui, son épouse ne souriait pas. Si elle était dans la confidence, la nouvelle n'avait pas produit le même effet sur elle.

Il s'est ensuite tourné vers Amina. « Vas-y. Annonce-leur. »

Amina s'est éclairci la gorge, puis elle a pris la parole en me regardant. C'était une déclaration simple : « Un garçon haoussa veut m'épouser. »

Ça ne me ressemblait pas, mais à cet instant, j'ai laissé échappé un « oh » de surprise, tellement j'étais choquée.

Maman m'a toisée et s'est retournée vers Amina. « Félicitations, ma chère, a-t-elle dit d'un ton plein de ressentiment, si ce n'est de mépris. Il est haoussa, dis-tu ?

— Oui, haoussa.

— Alors c'est très bien. » Maman semblait rassurée qu'Amina ait eu la sagesse de choisir quelqu'un de sa propre ethnie. « Désormais tu seras avec les tiens, à ta place, et tu en apprendras un peu plus sur ton peuple. Vous serez entre vous. »

Le professeur a hoché la tête avec l'enthousiasme débordant de celui qui veut à tout prix préserver l'atmosphère joviale du moment. « Mais oui, avec les siens. Les choses ne pourraient aller mieux.

— Parle-moi un peu de lui, a repris maman. Il est étudiant ?

— Oui, a acquiescé Amina. Il a fini le lycée l'an passé et il a réussi l'examen d'entrée à l'université avec brio. Il va commencer à étudier le génie civil à l'université du Nord cette année. »

Maman écarquillait toujours plus les yeux à mesure qu'Amina parlait. Elle a joint les mains, comme pour applaudir, puis elle s'est retournée vers moi. « Tu as entendu ça, Ijeoma ? Un jeune homme instruit ! Je t'en prie, dépêche-toi d'en dénicher un de ce genre-là avant de te retrouver à la traîne. Mais un Igbo, bien sûr. »

Je fixais Amina avec colère. Elle semblait vouloir éviter mon regard.

« Naturellement, il va présenter sa demande dans les règles, n'est-ce pas ? a repris maman. Sa famille viendra vous demander sa main ? »

Amina a hoché la tête. Le professeur affichait toujours un sourire aussi large. Tandis que sa femme restait de marbre.

« Il est toujours bon de respecter les traditions. Le mariage traditionnel est un passage obligé. Selon la tradition haoussa, je veux dire, évidemment. Un mariage en blanc, ça a moins de poids, a poursuivi maman en tapotant le dos d'Amina. Ah, la brebis égarée revient dans le troupeau, elle retrouve le chemin qui mène aux siens, à sa propre ethnie.

— Un vrai miracle, a renchéri le professeur. Qu'il faut absolument célébrer. »

Depuis le début, son épouse n'avait pas dit un mot ; tout à coup, elle s'est tournée vers moi. Maman et le professeur continuaient à parler d'Amina sur le même ton. La femme du professeur me considérait. Je lisais sur son visage quelque chose d'amical, puis elle m'a dit doucement : « C'est ainsi que les choses doivent se passer. Tu comprends, n'est-ce pas ? »

Je baissais la tête, alors elle m'a attrapé le menton pour que je la regarde dans les yeux. « Ne t'inquiète pas. Tout s'arrangera. »

Peu de temps après, tandis que les adultes continuaient à bavarder entre eux, je suis allée retrouver Amina qui était seule, appuyée contre un udala, derrière l'un des bâtiments de l'école.

Je me suis approchée d'elle.

Elle baissait la tête, refusant de me regarder.

Au début, ni l'une ni l'autre n'a parlé. Au bout d'un moment, je me suis éclairci la gorge et je lui ai demandé : « Tu vas vraiment l'épouser ? »

Elle a hoché la tête, sans lever les yeux.

« Toi et moi, on sait très bien que ce n'est pas ça que tu veux. »

Elle a enfin relevé la tête, fronçant les sourcils. « Si. »

À présent, nous nous regardions en chiens de faïence. Je ne pouvais plus soutenir son regard et j'ai baissé la tête. Autour du tronc de l'arbre poussaient des herbes jaunissantes sur la terre brune. Un peu plus loin, une sauterelle bondissait. Au loin, j'ai entendu le professeur qui nous appelait, d'abord Amina, puis maman, puis moi.

« Si, je veux l'épouser. Je le veux vraiment », a déclaré Amina.

Au moment où le professeur, sa femme et maman venaient vers nous, la brise a fait frémir les feuilles au-dessus de nous.

CINQUIÈME PARTIE

42

Alentour, un assortiment de couleurs : rouge vif, bleu, vert. Orange et violet. Tous les tons intermédiaires. Les devantures – et tout ce qu'elles contenaient – étincelaient. Des couleurs, et encore des couleurs, qui dansaient en harmonie dans la lumière du soleil éclatant de l'après-midi. Mais les routes étaient encore humides de la pluie matinale, partout de la gadoue.

Une fille qui portait un plateau sur la tête criait : « *Akara oku ! Akara chaud ! Akara oku !* »

Dans l'air, une lourde odeur de pâte *fufu* et d'écrevisses. Par-dessus les voix des gens qui marchandaient, des radios diffusaient de la musique et crachotaient des nouvelles. D'autres bourdonnaient de friture.

Un vieil homme torse nu, la peau si relâchée qu'on aurait dit qu'elle fondait sur son corps, a lancé : « *Fine girl !* Hé ma jolie ! Même le soleil il te suit, même le soleil il te trouve belle… *Beauty, beauty ! Omalicha !* Allez !

— Eau minérale ! Eau minérale ! Qui n'a pas son eau minérale ? clamait un vendeur de rue.

— *Agidi, agidi, agidi, agidi* et *jollof !* » proposait une dame.

J'ai remonté la rue jusqu'au stand où la jeune fille

– elle s'appelait Nnenna – découpait la peau des bananes plantains qu'elle faisait rôtir.

« Deux, lui ai-je dit. Comme d'habitude. »

Nnenna fendait la peau des bananes avec la plus grande lenteur possible, tout en chantant bien fort : « *Onye ihe m n'ewiwe, ya biko wegbuo ya, osukosu nwa mpi, ya biko sugbuo ya, selense.* » Chaque fois qu'elle prononçait le mot *selense*, elle roulait des hanches avec vigueur, tout en lançant le menton en avant, à croire qu'elle prenait la pose pour un photographe.

Sa façon de se trémousser avait quelque chose de moqueur. Depuis un certain temps, elle me charriait avec les noms d'oiseaux dont m'affublaient certains de ses collègues vendeurs. « Ça doit être agréable d'être aussi belle ! » Si seulement elle avait su que toute la beauté du monde ne pèse pas grand-chose dans bien des domaines de la vie. Tous ces hommes qui me jetaient leur amour comme des pièces dans la sébile d'un mendiant, qui juraient vouloir m'épouser avec la légèreté dont on se débarrasse d'un sac-poubelle. À la manière dont la vie défiait sa propre logique, avec son infinie capacité à nous surprendre, une belle fille aurait aussi bien pu être le plus laid des masques jujus.

À la boutique, maman m'attendait.

« *Biko*, dépêche-toi, je suis pressée ! » ai-je dit à Nnenna. Ne comprenait-elle donc pas que si elle persistait à me faire attendre ainsi, elle risquait de me perdre en tant que cliente ?

Je venais d'avoir dix-neuf ans et Nnenna devait en avoir deux de moins.

« Eh, eh, a-t-elle répondu en secouant la tête. Tu crois que t'es la seule *selense* dans le coin ? *I go show you oh.* » Alors elle s'est remise à chanter encore plus fort, en répétant sa gestuelle. Sa façon de relever le visage me faisait penser à un canard, et j'ai éclaté de rire. Mais elle était tellement prise par sa danse qu'il lui a fallu un moment avant de s'apercevoir que je riais. Elle a d'abord feint la tristesse, puis elle a éclaté de rire avec moi.

« *Oya, biko, give me plantain make a fitgo*, donne-moi vite des bananes », ai-je dit.

À présent que maman vendait autre chose que les produits de base, les affaires à la boutique étaient en plein boum. En plus du pain, des tourtes à la viande, de l'huile de palme et de quelques céréales, nous avions des gaufres, du chewing-gum et des bonbons à la menthe. Du dentifrice et des brosses à dents, des allumettes, des bougies, des journaux, du fil. D'autres boissons que du vin de palme. Dans la boutique, des caisses de sodas s'empilaient le long des murs. Des bouteilles de Fanta, de Coca, de Sprite, de Guinness et de Gulder, d'Heineken et de Star.

Maman m'avait confié le soin de veiller au nettoyage et de remettre en rayon les articles manquants. J'avais encore pas mal de produits à réassortir ce jour-là, et j'étais donc pressée de rentrer.

Enfin, Nnenna a cessé de plaisanter et elle m'a donné deux bananes déjà cuites. Elle les a fendues, arrosées d'huile de palme, puis saupoudrées de poivre.

L'après-midi était brûlant, et la chaleur du gril à charbon s'ajoutant à celle des gens rendait l'atmosphère encore plus étouffante.

J'ai pris mes bananes et je suis rentrée à la boutique en vitesse.

Voilà pour ce qui était de ce début d'après-midi. Toute cette histoire avec Nnenna – ses plaisanteries stupides, qui s'étaient conclues par nos rires conjoints.

Mais avant longtemps, cette journée allait me réserver une autre surprise.

Maman et moi, nous avons commencé à manger nos bananes. Elle était assise à sa place habituelle sur un tabouret, contre le mur du fond. Devant elle, la caisse enregistreuse posée sur le comptoir. Nous avions à peine commencé à manger – juste trois bouchées – quand une cliente est entrée. C'était une grande fille, elle me dépassait de plusieurs centimètres. Elle devait avoir mon âge, peut-être un an ou deux de plus. Des anneaux d'or brillants pendaient à ses oreilles. Elle ressemblait un peu à Amina avec son visage allongé et son air sérieux, mais sa peau était plus sombre, entre le carton et la Guinness. Elle avait du rouge à lèvres, ce qui m'a rappelé un peu la femme du professeur, ou Amina en ce jour terrible où je l'avais vue dans la véranda avec ce garçon. Mais la cliente utilisait un rouge un peu plus clair. Elle portait une combinaison qui lui arrivait à mi-mollet. Le col très ouvert lui dénudait une épaule. À ses pieds, une paire de sandales à lanières plates.

Elle s'est approchée de la caisse. J'ai eu l'impression qu'elle me dévisageait.

« Vous avez du Mentholatum ? »

C'était la saison des pluies et bon nombre de gens nous avaient déjà demandé du Mentholatum, si bien que nous n'en avions plus. J'ai secoué la tête. « Désolée. On en aura d'autre dans quelques jours, peut-être même demain. »

À présent, maman était debout près de moi, à côté du comptoir. « Si vous avez besoin de quelque chose tout de suite, nous avons du Rub. C'est la même chose, en un peu plus fort. Ça devrait être encore plus efficace. »

La fille a secoué la tête. « Merci, mais je préfère le Mentholatum. »

Ma banane rôtie était posée sur le comptoir dans son emballage d'aluminium, où j'avais commencé à la manger. La fille l'a regardée, puis a de nouveau levé les yeux vers moi. « Mmmh. Une banane rôtie. Justement, j'allais en chercher.

— Personne ne les cuit aussi bien que Nnenna. »

Elle a hoché la tête et, pendant quelques instants, elle est restée à me regarder en souriant. J'ai songé que peut-être elle attendait que je lui en donne un peu, c'était embarrassant, cette inconnue qui dévorait des yeux mon repas comme ça.

Je portais une robe bleu marine à petits pois avec un col en V qui se terminait entre mes seins, et j'ai vu son regard descendre jusque-là, s'arrêter, remonter aussitôt et croiser le mien.

Elle m'a souri avec une certaine gêne, en demandant presque pardon.

« Je reviendrai dans quelques jours pour le Mentholatum », a-t-elle dit.

J'ai acquiescé.

Elle m'a dévisagée à nouveau très vite, et elle a tourné les talons.

43

Fin d'après-midi un samedi, presque le soir. Encore une heure, et nous fermerions la boutique. Maman lisait le journal derrière le comptoir. À la radio, Fela Kuti.

Je comptais la monnaie du client précédent quand j'ai levé les yeux pour voir entrer le professeur et sa femme. J'ai saisi maman par le bras. « Oga ! Madame ! Mais qu'est-ce qui vous amène par ici ? »

Elle est sortie de derrière le comptoir pour aller les embrasser.

J'ai terminé de compter la monnaie, rangé l'argent dans la caisse, puis je l'ai suivie pour les saluer à mon tour.

« Mon oncle, ma tante, bonjour. Soyez les bienvenus.

— Ijeoma, apporte-nous les chaises pliantes », m'a dit maman.

Je suis allée dans la réserve d'où j'ai sorti deux chaises que j'ai disposées à l'entrée de la boutique.

Une fois assis, le professeur a dit : « Ah, il y avait longtemps. *How you dey*… comment ça va ?

— *We dey fine*, ça va très bien, grâce à Dieu », a répondu maman d'un ton plein de gaieté. Elle avait sorti son tabouret de derrière le comptoir pour se joindre à eux. « Alors, qu'est-ce qui vous amène à Aba ?

— Nous allons rendre visite à des gens de notre famille, a expliqué le professeur.

— Ma sœur a emménagé ici il y a un mois avec son mari, a complété sa femme. Nous avons pensé qu'il était temps d'aller voir leur nouvelle maison. Et tant qu'on y était, nous avons décidé de nous arrêter pour dire bonjour. Pour faire d'une pierre deux coups.

— Bienvenue ! » a dit maman. Elle m'a appelée. « *Oya*, Ijeoma, apporte à nos invités de la bière et des sodas. » Puis, en se tournant vers eux : « Nous avons de la Guinness, du Coca, du Fanta, du Sprite… »

L'épouse a demandé un Coca. Le professeur, une bouteille de Guinness.

Au bout d'une demi-heure passée à siroter leur soda et leur bière et à parler de tout et de rien, leur discussion est arrivée sur Amina. J'ai senti mon estomac se nouer.

« Tout s'est déroulé exactement comme prévu. La famille du jeune homme est venue nous demander sa main. Je crois qu'ils appellent ça *Na gani ina so.* Il n'a pas fallu longtemps avant d'en arriver à *Sa rana* – fixer une date.

— Voyez-moi ça ! a ri maman. Mais vous êtes devenu un vrai Haoussa, vous parlez même leur langue !

— J'essaie », a renchéri le professeur en riant lui aussi, bientôt suivi de sa femme.

« Alors, comment ça s'est passé ? a demandé maman quand les rires se sont calmés.

— Ce fut un beau mariage, a répondu l'épouse. Très simple, intime – juste la famille – mais beau. Si vous l'aviez vue, avec ses décorations dessinées sur les mains, jusque sur les bras, des motifs de fleurs. C'était très joli.

— Ah, c'est merveilleux. »

Pendant tout ce temps, j'étais debout derrière le

comptoir où j'écoutais leur conversation en luttant pour contenir ma colère. J'avais envie de hurler : « Traîtresse ! », parce que Amina m'avait trahie. La dernière chose dont je souhaitais entendre parler maintenant, c'était de son mariage. J'avais envie de m'en aller, mais il aurait été impoli d'abandonner ainsi les invités, et puis si jamais un client se présentait et que maman soit encore en pleine conversation ?

Mais les propos suivants du professeur ont déclenché en moi une telle vague de tristesse que toute ma colère a été emportée.

« Depuis, ils sont partis s'installer dans le Nord. »

Jusqu'à présent, c'était pour moi un vrai réconfort de penser qu'Amina n'était pas loin. Parfois, j'imaginais que nous nous rencontrions par hasard. Je me représentais le vieux cliché des amoureux qui se retrouvent : nous tombions dans les bras l'une de l'autre, nous nous embrassions et nous déclarions notre flamme.

Cela dit, cette information n'aurait pas dû me surprendre. Lors de la fête d'adieu, elle avait annoncé que son fiancé allait partir dans le Nord pour ses études.

« Où sont-ils allés précisément ? a demandé maman.

— Elle nous l'a dit, mais je ne parviens jamais à me rappeler le nom de ces États du Nord, a dit le professeur en se tournant vers sa femme. Et toi, tu te souviens ?

— Je crois que c'était Kano ou Kaduna, je ne sais plus très bien. Il avait évoqué l'université Ahmadu-Bello à Zaria, mais il avait aussi parlé de cette nouvelle université fédérale à Kano.

— Ah oui. Kano ou Kaduna. En tout cas pas aussi loin que Sokoto, mais assez loin dans le Nord pour qu'il y ait beaucoup de ses semblables, exactement ce qu'il faut pour une jeune fille comme elle. »

Ce soir-là, après le départ du professeur et de sa femme, maman m'a tenu un long discours. Nous étions dans la cuisine. Assise sur son tabouret, les jambes ramenées autour du mortier, elle s'apprêtait à écraser des cubes d'igname pour le dîner.

C'est sorti telle une litanie : « Une femme sans homme n'est pas vraiment une femme. Tu ne seras pas toujours jeune. Même cette fille a réussi à se trouver un mari. Pourquoi tu ne fais pas pareil ? »

J'étais debout près de l'évier où je coupais des gombos pour la soupe. Je me suis arrêtée pour la regarder.

Une bougie brûlait sur une boîte de conserve posée sur le comptoir. Elle avait presque fini de se consumer, et une partie de la cire avait coulé le long des flancs de la boîte.

Maman s'est levée pour aller en chercher une neuve dans le placard. Elle a repris : « *Gee nti*. Écoute, écoute-moi bien. Le temps passe. Il faut que tu sortes plus pour te trouver un mari. Le temps n'attend personne. »

Elle a pris ce qui restait de la vieille bougie, l'a jeté dans la poubelle et elle a ensuite marmonné : « Si tu n'y prends pas garde, tu te retrouveras comme cette bougie, tout usée, sans plus rien à offrir. »

Elle a repris son pilon, sans pour autant s'en servir. Elle se contentait de regarder les cubes d'igname. « Le mariage a une structure. Celle d'une bicyclette. Peu importe la taille ou la couleur de la bicyclette. Tout ce qui compte, c'est qu'elle soit complète, c'est-à-dire avec deux roues.

« L'homme est une roue, la femme en est une autre. L'une doit venir avant l'autre, aussi la seconde roue n'a d'autre choix que de suivre la première. Ce qui est certain par contre, c'est qu'aucune des deux roues ne peut fonctionner sans l'autre. Et que peut-on faire dans ce monde quand on ne fonctionne qu'en partie ? »

Elle a continué de marmonner : « Une femme sans homme n'est pas vraiment une femme. » Il y avait de l'autodénigrement dans sa manière de le dire.

Elle s'est remise à écraser l'igname, un coup sourd après l'autre. La chair molle ne parvenait pas à étouffer le bruit du bois contre le bois, du pilon contre le mortier. Encore quelques coups, puis le silence.

Je me suis retournée vers l'évier et je me suis remise à couper les gombos. Mais maman n'en avait pas encore fini avec moi. « Un petit conseil : sors, fais-toi des amis, vois du monde. Comment les garçons sauront-ils que tu es là si tu passes ton temps à t'occuper du ménage à la maison ? »

Elle avait raison. En dehors de l'église, de la boutique et de quelques commissions au marché, je passais tout mon temps à l'intérieur. Même à l'église, je m'asseyais seule au fond, et je partais à la minute où s'achevait la bénédiction finale.

« Il y a des gens, on dirait que Dieu dormait quand Il les a créés. Mais toi, tu es belle. Dieu était bien réveillé quand il t'a fabriquée. Une belle fille comme toi ! Tu as dix-neuf ans, bientôt vingt, et aucun jeune homme ne s'est encore présenté ici pour te voir. *Chineke bi n'elu !* Dieu tout-puissant ! Comment est-ce donc possible ? »

44

La fille qui voulait du Mentholatum est revenue tôt un matin, mais pas pour du Mentholatum. Maman était partie faire sa tournée d'approvisionnement pour la boutique et organiser les livraisons.

La fille est entrée avec un paquet de cahiers sous le bras, le visage maquillé avec soin, sa jupe trapèze bleu marine et son chemisier de coton blanc impeccablement repassés. Elle portait une paire de chaussures à talons noires.

Elle a posé les cahiers sur le comptoir. « Je me demande bien pourquoi je continue à donner à mes élèves des devoirs écrits. C'est une vraie torture de devoir tout rapporter à la maison, de les lire, de les noter, pour avoir à les remporter ensuite au lycée. »

À l'académie Obodoañuli, le professeur de sciences sociales, Mr Adaremi, nous demandait de lire nos devoirs écrits à haute voix. J'ai donc répondu : « Il faut leur demander une présentation orale. Que les élèves lisent ce qu'ils ont écrit, et les noter là-dessus.

— C'est une idée, a-t-elle dit en acquiesçant d'un air songeur, comme si elle pesait déjà le pour et le contre. Au fait, je m'appelle Ndidi.

— Ijeoma. Où est-ce que tu enseignes exactement ? Dans quelle école ?

— Au lycée, à quelques rues d'ici. Tu ne peux pas le rater. Des bâtiments jaunes avec des toits verts. C'est la seule école de la région qui présente ce mélange de couleurs. Si tu passes à côté au début ou à la fin des cours, tu me verras peut-être dehors, à surveiller les plus jeunes. »

Elle a regardé sa pile de cahiers posés sur le comptoir. « J'adorerais pouvoir dire que je me suis arrêtée pour bavarder, mais… »

Je tripotais mes doigts par nervosité, soudain je m'en suis accidentellement retourné un et j'ai eu très mal. J'ai poussé un gémissement étouffé au moment même où elle disait qu'elle ne pouvait rester, si bien qu'elle s'est arrêtée net et a éclaté de rire. « On dirait que tu es déçue.

— Non. Pas du tout. C'est mon doigt », ai-je commencé à expliquer, mais j'ai alors été saisie d'un grand embarras, je risquais de me mettre à bafouiller et de passer pour une idiote. Aussi ai-je décidé de garder mes explications pour moi.

« En réalité, a-t-elle repris en m'arrachant à mes pensées, je dois t'avouer quelque chose. Je me suis arrêtée ici parce que, en chemin, le sac dans lequel je transportais les cahiers a lâché. Je ne sais pas comment je vais pouvoir les porter jusqu'au lycée. Est-ce que tu aurais quelque chose que je puisse utiliser ? »

J'ai sorti un petit sac en tissu de derrière le comptoir et le lui ai donné. Nos doigts se sont frôlés et, d'instinct, je l'ai regardée pour voir si elle s'en était rendu compte. Il m'a semblé que non. Elle m'a dit : « C'est parfait. Merci. Je le rapporterai le plus vite possible.

— Tu peux le garder. On en a plein. On peut se passer de celui-là.

— Comme tu voudras. » Elle a marqué une pause, avant d'ajouter : « Mais bon, ça me donnera une bonne excuse pour revenir. »

Si j'avais eu le moindre doute quant à la nature de notre relation, à cet instant, tout s'est dissipé. Soudain, je me suis sentie beaucoup plus sûre de moi. « C'est un magasin, ai-je dit d'un air satisfait. Nous vendons bien une centaine d'articles différents. Tu as donc au moins une centaine de raisons différentes pour revenir. »

Elle a souri en hochant la tête.

Elle portait une montre au poignet. Elle l'a consultée : « Je ferais mieux d'y aller. Le directeur va me hurler dessus si je suis en retard. Il est très à cheval sur la ponctualité. »

Sa main droite s'est posée sur la mienne, sur le comptoir, puis elle est partie.

Elle s'est de nouveau arrêtée à la boutique en revenant du lycée. « Il y a un endroit où ils préparent un excellent *jollof* de riz près de chez moi. Je sais que tu aimes les bananes plantains. Leur *dodo* aussi est très bon. Tu veux venir ? »

Maman me poussait à sortir et à rencontrer des gens depuis un moment, si bien que suivre Ndidi me paraissait un bon compromis entre ce dont j'avais envie et ce que maman souhaitait pour moi. Enfin, voilà comment je me suis présenté les choses à moi-même.

Elle habitait un petit appartement aux murs décorés de cartes postales qui formaient des carrés et des rectangles bien nets, représentant les lieux qu'elle rêvait de visiter.

Dès que nous sommes arrivées, elle a posé son sac et elle est passée derrière la cloison mobile qui séparait sa chambre du salon. Quand elle est revenue au bout de quelques minutes, elle ne portait plus sa jupe trapèze et son chemisier de coton, mais un boubou coloré. Ses chaussures à talons noires avaient laissé la place à des sandales plates marron.

Elle s'est approchée de moi, tandis que je regardais une carte postale de Venise, avec canaux et gondoles. « Imagine, une ville sans aucune voiture !

— Vraiment, sans aucune voiture ?

— Non.

— Je ne pensais même pas que c'était possible. Pas de nos jours.

— Je sais. Je ne l'aurais pas cru non plus si je ne le savais pas. Et pourtant voilà : péniches, gondoles, bateaux-taxis, etc. Mais pas de voitures. »

Je suis passée à la carte postale suivante. « C'est la Turquie. Istanbul.

— Oui. Une ville très spéciale. La seule grande ville du monde qui soit à cheval sur deux continents. Qu'est-ce que je donnerais pour aller là-bas, découvrir l'art, l'architecture : la mosquée Bleue, la Citerne Basilique, et surtout Sainte-Sophie ! »

Il y avait beaucoup d'autres cartes postales, de Barcelone et Budapest, Rome et Paris, Le Caire et Le Cap. Je suis passée de l'une à l'autre en terminant par Londres et Paris.

« J'aimerais bien me retrouver devant Big Ben. Tu sais, la grosse horloge à Londres. Ou bien, imagine assister à la relève de la garde à Buckingham Palace. C'est intéressant de voir comme certains endroits conservent d'anciennes coutumes au fil du temps. Le rituel se poursuit, même quand il n'a plus aucune signification réelle. Va comprendre.

— Oui, va comprendre », ai-je répondu.

Ce soir-là, nous avons bu du vin, un cabernet, exactement ce qu'il lui fallait pour se détendre, disait-elle. Je n'avais jamais bu de vin. Cela m'a laissé un arôme puissant dans la bouche, qui ne ressemblait à rien de ce que je connaissais. Un peu acide, tel que j'imaginais le goût de la couleur brune, ou de l'écorce d'arbre pilée mélangée à du parfum.

Elle me regardait.

« Ça, c'est pour les aristos, les riches, avec leur palais sophistiqué. »

Elle a éclaté de rire.

J'ai bu une deuxième gorgée. « Je ne suis qu'une petite villageoise, je n'ai pas l'habitude de ce genre de choses raffinées. »

Elle a ri à nouveau. « Je ne suis pas très différente de toi, mais bon, petite villageoise ou pas, je suis contente d'être ici avec toi, à boire du vin.

— Merci », ai-je dit en sentant quelque chose vibrer dans ma poitrine. Puis, d'une toute petite voix : « Moi aussi, je suis contente d'être ici avec toi. »

De retour à la maison, j'ai trouvé maman qui cousait l'ourlet d'une jupe sur le canapé du salon. « Alors, c'était comment ? m'a-t-elle dit en me voyant entrer.

— C'était bien, maman.

— Seulement bien ? »

J'ai hoché la tête.

« As-tu rencontré ses amis ? De beaux jeunes hommes ? Il doit y avoir plusieurs jeunes messieurs dans cette école. J'en ai vu quelques-uns en passant par là.

— Non, maman. Je n'ai pas rencontré de beaux jeunes hommes. »

Elle a eu l'air déçue. Ce que j'ai dit ensuite était loin de la vérité, car elle n'avait à aucun moment évoqué ses collègues masculins. Mais je l'ai dit quand même : « Ndidi a parlé de jeunes messieurs qui enseignent aussi là-bas. Peut-être que la prochaine fois on se retrouvera tous ensemble. »

La déception de maman s'est muée en un grand sourire. « Très bien. Très, très bien. Cette Ndidi semble avoir la tête sur les épaules. Je suis contente qu'elle soit venue à la boutique. Tu es encore jeune. Il est important pour toi d'avoir des amies comme elle. Elle pourrait t'apprendre quelques petites choses sur la manière dont ça se passe. Avec un peu de chance, il y a peut-être encore de l'espoir pour toi. »

45

Ndidi s'est mise à m'inviter chez elle chaque soir, et j'ai pris l'habitude de m'y rendre dès que maman et moi fermions la boutique. Pendant une heure ou deux, elle préparait ses cours. Malgré tout, elle insistait pour que je vienne, parce qu'elle appréciait ma compagnie, même silencieuse.

Elle avait un tourne-disque, posé sur une table près de sa télévision. Je m'asseyais sur le canapé, j'écoutais ses disques doucement tout en la regardant corriger les devoirs de ses élèves, sourcils froncés, lèvres serrées. Dans l'intervalle, je lisais ses livres. À cette période, j'ai lu beaucoup, au moins deux heures chaque soir, pendant des mois : les romans policiers d'Agatha Christie. *Jane Eyre*, de Charlotte Brontë. *Les Hauts de Hurle-Vent*, d'Emily Brontë. J'avais déjà lu *Le monde s'effondre* mais puisqu'il était dans sa bibliothèque, je l'ai recommencé.

Ndidi faisait de courtes pauses lorsqu'elle corrigeait ses copies. Parfois, elle allait au frigo chercher deux bouteilles de Fanta, une pour moi, l'autre pour elle. On les buvait ensemble, sans vraiment discuter, on se regardait et on gloussait comme des petites filles.

Un vendredi, pendant qu'on buvait nos Fanta, elle a

dit : « Il y a un endroit où j'aimerais bien t'emmener. Je pense que ça te plairait beaucoup.

— Quel genre d'endroit ?

— C'est une surprise. Disons juste qu'il y a de la bonne musique et qu'on y danse.

— D'accord. Tu veux y aller quand ? »

Elle m'a répondu avec un sourire malicieux : « Ce soir, si tu veux. »

Il était presque vingt heures. « Maman n'aime pas que je sorte tard le soir. » J'ai pris un visage austère et j'ai imité ma mère : « Une jeune fille respectable ne traîne pas dehors la nuit.

— À t'entendre, on dirait que je te propose de te prostituer ! a-t-elle répondu en riant.

— C'est peut-être moins pire, mais…

— On ne va pas rester tard. Juste deux heures. »

Nous étions assises toutes les deux sur le canapé. Elle a posé la main sur mon bras, m'a caressée. Il y avait entre nous une véritable attirance à présent, d'où mon dilemme. Dans mon esprit, le chaos régnait. D'abord, il y avait le problème d'Amina. Chaque fois que je songeais combien Ndidi m'attirait, j'étais terrassée par la pensée qu'elle n'était pas Amina, et qu'entretenir des sentiments pour une autre personne, c'était en quelque sorte trahir Amina. Peu importait que ce soit elle qui m'ait trahie la première. Je ne pouvais me soustraire à cette pensée.

Ensuite, il y avait le problème de maman. J'avais du mal à assumer le fait d'habiter avec elle tout en ayant une histoire avec Ndidi. La distance diminue le sentiment d'obligation, ou plutôt la proximité renforce le sens du devoir. À présent que je vivais avec maman, je me sentais obligée d'être à la hauteur de ce qu'elle attendait de moi – ce qui ne m'était jamais arrivé à l'académie Obodoañuli. Surtout après que mon histoire avec Amina avait fait long feu et s'était retournée contre moi. Qu'en serait-il cette fois ? Allais-je m'investir autant émotionnellement auprès de Ndidi pour qu'elle me trahisse de la même manière qu'Amina ?

« Alors, qu'est-ce que tu en penses ? On y va ? » Vu son expression, elle savait déjà ce que j'allais lui répondre, mais je l'ai dit quand même. « Oui, je veux bien aller là-bas avec toi. » Malgré le trouble profond que causait en moi toute cette situation, c'était la vérité : où qu'elle veuille m'emmener, j'étais prête à l'accompagner.

« Très bien », a-t-elle dit. Sa bouteille de Fanta à la main, elle s'apprêtait à boire, mais elle s'est arrêtée, scrutant mon visage : « Tu es sûre ? »

J'ai acquiescé en confirmant que j'étais sûre.

On s'est refait une beauté, recoiffées, remaquillées, et Ndidi a déclaré : « Bon, il faut que je te dise autre chose.

— Quoi ?

— À propos de l'endroit où nous allons.

— Oui ?

— Ce n'est pas le genre de lieu dont on peut parler. En réalité, il faut que tu me promettes que tu n'en diras rien à personne.

— Mais pourquoi ? C'est quoi, cet endroit ?

— Tu vas voir. Pour l'instant, promets-moi que tu n'en parleras pas. Ta mère ne doit pas être au courant de son existence. Ne lui dis rien. Je ne peux pas t'emmener si tu ne me fais pas cette promesse.

— Je n'avais pas l'intention de raconter ça à maman.

— Très bien. Parce que en parler à qui que ce soit pourrait coûter la vie à certaines d'entre nous, peut-être à toutes. »

Devant la gravité de ses propos, j'ai éclaté de rire.

« Mais c'est ridicule. Où donc est-ce que tu m'emmènes, pour que ça puisse causer des morts ? »

Elle a ri à son tour. « Je ne voulais pas me montrer si dramatique. Mais c'est sérieux, c'est vrai. Alors comme je t'ai dit, promets-moi juste que tu ne diras rien à personne.

— Je te le promets. »

Il s'agissait d'une petite église mal éclairée au bout d'un chemin de terre qui donnait sur la route principale d'Aba. Sur le côté, au-dessus d'une croix blanche géante, un panneau disait : ÉGLISE DE DIEU ET DES AMIS DE JÉSUS. Une bannière, tendue entre les colonnes blanc et bleu menant jusqu'à une porte en bois sculpté, annonçait en caractères violets : FONTAINE D'AMOUR.

« Tu m'emmènes à l'église ? ai-je murmuré à Ndidi en arrivant sous l'auvent de l'entrée.

— Attends, tu vas être surprise. »

On est entrées. À l'intérieur, un stroboscope pulsait lentement sa lumière. De lourds rideaux violets obturaient les fenêtres. Le long des murs, des tables avec une bougie décorative posée au milieu. Chaque table était flanquée de deux ou trois chaises, et des gens bavardaient tranquillement.

La musique était douce, très en retrait, laissant place au reste. Au milieu de la salle, des couples dansaient lentement. Dans l'air flottait une forte odeur de whiskey et de bière.

On s'est assises à une table. Une femme est venue vers nous, visage peu gracieux, vêtue d'une chemise blanche classique rentrée dans son pantalon kaki pattes d'éléphant. Elle avait les cheveux longs, coiffés en fines dreadlocks, et de grands anneaux d'argent aux oreilles.

« Ah, Ndidi, on croyait que tu nous avais oubliées ! » a-t-elle dit.

Ndidi s'est levée de son siège pour la serrer contre elle. « J'ai été occupée, au travail.

— Tu rigoles ? a répondu l'autre d'un ton moqueur. Tu ne peux quand même pas être occupée à ce point ! Moi, j'ai l'impression que tu as eu tout le temps pour t'occuper de toi. Tu es très belle. »

Ndidi n'a pas prêté attention à ce compliment. « Je te présente mon amie Ijeoma. Ijeoma, voici Adanna. »

Adanna a pris un air pincé et malicieux. « Voilà donc ce qui t'occupait ainsi », a-t-elle dit en me tendant la main.

Là encore, Ndidi l'a ignorée. « C'est la première fois qu'Ijeoma vient ici. J'espère que tu vas bien te tenir pour ne pas la faire fuir.

— D'accord, c'est bon, a répondu Adanna en riant. Je serai parfaite. » Puis, se tournant vers moi : « Bienvenue, Ijeoma. J'espère que tu vas passer un bon moment. Nous avons une belle piste de danse. Tu peux en profiter autant que tu veux. Tout ce que je te demande, c'est de me réserver au moins une danse. » Elle m'a lancé un clin d'œil.

Une autre femme vêtue d'une jupe blanche courte, avec une imposante coupe afro, est arrivée auprès d'Adanna, elle lui a pris le bras et s'est penchée pour l'embrasser sur la joue. Adanna s'est ensuite tournée vers Ndidi : « On a de la chance, ça ne manque pas de filles, ce soir. »

Elle a aussi adressé un clin d'œil à Ndidi, avant de se laisser emmener.

« Depuis quand est-ce qu'ils utilisent cette église comme ça ? ai-je demandé plus tard en dansant.

— Longtemps. Plusieurs années. Et ce n'est même pas la première qui a été transformée ainsi. La dernière a été incendiée il y a quelques années. Elle était juste à la sortie de la ville. On ne sait comment, quelqu'un a appris que ce n'était pas une vraie église, alors des gens se sont rassemblés et y ont mis le feu. Par chance, ça s'est produit en plein jour, donc il n'y avait personne, aucune victime. Mais ici, c'est différent. C'est une véritable église durant la journée. Les gens viennent prier, ce qui nous offre une couverture encore plus efficace que dans la précédente église. Jusqu'ici, tout se passe bien. Personne ne nous a encore découvertes. »

Nous avons continué à danser. Au bout d'un moment, je lui ai demandé : « C'est qui, Adanna, pour toi ? »

Elle a ri. « Personne en particulier.

— Elle m'a pourtant paru compter plus que cela. »

Ndidi a protesté, puis elle a changé de ton. « En vérité, on est amies. On enseigne toutes les deux dans le même lycée. C'est elle qui m'a amenée ici la première fois. Elle s'intéresse peut-être à moi, en effet.

— Et pas toi ? »

Elle a secoué la tête. « C'est une amie merveilleuse. Mais il y a quelqu'un d'autre qui occupe mon esprit, maintenant. »

Je savais qu'elle parlait de moi. Et à nouveau, j'ai pensé à Amina. Une vague d'anxiété m'a envahie : pourquoi cette femme qui n'était pas Amina me faisait-elle pareil effet ? À nouveau, j'ai eu le sentiment de la trahir, tout autant qu'elle m'avait trahie, moi.

Après Amina, j'ai pensé à maman, à nos études de la Bible, au sermon du professeur, à toutes ces menaces de lapidation. J'avais beau ne pas être convaincue par l'interprétation que faisait maman de la Bible, je ne pouvais réprimer l'angoisse qui montait en moi, ces idées obsédantes et frénétiques : mais qu'est-ce que tu fiches ici ? Qu'est-ce qu'une jeune fille respectable peut bien faire dans un lieu clandestin comme celui-ci ?

Soudain la musique est devenue plus forte, noyant mes pensées. Ndidi m'a serrée davantage, collant son corps contre le mien, et ça m'a rassurée. Jamais encore je n'avais dansé ainsi avec une femme, ni avec une telle liberté. J'ai banni toute pensée d'Amina, de l'étude de la Bible avec maman, du sermon du professeur et des risques de lapidation. Je me disais seulement : amuse-toi, amuse-toi, amuse-toi !

On a dansé longtemps, Ndidi et moi, j'éprouvais une sensation de libération que je n'avais encore jamais connue.

Elle m'a raccompagnée presque jusque chez moi, s'arrêtant non loin de la barrière. « J'espère que je peux avoir confiance en toi et que tu ne parleras pas de cette soirée. Personne ne doit savoir.

— Bien sûr que tu peux avoir confiance en moi. »

Elle a pris ma main. « Merci pour cette agréable compagnie.

— Merci de m'avoir emmenée là-bas.

— Ce week-end, je vais à Obigbo voir mes parents et mon petit frère. Mais peut-être qu'on pourrait y retourner la semaine prochaine, quand je serai rentrée.

— Ce serait chouette. »

Nous sommes restées là à nous regarder quelques secondes, les yeux dans les yeux, un peu mal à l'aise. Dans un autre monde, on se serait embrassées sur la bouche. On se serait enlacées, comme des amants. Mais le problème, c'est que maman était tout près. Elle pouvait surgir à tout instant, et ce serait à nouveau la catastrophe. N'importe qui pouvait arriver, ce qui aurait les mêmes conséquences désastreuses.

« On se voit la semaine prochaine, a-t-elle dit tout simplement.

— Oui, à la semaine prochaine. »

En la regardant s'éloigner ce soir-là, j'ai ressenti un bonheur que je n'avais pas éprouvé depuis longtemps. Si j'avais pu accélérer le temps, je me serais arrangée pour que la semaine prochaine commence demain.

46

« Mais où étais-tu donc passée ? a crié maman.

— J'étais juste avec Ndidi.

— Juste avec Ndidi ? Alors pourquoi tu as mis tout ce temps à rentrer ? Tu sais quelle heure il est ? »

Il n'était même pas vingt-trois heures, ce qui n'était pas vraiment tard en soi. Mais je n'ai même pas pris la peine de le lui dire. Je me suis contentée de répondre : « Pardon, maman. Je n'ai pas vu le temps passer.

— Tu n'as pas vu le temps passer ? Tu n'as pas vu le temps passer ? m'a-t-elle tancée. Un jour, si tu n'y prends pas garde, c'est le temps qui va passer sans toi ! Et j'espère que tu sais ce que je veux dire ! » Puis elle s'est mise à marmonner. « Enfin, au moins tu étais avec Ndidi. Au moins, celle-là, elle a la tête sur les épaules. Ça pourrait être pire. »

Seule dans ma chambre, j'étais tout entière habitée par la pensée de Ndidi. Tandis que je me déshabillais pour mettre ma chemise de nuit et me coucher, elle occupait tout l'espace en moi, jusqu'au dernier recoin de mon esprit. Je ne pouvais m'empêcher de penser à elle, même avec maman dans la pièce d'à côté. Et cette pensée a déclenché en moi une réaction physique. J'étais si pleine de désir que la seule chose à faire, c'était de me caresser, ce qui ne m'était presque jamais arrivé auparavant – seulement une fois ou deux dans notre école à Oraifite. Peu m'importait ce que maman avait dit au sujet d'Onan qui avait gaspillé sa semence, ou la morale de l'histoire qui voulait que le plaisir solitaire soit péché aux yeux de Dieu.

Peu m'importait cela. Je l'ai fait quand même. Au début, en silence, très doucement, puis plus vite, encore plus vite. Avant longtemps, ma gorge s'est nouée de plaisir et de soulagement, sans que j'éprouve la moindre culpabilité.

Je me suis assoupie avec un sentiment de satisfaction, mais au bout de deux heures, je me suis réveillée en sursaut.

Des souvenirs de mes séances d'étude de la Bible avec maman me sont tout à coup revenus en force, malgré tous mes efforts pour les mettre de côté. Des mots accusateurs se sont abattus sur ma conscience telle une pluie d'orage, m'emportant avec eux, menaçant de me noyer. Il y avait bien longtemps que je n'avais pas été aussi heureuse et, soudain, ce cauchemar, comme si je me demandais à moi-même avec ironie comment je pouvais imaginer que le bonheur me soit accessible.

Dans ce rêve, j'étais couchée par terre en position fœtale. Maman se tenait au-dessus de moi, son index braqué sur moi comme l'aurait fait une maîtresse d'école en colère, les yeux pleins de reproches et de larmes. Elle hurlait : « La mouche sans cervelle suit le démon dans sa tombe ! »

Je me suis réveillée la tête remplie de ces paroles.

La mouche sans cervelle suit le démon dans sa tombe...
La mouche sans cervelle suit le démon dans sa tombe...
La mouche sans cervelle suit le démon dans sa tombe...

Je me suis forcée à fermer les yeux pour essayer de me rendormir, mais chaque fois ces mots revenaient hanter mes rêves et me réveillaient à nouveau.

La mouche sans cervelle suit le démon dans sa tombe...
La mouche sans cervelle suit le démon dans sa tombe...
La mouche sans cervelle suit le démon dans sa tombe...

47

Si vous vous lancez dans une chasse aux sorcières, vous finirez bien par en trouver une.

Quand vous la rencontrerez, elle aura l'allure de Madame Tout-le-monde. Pourtant, à vos yeux, sa peau semblera luire de rayures noires et blanches. Vous verrez son balai, vous entendrez son ricanement, et vous sentirez la puissance de ses sortilèges s'exercer sur vous.

Qu'importe qu'elle ne ressemble en rien à une sorcière, car à vos yeux, elle en sera bien une.

Après cette soirée à l'église avec Ndidi, c'est en moi-même que j'ai lancé une chasse aux sorcières. Alors que j'avais trouvé une communauté qui m'aurait apporté tout son soutien et de la sécurité, une vague inattendue de haine de moi-même m'a envahie. J'ai commencé à croire que j'étais vraiment sous l'emprise du démon, que la tentative d'exorcisme de maman avait échoué et que je me devais de trouver le moyen de me libérer toute seule. L'autopurification, voilà quel était mon objectif.

Toute la nuit, j'avais entendu résonner la voix de maman – pas en vrai, mais dans mon rêve –, qui me conjurait de ne pas suivre le démon jusque dans la tombe. Quand le jour s'est levé, mon esprit était infesté d'images de sépultures. J'étais devenue comme un cercueil : vide à l'intérieur, avec des gonds grinçants.

La voix de ma mère était la source de tous mes tourments, si bien que j'avais le plus grand mal à demeurer en sa présence. Vers midi, je lui ai demandé la permission de m'absenter. Je ne pouvais lui expliquer pourquoi. J'ai simplement dit que j'avais besoin d'être libre pendant une heure. J'ai pris le sac où j'avais rangé ma bible et mon écharpe de prière, et je suis partie vers notre église habituelle.

Quand je suis arrivée, elle était vide. Je suis restée assise au fond pendant un moment, mes pensées s'agitant en tous sens. J'ai dû demeurer là pendant une demi-heure puis je me suis levée pour rejoindre les premiers rangs. Juste devant l'autel, je me suis agenouillée, j'ai sorti ma bible et mon écharpe, que j'ai enroulée autour de ma tête.

J'ai ouvert le Livre saint, posé les mains fermement sur les pages et j'ai fermé les yeux pour prier.

Mon Dieu, que signifie tout cela ?

Aussitôt, le simple fait d'oser poser à Dieu ce genre de question a déclenché en moi un regain de culpabilité.

J'ai alors tenté autre chose. J'ai supplié.

Mon Dieu, j'ai péché, et je me présente devant Vous pour Vous demander de me remettre dans le droit chemin.

Enfin, tout de même, et si jamais je n'étais pas dans le péché ? Et si je m'infligeais toute cette culpabilité sans raison ?

Seigneur, je suis plongée dans la confusion. S'il Vous plaît, envoyez-moi un signe. S'il y a un démon dans mon cœur, montrez-moi comment le reconnaître, afin de pouvoir dès lors le fuir.

Jusqu'ici, j'avais gardé les paupières closes. Elles étaient à peine entrouvertes quand j'ai aperçu une faible lueur du côté de l'autel, comme un bijou reflétant la lumière du soleil. Puis je me suis aperçue que la lueur grandissait, qu'elle s'approchait.

Soudain, je me suis sentie à la fois impatiente et effrayée, parce que, après tout, c'était bien là le signe que j'avais demandé.

J'ai entendu des pas derrière moi. Je me suis retournée.

J'ai hurlé en découvrant le signe que Dieu m'avait envoyé, car cela signifiait que le démon dans mon cœur, c'était maman.

48

Maman a accouru vers moi pour faire taire mes cris. « Mais que t'arrive-t-il donc ? Nous sommes ici dans la maison de Dieu, nom d'un chien ! Qu'est-ce qui te prend de hurler comme ça ? »

J'ai retrouvé mes esprits. « Pardon. Je priais. Je ne m'attendais pas à voir quelqu'un entrer.

— Bien sûr que je suis venue ici ! Je t'ai cherchée partout ! Tu te rends compte qu'il y a plus de deux heures que tu es partie ?

— Deux heures ? ai-je répété, sincèrement surprise.

— Eh oui. Mais qu'est-ce qui t'arrive donc ?

— Je suis un peu malade, je crois. Je vais rentrer et me mettre au lit. Ça me soulagera. »

Elle a posé la main sur mon front. « Tu as mal au ventre ou à la tête ?

— Seulement à la tête ou presque.

— Très bien. *Ngwa*. Allons-y. Je vais te raccompagner. J'ai du paracétamol à la maison, tu vas en prendre. J'espère que ce n'est pas la malaria. Obiageli, un peu plus bas sur la route, vient justement de l'attraper.

— Je ne pense pas que ce soit la malaria. Une petite migraine, c'est tout. »

49

Malgré mes cauchemars, le lundi, dès que nous avons fermé boutique, je suis allée retrouver Ndidi. C'était comme si j'étais accro aux piments ou aux haricots. On sait bien qu'il ne faut pas en manger trop pour ne pas saturer le corps. Sinon, on en paye les conséquences. On a la bouche en feu, et on risque d'attraper la courante. Les cauchemars reviendront. Mais bon, on y va quand même.

Je me suis assise sur son canapé pour écouter Fela Kuti sur son tourne-disque, tout en la regardant corriger ses copies.

Je détournais les yeux de temps en temps, mais je la scrutais longuement, parce que peut-être Dieu m'enverrait-Il un autre signe, plus clair que le précédent, et mieux je regarderais, mieux je le verrais.

Au bout d'un moment, elle a dû sentir le poids de mon regard. Elle a alors relevé la tête et m'a dit très doucement : « Ijeoma, qu'est-ce qu'il y a ? »

J'ai baissé les yeux. « Rien. »

Elle s'est remise à corriger ses copies, posées devant elle. Quelques minutes se sont écoulées.

Elle a senti le poids de mon regard à nouveau. « Ijeoma, ça va ?

— Oui, je voulais juste voir si tu avais terminé. »

Elle a posé son stylo, s'est levée et elle est venue vers moi. « Et si je te dis que j'ai terminé, que se passera-t-il ? Tu as des projets particuliers pour nous, ce soir ?

— Non, ai-je répondu en secouant la tête. Je voulais juste savoir si tu avais fini. »

À présent, c'est elle qui m'examinait, qui scrutait mon visage. Puis elle a pris ma main et s'est mise à la caresser. « Eh bien, si toi tu n'as pas de projets pour nous, moi, j'en ai peut-être. »

Soudain, j'ai eu la gorge sèche, et j'ai senti le rouge me monter aux joues. « Quel genre de projets ? » ai-je demandé d'une voix éraillée.

Elle s'est penchée et j'ai senti son souffle chaud sur mon oreille et sur le côté de mon visage. « Ce genre de projet-là », a-t-elle murmuré, et pourtant sa voix était forte.

Elle a pris mes mains, les a posées sur sa taille. D'un geste preste, elle a défait la fermeture de sa jupe sur le côté et glissé ma main à l'intérieur. Elle ne portait rien dessous, pas même une combinaison. Sous ma main, sa peau était chaude. Elle l'a déplacée, jusqu'à la naissance de ses poils, sous son bas-ventre. Elle s'est arrêtée seulement quand mes doigts sont arrivés à la chair humide, au milieu. J'ai alors éprouvé une certaine crainte, car jusque-là je n'avais fait ça qu'avec Amina. Et si Ndidi n'aimait pas les mêmes choses ? Et si je n'étais pas à la hauteur ?

Quoi qu'il en soit, je voulais essayer. Je suis passée devant elle et je me suis agenouillée. Du bout des doigts, j'ai appuyé sur sa chair humide, puis je les ai glissés à l'intérieur, où ils se sont retrouvés enveloppés de chaleur.

Elle a soufflé. Ce souffle s'est transformé en gémissement. Mes doigts entraient et sortaient lentement. Je décrivais des petits cercles, lentement, puis plus vite, ainsi que je le faisais pour Amina et pour moi.

Ses hanches se sont mises à osciller en cadence.

Il n'a pas fallu longtemps. Elle a poussé un cri et je me suis sentie envahie par l'émotion – sensation de chaleur, sentiment d'affection, de bonheur, ressemblant à l'amour ; euphorie d'être ainsi capable d'établir un contact aussi intime avec elle, de produire en elle une réaction aussi intense. C'était comme si à cet instant-là son plaisir était le mien, le nôtre, un accomplissement partagé.

Je l'ai serrée contre moi, j'ai murmuré son nom, j'ai embrassé son visage, son cou, ses lèvres. Rien n'aurait été plus beau au monde que de rester ainsi avec elle pour toujours.

Elle a poussé un nouveau cri et tout son corps s'est raidi, des frissons l'ont parcourue, et enfin je l'ai sentie se détendre entre mes bras.

Cette nuit-là, les cauchemars qui m'ont assaillie se sont avérés pires que toutes les nuits précédentes additionnées les unes aux autres. Tout du long, j'étais confrontée au visage sévère de ma mère, qui agitait son doigt dans ma direction en guise de réprimande, au risque de me crever l'œil. Ces images de maman étaient ponctuées de bruits de tonnerre qui, dans mon rêve, étaient la voix de Dieu ; Il me tançait Lui aussi, m'admonestait et me condamnait pour mes péchés. Chaque fois que je replongeais dans le sommeil, les mêmes cauchemars ressurgissaient. Au bout du compte, je me suis levée car je ne voulais plus dormir. J'ai retiré ma chemise de nuit pour enfiler une robe. Ainsi habillée, je me suis assise sur mon lit, je n'osais plus m'allonger. Je suis restée ainsi pendant des heures, les yeux grands ouverts, attendant l'aube.

Quand le soleil a point dans le ciel, que les ténèbres ont fait place à une lueur grise, je me suis levée de nouveau, j'ai pris ma bible et mon écharpe de prière et j'ai quitté ma chambre. Il était encore trop tôt pour que maman soit réveillée.

Je suis sortie en vitesse de la maison et j'ai traversé le jardin. Après avoir passé le portillon, je me suis mise à courir jusqu'à l'église.

J'ai emprunté l'allée jusqu'à l'autel, comme la fois précédente, et je me suis agenouillée devant Dieu. J'aurais voulu prier, seulement j'étais incapable de trouver les mots. Alors j'ai inspiré profondément, puis soufflé lentement pour essayer de me calmer. Inspiré, soufflé. Encore une fois.

Ma respiration a enfin trouvé son rythme. J'ai cherché une fois de plus les mots pour prier, mais rien n'est venu. Je suis restée muette. Pas une parole pour m'exprimer, pas un mot pour m'expliquer ou me défendre, pour présenter mes excuses et demander pardon pour mes péchés. Tout ce que je ressentais, c'était ce tremblement que me causait cette culpabilité douteuse. Un sentiment de défaite m'a envahie. J'ai versé des larmes qui se sont abattues en taches grises sur le ciment gris de l'église. J'ai repris une inspiration profonde, et j'ai poussé un long soupir, comme quelque chose qui dégringole. Quelque part dans ce désordre, je me suis souvenue du verset 8 de l'évangile de Jean. J'étais agenouillée devant l'autel et, enfin, les mots sont venus, les mots de Jésus : *Que celui qui n'a jamais péché lui jette la première pierre.*

J'ai senti le soulagement monter lentement en moi. Il m'a peu à peu envahie et a fini par avoir raison du sentiment de défaite que j'éprouvais jusqu'alors. J'ai soufflé une nouvelle fois. Dans l'air, des odeurs de larmes, de sueur et la senteur âcre du ciment mouillé.

50

J'allais et venais entre la boutique et l'arrière-boutique, époussetant les étagères et réassortissant les produits manquants, quand j'ai vu un homme entrer. Ses cheveux se dressaient haut sur sa tête, comme un halo. Il portait la moustache, la barbe et des favoris.

Il s'est dirigé vers la caisse de boissons et a pris une bouteille de Guinness. Il arborait un demi-sourire, assorti à sa chemise terne et froissée, elle-même assortie à sa cravate d'un bleu passé.

Arrivé devant le comptoir, il a demandé à maman en lui montrant la bouteille : « *Ego one ka ifa bu ?* » C'est combien ?

Il venait de récupérer sa monnaie et s'apprêtait à repartir quand je l'ai reconnu. Au même moment, j'ai entendu maman s'exclamer : « *Na wa-oh !* », mélange de surprise et de joie.

« Chibundu ! »

À cet instant, il l'a reconnue à son tour.

Il l'a saluée, s'est tourné vers moi. « Ijeoma ? C'est toi ? » Puis à nouveau à maman : « Mrs Okoli, ça fait un bail ! »

Un flot de souvenirs me sont revenus : Chibundu me tirant les cheveux, nous deux en train de courir dans l'église, de grimper aux arbres. Et ses paroles : « Regarde bien dans le miroir, pour nous voir ensemble. Regarde bien pour ne jamais oublier qu'on a été amis. »

« Oui, il y a longtemps », a répondu maman. Elle est passée de l'autre côté du comptoir et l'a serré contre elle en disant : « Bienvenue. Bienvenue. *Nno.* »

Sa chemise n'était pas repassée et sortait de son pantalon. Il avait des rides sur le front, ce qui lui donnait l'air bien plus âgé que l'image que j'avais gardée de lui dans ma tête. Évidemment. Ce n'était plus un petit garçon.

À Ojoto, maman n'avait jamais paru apprécier Chibundu ; à présent, il en allait autrement. Elle a passé le reste de la journée, de la semaine, à me parler de lui.

« Il s'est très bien débrouillé. Imagine ça, le petit Chibundu diplômé de l'université d'Ibadan qui fait maintenant son service civil ici, à Aba ! Sa mère et son père doivent être très fiers de lui.

— Oui, ai-je répondu, ils doivent être très fiers. »

51

« Il y a eu un lynchage hier », m'a dit Ndidi un soir d'un ton très tranquille. Elle semblait s'adresser à elle-même, ou à l'air, tout autant qu'à moi.

« C'étaient deux hommes. Je ne les connaissais pas. Des amis d'Adanna, de l'université. Depuis plusieurs jours, ils semblaient avoir disparu de la surface de la terre. Et puis hier, elle a appris une rumeur au marché, au sujet d'un couple de "pédés" qui avait été battu par la foule. Elle s'est rendue dans la forêt, derrière la route de terre, pas loin de là où ils habitaient, et elle les a trouvés là tous les deux, nus, battus à mort. »

Sa voix était douce et rauque à présent, à croire qu'elle avait la gorge sèche.

« Ce genre de choses a toujours existé. Comme il y a quelques années, quand ils ont brûlé l'autre église dont je t'ai parlé. Mais je n'y étais jamais allée, donc ce n'était pas vraiment réel pour moi. Et il n'y avait pas eu de victime. Cette fois, c'est différent. Cette fois, ça s'est produit quasiment sous mes yeux, et je ne peux chasser l'idée que ça aurait très bien pu être moi ou toi. »

Je me suis approchée d'elle et je l'ai prise dans mes bras.

« Nous avons appelé la police. Ils n'ont rien voulu

faire, pas même venir chercher les corps. “Faut les laisser pourrir, ces tantouses”, a dit un des policiers. Et l’autre a ajouté : “S’ils étaient pas déjà morts, on serait venus finir le travail.” Finalement, c’est Adanna et moi qui nous sommes chargées des corps. On les a emmenés, on les a nettoyés et on les a préparés pour l’enterrement. Tu imagines, j’ai tenu ces corps entre mes bras ! »

Sa voix n’était plus qu’un murmure tremblant.

52

Dans la première partie du jour qui a suivi, il ne s'est rien passé de particulier : maman et moi, nous avons travaillé à la boutique comme d'habitude. Le soir, je suis allée chez Ndidi, et on a mangé du gari et de la soupe de gombo pour le dîner. Après, on est retournées à l'église.

D'abord, on a dansé au milieu de la piste sur une chanson de Fela Kuti, « Shakara Oloje », qui sortait avec force des enceintes. Ensuite on s'est retirées dans un recoin sombre, au fond, là où se trouvaient les tables avec la bière, les pichets de gin et les caisses de sodas. À présent, on était semblables à toutes les autres filles, on s'embrassait et on s'enlaçait dans le noir.

Je n'avais pas l'intention de rester très tard. J'avais prévu de rentrer plus tôt que la dernière fois, parce que si j'étais à la maison avant vingt-trois heures, certes maman me réprimanderait à nouveau, mais elle n'en ferait pas tout un plat. Elle serait un peu inquiète, sans plus, puisque ça s'était déjà produit.

Seulement, les choses ne se sont pas passées comme prévu.

Pendant que Ndidi et moi étions enlacées au fond de l'église, on a frappé à la porte principale. Sans doute doucement, au début, puis ont suivi des coups plus violents, plus bruyants. Un lourd silence s'est abattu à l'intérieur, on n'entendait plus que la musique de Fela Kuti. Ensuite, des bruits de pas pressés tandis qu'une des filles, Chichi, emmenait les autres à l'arrière, là où je me trouvais déjà avec Ndidi. « Chut ! » a répété Chichi, le doigt sur la bouche.

Dehors, derrière l'église, la lune s'était levée, l'obscurité régnait pourtant, le coq n'avait pas encore chanté. Minuit était passé.

Ndidi et moi, on a couru, main dans la main. Les feuilles de palmier ne recouvraient pas complètement la trappe de bois qui masquait l'entrée de l'abri. C'est grâce à ça qu'on l'a repérée.

Devant et derrière nous, le calme de la nuit, les filles, environ une douzaine, les unes derrière les autres, alignées sans bruit pour descendre se cacher.

On s'est serrées les unes contre les autres, comme des sardines dans une boîte. Chichi a tiré la trappe pour fermer l'entrée. On a attendu calmement dans le noir en faisant le moins de bruit possible, de même qu'autrefois, pendant la guerre.

Au-dessus de nous, non loin de là, on a entendu un hurlement, puis un autre. Ensuite, une clameur de voix d'hommes et de femmes qui parlaient, qui criaient, et encore un hurlement.

Chichi s'est redressée pour ouvrir la trappe, mais plusieurs filles l'ont saisie par le bras.

« Ils en ont attrapé une », a-t-elle murmuré. Elle a regardé autour d'elle, prise de panique. « Il doit bien y en avoir au moins deux qui manquent.

— Où est Adanna ? » a chuchoté quelqu'un.

Chichi a tenté d'ouvrir à nouveau.

Les mêmes filles l'en ont une fois de plus empêchée. « Tu es prête à nous sacrifier toutes pour en sauver une seule ?

— Chut ! a soufflé une autre. Il ne faut pas qu'ils découvrent où on se cache. » En effet, nos poursuivants ne pouvaient pas nous découvrir, à moins qu'on se trahisse nous-mêmes. Ces bunkers, ainsi que je le découvrirais plus tard, étaient parfaitement bien cachés, recouverts d'herbe et de feuilles de palmier. Plus difficiles à détecter que ceux qu'on utilisait pendant la guerre. À croire qu'une ou plusieurs des filles avaient tout prévu à l'avance. Comme si elles avaient su qu'une attaque de ce genre était inévitable.

Chichi n'a plus tenté d'ouvrir la trappe. Nous avons toutes sombré dans le silence.

Plus rien à faire qu'à observer l'abri. Autour de nous, le noir complet, l'arôme de la terre fraîche et, au milieu des ténèbres, les contours des corps. D'autres bruits nous sont parvenus : hurlements, cris, une voix d'homme tonitruante, à croire qu'il psalmodiait une prière. Dans ma tête, je voyais les parois de terre s'effondrer autour de nous, pareils aux piliers du temple de Dagon, les murs de notre abri s'écroulaient, et nous, tel Samson dans son déclin, nous étions terrassées. Était-ce ainsi que nous allions périr ? L'image de maman m'a traversé l'esprit, elle versait des larmes devant mon corps sans vie ; maman devant ma tombe, me pleurant. Mais peut-être qu'elle ne pleurerait pas. Peut-être serait-elle trop en colère pour ça. Peut-être ne voudrait-elle même pas m'enterrer.

À mon côté, Ndidi me tenait la main.

Les hurlements ont soudain été décuplés, et un instant j'ai cru entendre des bruits de pas qui se rapprochaient.

Mais les secondes sont passées, puis les minutes, et nul n'est venu.

Tout a finalement semblé se calmer. Les cris se sont tus. Les prières se sont évanouies. Nous étions toujours debout, raides, inhalant l'odeur de nos corps, de notre sueur collective. De notre peur collective.

Des coups ont été frappés avec la régularité et la lenteur d'un escargot qui avance. Un petit cognement sur la trappe de bois du bunker, un autre. Nous avions bien dû y passer au moins une heure.

J'étais aux aguets – nous l'étions toutes – quand, au-dessus de nous, la trappe s'est soulevée. Nous avons vu la lumière d'une lampe-tempête et le visage crispé d'une femme. Elle nous a dit de venir.

On s'est alors extraites de l'abri l'une après l'autre. À l'extérieur, l'air était saturé d'une forte odeur de pneu brûlé.

J'ai reconnu la femme qui nous a fait sortir, c'était celle avec la coupe afro et la jupe courte qui était venue parler à Adanna lors de ma première visite à l'église. Elle avait réussi à se cacher dans la minuscule cave de l'église et personne ne l'avait trouvée. Elle avait le visage noyé de larmes. Elle sanglotait fort, hoquetait, et nous désignait quelque chose.

Nous avions à peine avancé de quelques mètres quand nous l'avons vue, derrière l'église, une flamme orange et bleu. Un bûcher flamboyant. Ndidi s'est mise à pleurer, nous l'avons toutes imitée, parce que nous venions de découvrir les vestiges d'un visage que nous connaissions bien : Adanna, au milieu des morceaux de bois, qui brûlait, se consumait, et se transformait en cendres sous nos yeux.

Je suis rentrée chez moi vers sept heures. Maman m'attendait à la porte du jardin.

« Mais où étais-tu donc ? a-t-elle hurlé. Au nom de Dieu, à quoi pouvais-tu donc bien penser en restant ainsi toute la nuit dehors ? Tu sais que je n'ai pas fermé l'œil une seconde ? As-tu aussi peu d'égards pour moi que tu me laisses m'inquiéter toute la nuit ? J'ai passé mon temps à t'attendre, à aller regarder au-dehors si je ne te voyais pas revenir. Je me préparais à aller trouver la police quand enfin tu es arrivée. Mais est-ce que ça se fait de traiter les gens de cette façon ? Comment peux-tu te conduire ainsi ? Est-ce comme ça que je t'ai élevée ? »

Elle a repris son souffle.

« Cette amie à toi, Ndidi, c'est à cause d'elle ? Dis-moi, c'est elle ? Est-ce qu'il y a quelque chose entre vous ?

— Maman, je me suis endormie. Est-ce que tu peux arrêter de me soupçonner ? Je n'ai pas vu l'heure passer et je me suis endormie, c'est tout. »

Je l'ai contournée, et je suis partie vers la maison sans attendre sa réponse. Là, je me suis enfermée dans ma chambre pour être seule avec mes pensées.

53

De lourds nuages s'amoncelaient dans le ciel, recouvrant le soleil comme un voile de cendres. À travers la porte et la fenêtre de la boutique filtrait la pâle lumière grise du soir. Pourtant, c'était encore l'après-midi.

Deux semaines s'étaient écoulées, presque trois, pourtant tout le monde à Aba continuait de parler de la découverte de l'église et du bûcher. Nul ne savait qui avait percé ce secret, ni qui avait pris part au lynchage, en revanche tout le monde s'accordait à dire que c'était nécessaire, que toute cette entreprise avait été guidée par Dieu, et qu'il fallait faire un exemple afin de purger Aba de ces pratiques pécheresses.

Ndidi et moi restions discrètes. Je lui rendais moins souvent visite. Parfois, il se passait trois jours d'affilée sans que j'aille la voir. Je ne rentrais jamais après vingt heures.

« Heureusement que le professeur et moi nous t'avions mise en garde contre tout ça », a déclaré maman. Debout derrière le comptoir du magasin, elle écrivait dans un carnet la liste des choses à faire, et je la regardais, assise à ses côtés. « Ça aurait pu être toi, Ijeoma. Tu te rends compte, non seulement je serais veuve, mais en plus j'aurais perdu mon unique enfant. »

J'ai écouté en silence, le regard fixé sur la grisaille du dehors, en priant pour que maman change de sujet. La dernière chose que j'avais besoin d'entendre, c'est que ça aurait pu être moi. Ou par extension Ndidi. Depuis la catastrophe, environ toutes les deux heures, l'image d'Adanna me revenait en tête. Me rappelant constamment que l'une d'entre nous avait perdu la vie. Me rappelant constamment qu'Adanna avait été immolée sur un bûcher, tandis que nous autres, on continuait à vivre.

Je voulais que maman en finisse avec ce sermon, qu'elle cesse de me remettre cet épisode en mémoire. Je me souvenais de tout avec bien assez de précision. Je n'avais besoin de l'aide de personne. Arrête, je t'en supplie, priais-je en silence. Mon Dieu, par pitié, qu'elle se taise.

À cet instant, comme en réponse à mes prières, Chibundu est entré dans la boutique. Il avait pris l'habitude de passer à l'heure du déjeuner. Ses visites m'embarrassaient de plus en plus – cette attention que je ne souhaitais pas encourager, dont je ne savais que faire. Au moins ne venait-il jamais le soir, et je lui en savais gré. Mes soirées, en tout cas jusqu'à la découverte de l'église, étaient réservées à Ndidi, et je ne pouvais imaginer manière plus agréable de les passer.

J'ai saisi cette chance pour échapper à maman. Je l'ai laissée pour aller à la réserve, d'où je suis revenue avec une boîte pleine d'objets à mettre en rayon.

La glacière où se trouvaient les bières fraîches était à l'entrée du magasin. Chibundu s'est approché, l'a ouverte et a pris une Guinness. Il aurait dû venir ensuite au comptoir pour payer, ou bien continuer à arpenter la boutique, à la recherche d'autres articles. Mais non. Il est demeuré là, immobile.

De derrière une étagère, je l'ai vu se servir, puis je me suis remise à ranger les produits qui manquaient, ne lui jetant plus qu'un regard de temps à autre. J'avais les yeux tournés vers la boîte, à mes pieds, quand j'ai senti son regard sur moi. J'ai relevé la tête : toujours près de la glacière, il m'observait. Pendant toutes ces années que j'avais passées chez le professeur, puis à l'académie Obodoañuli, nous avions perdu le contact. Sans doute était-ce pour cela que nous étions un peu mal à l'aise quand il venait ainsi, l'après-midi. Tant d'années s'étaient écoulées, il n'était plus guère pour moi qu'un étranger. J'ai soudain réalisé que peut-être Chibundu éprouvait encore pour moi une attirance romantique. Si c'était le cas, que pourrais-je bien y faire ? Je refusais absolument cette situation. Mais comment discuter avec lui sans lui donner de faux espoirs ? Comment m'en sortir en évitant que maman se mette en tête de nous marier ?

Mon regard a fusé vers le comptoir, pour savoir si elle nous regardait. Par chance, son attention était occupée ailleurs. Elle feuilletait le journal posé devant elle.

Je me suis retournée vers Chibundu qui s'avançait vers moi. Son pas était mesuré, frappant de régularité.

C'était exactement ce que je craignais. Une fois auprès de moi, il s'est penché et s'est appuyé sur l'étagère. Il m'a adressé un grand sourire et m'a lancé : « *Omalicha.* » Très belle. Il a répété d'un air malicieux : « *Omalicha.* » En même temps, il m'étudiait, ses yeux s'attardant sur mes mains, mes tresses, mon visage, puis venant à la rencontre de mon regard.

« J'ai pensé à quelque chose, a-t-il dit à cet instant.

— Ah oui ? À quoi as-tu pensé, Chibundu ? » ai-je répondu avec une certaine raideur.

Il a eu un petit rire nerveux mais il a poursuivi. « Eh bien, je me disais que tout homme a besoin d'une épouse. »

J'ai inspiré profondément et j'ai rassemblé mes esprits en me concentrant pour ne pas montrer ma frayeur.

Il tenait sa bouteille de Guinness à deux mains et essuyait la condensation tout en parlant. J'ai évité son regard du mieux possible. Je me suis appliquée à observer ses vêtements : une chemise au col beige en pelle à tarte, si près du corps que les muscles de son avant-bras menaçaient de faire éclater les coutures. Soit cette chemise n'était pas conçue pour être boutonnée jusqu'en haut, soit elle était trop petite pour ça, soit il avait décidé de la laisser ouverte – bref, on distinguait les poils sombres et frisés de son torse. À son cou, une croix sur une fine chaîne en or. Il portait un pantalon pattes d'éléphant, rayé noir et gris.

Il arborait un sourire aguicheur. Ses lèvres étaient un peu gercées, mais en dessous, ses dents étaient impeccablement alignées : deux rangées de parfaits petits carrés blancs. « *Omalicha*, tu n'es pas d'accord que chaque homme a besoin d'une épouse ? »

J'ai ri jaune, c'était d'ailleurs plus un ricanement qu'un véritable rire. « Je suppose que pour certaines femmes, c'est bien aussi d'avoir un mari.

— Bien sûr. Ça va dans les deux sens. Tout homme a besoin d'une femme, et toute femme a besoin d'un homme. »

J'ai répété ma phrase, en insistant bien sur le mot « certaines ». « Oui, certaines femmes seraient heureuses d'avoir un mari. »

Ce détail lui est passé par-dessus la tête, semble-t-il. Il a continué à essuyer sa bouteille. Moi, à feindre d'inspecter la poussière. J'ai entendu le bruit du bois qui racle le ciment, puis quelque chose qui se traînait dans un coin de la boutique. J'ai levé les yeux, et j'ai vu maman s'approcher en hochant la tête d'un air résolu, affichant un grand sourire. Je me suis demandé comment il était possible qu'elle ait mis autant de temps à comprendre. À moins qu'ils aient été de mèche depuis le début.

« Comme c'est bon de vous voir vous retrouver, les enfants, a-t-elle dit en nous lançant presque un clin d'œil.

— Remercions Dieu », a répondu Chibundu.

Je sentais le sang battre à mes tempes. Mon visage s'échauffait et mes joues étaient brûlantes. Il était à présent clair que j'étais victime d'un terrible complot. Prise en otage. « En réalité, je suis venue vous proposer quelque chose », a dit Chibundu en regardant maman. Il s'est tourné vers moi. « Je me demandais : est-ce que vous voudriez venir dîner avec moi un soir ? Il y a un moment que je souhaite vous inviter. J'espère qu'il n'y a pas déjà un autre beau jeune homme sur les rangs. Ma déception serait immense.

— Non, non, s'est exclamée maman, elle n'a pas de petit ami. Tu es arrivé juste à temps. Une journée de retard aurait pu tout changer, a-t-elle ajouté en souriant et en lui tapotant le dos. Qui sait ? Un autre garçon aurait pu entrer pour te la voler. Mais tu as de la chance, Chibundu. Beaucoup de chance. Tu es arrivé juste au bon moment. »

Il a souri.

Je sentais la colère monter en moi. J'aurais pu les remettre tous les deux à leur place, pour ne plus être leur otage. Je n'avais qu'à ouvrir la bouche pour dire ce que je pensais, et j'aurais pu reprendre le contrôle de mon destin.

Mais pour une raison inconnue, il s'est produit exactement le même phénomène que j'avais déjà observé plusieurs fois chez moi : ma bouche refusait de s'ouvrir. Je restais muette.

« Qu'est-ce que vous en dites ? Demain ? À dix-huit heures ? »

Maman n'a pas perdu une seconde : « Oui ! Bien sûr ! *Da'lu*. Merci. Cela fera très plaisir à Ijeoma. Quelle chance que tu sois venu ici, à Aba, Chibundu. Ça tombe tellement bien.

— C'est parfait, alors. » Tandis que maman parlait, il me regardait et m'a gentiment serré le bras. « Donc je vous dis à demain. Je dois retourner travailler. »

Il s'est approché du comptoir. Je n'ai pas continué à mettre en rayon. Mes yeux allaient de Chibundu à maman. Elle était debout à mes côtés, les mains sur les hanches, aussi rayonnante qu'une femme enceinte.

J'ai vu Chibundu déposer l'argent près de la caisse pour payer sa bière, le brun brillant de la bouteille de Guinness qui contrastait fortement avec la peau claire de sa main. Puis il est reparti.

Pendant tout le reste de la journée, j'ai attendu la fermeture du magasin ainsi qu'un prisonnier attend sa libération. Je me sentais terriblement apathique, à croire que j'avais usé toute mon énergie pour survivre à la visite de Chibundu.

Chez Ndidi, j'ai retrouvé mes forces. « Tu te rends compte, il entre et en gros il me propose le mariage, comme ça, juste sous le nez de ma mère ! » Mes bras faisaient de grands moulinets tandis que je parlais. J'étais dans une telle colère !

Nous étions dans la cuisine. Sur un des feux de la gazinière, des rondelles de banane plantain rissolaient dans l'huile. L'air était empreint de l'humidité qui se dégageait de la poêle, mais le doux parfum de la banane laissait planer de délicieuses odeurs.

Elle avait retourné les rondelles à la fourchette, si bien qu'elles apparaissaient dorées à souhait. Elle a relevé sa fourchette, l'a maintenue ainsi. Les fenêtres étaient ouvertes au-dessus de l'évier. Une brise légère entrait, et j'ai frissonné. Elle a soutenu mon regard avec une expression ambiguë.

« Avec tout ce qui s'est passé ici ces temps derniers, et maintenant l'arrivée de ce Chibundu, je ne peux m'empêcher de penser que tu devrais peut-être quand même essayer. »

Elle a dû lire dans mes yeux combien ces paroles me stupéfiaient. Elle avait toujours cette expression ambiguë, pourtant elle voulait paraître ferme et résolue. « Je suis sérieuse, a-t-elle repris sans plus me regarder. Sors avec lui. Tu verras bien comment tu te sens. Ce genre de vie n'est pas pour tout le monde. Les gens de notre espèce se font tuer. Et puis on ne sait jamais, tu pourrais préférer une vie plus classique, finalement. Celle qu'il pourrait te donner – tu sais, mari et femme.

— Comment peux-tu dire ça ?

— Tout ce que je te dis, c'est que tu n'en sais rien. » Elle a regardé les bananes dans la poêle. A commencé à les rassembler dans une assiette, rondelle par rondelle. « Peut-être que ça te plaira. Je pense vraiment que tu devrais essayer pour voir. Tu as déjà essayé ?

— Essayé quoi ?

— Tu sais bien, de sortir avec un garçon. »

J'ai secoué la tête. Bien sûr que je n'étais jamais sortie avec un garçon. Comment pouvait-elle supposer que j'aie eu le choix en ce domaine ? Comment pouvait-elle laisser entendre que c'était aussi simple, que je n'avais qu'à continuer dans ce sens, m'ordonner à moi-même de sortir avec un garçon ? Elle avait essayé, elle ? C'était comme ça que ça s'était passé, dans son cas ? Franchement, si les garçons m'avaient attirée un tant soit peu, est-ce que je ne le saurais pas, à mon âge ? Qu'est-ce que ça voulait dire, « essayer » ? Elle habitait mon cœur, mon âme et mon esprit. C'était elle que je voulais, elle me comblait entièrement. C'était elle que j'aimais, elle qui avait volé mon cœur. Ça me rendait furieuse qu'elle essaie ainsi de me repousser.

« Fais-le pour moi. Si ça ne te plaît pas, au moins, je le saurai aussi et jamais plus je n'aurai à craindre qu'un garçon te vole à moi.

— Tu n'auras jamais à redouter ce genre de chose.

— Tu n'en sais rien. Tu pourrais être surprise toi-même. »

Je me suis tue un moment, je fulminais. Enfin, j'ai répondu : « OK », plus par dépit que parce que j'acceptais sa proposition. « Tu veux que je sorte avec lui ? Très bien. Je vais le faire. »

Naturellement, il s'agissait d'un seul rendez-vous. Ce serait une perte de temps, mais j'irais quand même, ne serait-ce que pour pouvoir dire que j'avais essayé.

Elle a acquiescé sans me quitter des yeux, les lèvres prises d'un léger tremblement, à croire que ses nerfs la trahissaient. Et puis, dans sa voix, un trémolo, comme si elle craquait : « Très bien. Juste un rendez-vous. Ce sera la confirmation dont j'ai besoin. »

54

Je sentais l'eau de cologne à la lavande de maman. Elle avait insisté pour que je me parfume. Elle m'avait aussi retrouvé une de ses vieilles paires de boucles d'oreilles – avec des pierres jaunes en forme de petits galets qui pendaient, pareils à des globes miniatures.

J'étais assise sur le bord de mon lit, en combinaison, et je la regardais fouiller dans mes tiroirs. « Mais qu'est-ce que tu fais encore avec ce truc-là ? a-t-elle demandé en sortant une de mes anciennes robes. Tu te rends compte depuis combien de temps tu l'as ? *Biko*, il faut vraiment que tu jettes ces vieilleries ! La guerre est terminée. Nous sommes passées à autre chose. Débarrasse-toi de ça tout de suite. »

Elle a continué son inventaire. Enfin, elle a choisi une robe longue beige, dont le bas était imprimé de fleurs et de feuilles. Elle l'a tendue devant elle à bout de bras. Dans sa main, la robe pendouillait mollement, toute froissée. Elle l'a secouée avec vigueur pour la défroisser. Encore et encore, puis elle a abandonné pour essayer une autre méthode consistant à tirer sur le tissu.

« Il faudrait vraiment que je te la repasse, mais je ne crois pas que j'aie le temps. » Pourtant, tout en prononçant ces paroles, elle a changé d'avis. Je l'ai vue tourner les talons. De loin, je l'ai entendue s'énerver contre le fer. Environ vingt minutes plus tard, elle est revenue avec la robe parfaitement repassée.

« C'est vraiment la tenue qu'il te faut. Elle découvre juste ce qu'il faut de ton buste et de tes chevilles. Ça devrait suffire pour maintenir son intérêt en éveil. C'est comme ça qu'il faut s'y prendre. Montrer la naissance de ton cou et tes chevilles. »

La robe avait des manches trois quarts. Maman a dit que se couvrir ainsi les bras était une bonne chose. C'était assez court pour qu'il voie mes poignets et une partie de mes avant-bras, ce qui devait également le séduire.

Elle s'est assise sur le bord du lit et m'a regardée m'habiller. Quand j'ai eu fini d'enfiler la robe, elle s'est levée pour m'aider à la boutonner, puis elle a fait quelques pas en arrière pour mieux me contempler. Elle est revenue vers moi, a fait des chichis à propos de l'ourlet et du haut de la robe.

« Voilà, maintenant, c'est parfait. Tu ressembles à la fille que j'ai toujours vue en toi. Idéale. »

Je me taisais.

« Vous allez peut-être vous marier, tu sais. »

J'ai levé les yeux au ciel. « Maman, on en est encore très loin. Et même si le mariage était envisageable, tu ne crois pas que tu hâtes un peu les choses ? »

Soudain, elle m'a paru triste, mélancolique. Nostalgique. « Il ne se passe pas un jour sans que je regrette l'absence de ton papa auprès de moi. Chaque minute compte. Tu dois profiter de chaque instant tant que tu le peux. Crois-moi, il y a pire que de hâter les choses. »

Il y avait plusieurs années que maman n'avait pas évoqué papa. La dernière fois, c'était avec du ressentiment, de la rancune. À présent, elle en parlait avec affection, effusion. Je n'ai rien dit, dans l'espoir qu'elle continuerait ainsi, que peut-être était venu le temps où nous pourrions nous souvenir de lui ensemble, nous remémorer le passé avec plaisir. Mais elle n'a rien ajouté. Au contraire, elle est revenue sur Chibundu.

« C'est un homme bien. »

J'ai froncé les sourcils. Qu'est-ce qu'elle en savait ? Je lui ai rétorqué une des phrases de papa : « Le plus beau fruit peut cacher un ver.

— Oui, peut-être. Mais on dit aussi que le fruit ne tombe jamais loin de l'arbre. Ses parents sont des gens bien. Et il me semble que s'il a changé, c'est en mieux. Nous sommes d'accord pour dire que c'est un beau jeune homme. Mais ne nous inquiétons pas de ça maintenant. Pour l'instant, sors avec lui et amusez-vous. Souris-lui souvent et montre-lui bien que tu es contente d'être avec lui.

— Et si ce n'est pas le cas ?

— Souris quand même. C'est un homme bien, et tu seras heureuse, j'en suis sûre. La vie auprès d'un homme est difficile. Mais la vie sans un homme, c'est encore pire. Et je sais de quoi je parle. »

Ce soir-là, quand Chibundu et moi nous avons traversé le jardin pour partir, je me suis retournée et j'ai vu maman toujours debout devant la porte. Elle affichait un grand sourire. Elle avait les bras croisés, juste au-dessus de sa poitrine, comme si elle priait.

55

Aujourd'hui, les événements qui ont conduit au mariage me hantent encore. Parfois, ils me paraissent nébuleux, à d'autres moments, clairs comme le ciel par un après-midi ensoleillé.

Chibundu partait rendre visite à sa famille et nous attendions à l'arrêt du car. Il m'avait demandé de l'accompagner jusqu'au bus, et j'avais accepté. Un mois environ s'était écoulé depuis notre rendez-vous.

Le car n'était pas encore passé. Je me suis assise sur un banc de fortune composé de blocs de ciment et d'une planche. Chibundu a refusé de s'asseoir. Il est resté debout à se tripoter les mains, les serrant, les détachant, tel un enfant qui craint d'être grondé.

« Qu'est-ce qu'il y a, Chibundu ? *Odikwa mma ?* »

Il s'est éclairci la gorge et m'a répondu : « Je… t'ai am-amenée ici parce que… parce que-que j'ai une chose à te demander. » Il bredouillait, pourtant il n'était pas bègue.

Sa nervosité était contagieuse. J'ai détourné les yeux.

Non loin de là sur la route, une poule picorait des miettes. Un homme en short kaki a cueilli une mangue sur un arbre. Un mécanicien travaillait sur une Land

Rover, allongé sur un tapis posé sur du gravillon devant la boutique de réparation de voitures, de l'autre côté de la route. Près de lui, les gouttes d'huile noire et les tuyaux de métal reflétaient le soleil.

Une minute est passée. Le mécanicien est sorti de sous la voiture pour repasser devant. Il a soulevé le capot et bricolé quelque chose à l'intérieur. La poule s'est mise à caqueter.

« Je… je… je sais pas », ai-je entendu dire Chibundu.

Je me suis retournée vers lui. « Tu ne sais pas quoi ?

— Mais je pense… je pense… oui, je sais que je peux. » Il a appuyé sur le terme « sais ». Cela ressemblait au début d'une promesse, d'un engagement. Mais la manière dont sa voix hésitait, se brisait, était déconcertante, comme un serment imparfait.

« Tu sais que tu peux quoi ? *Gini ka inwere ike ime ?* »

Il s'est éclairci la gorge et s'est retourné pour ne plus me regarder. Ses mains avaient cessé de s'agiter. À présent, il fixait l'homme qui avait cueilli la mangue et qui s'éloignait de l'arbre. Il s'est longuement abîmé dans cette contemplation. Enfin, quand il s'est retourné, il a réussi à mener les choses à terme. « Je sais que je peux te rendre heureuse », a-t-il dit avec une parfaite résolution.

Nous nous regardions dans les yeux. « Me rendre heureuse ? ai-je demandé doucement, touchée mais aussi un peu effrayée car même alors, je devais bien me douter qu'une demande en mariage allait suivre.

— Épouse-moi », a-t-il ajouté en s'agenouillant à côté de moi. Il a pris ma main dans la sienne et m'a posé la question : « Tu veux ? Tu veux bien être ma femme ? »

La sueur perlait sur son front. Il a plongé la main dans sa poche pour y prendre un mouchoir et, à cet instant, j'y ai vu une petite boîte carrée, qui devait se trouver sous le mouchoir. Il s'est essuyé le front, puis a pris la boîte et l'a ouverte, révélant une bague. L'anneau d'or étincelait dans le soleil.

Il a ensuite gentiment déposé un baiser sur ma joue, et je l'ai laissé faire. J'avais l'impression que le destin s'abattait sur moi, que je n'aurais pu y échapper, même si j'avais essayé. Qu'aurais-je dit à maman s'il lui était revenu aux oreilles que Chibundu m'avait demandée en mariage et que j'avais refusé ? Elle en aurait eu le cœur brisé, elle aurait été mortifiée de constater que je refusais la vie qu'elle avait tant souhaitée pour moi – et peut-être ma seule chance d'avoir un mari.

En attendant, Chibundu transpirait devant moi, il bégayait en promettant de faire mon bonheur. Et s'il y parvenait ? Et si je n'avais qu'à essayer pour m'en rendre compte par moi-même ? Parce qu'à bien y réfléchir, je voulais être normale ! Je voulais mener une existence ordinaire ! Je ne souhaitais pas passer ma vie dans la peur d'être découverte. Et si Ndidi avait raison et que cette autre façon de vivre menait à une fin semblable à celle qu'avaient trouvée Adanna et ses deux amis ?

L'année 1979 touchait à son terme. Parfois, nous nous méprenons sur ce qu'est réellement le bonheur. Parfois, nous nous trompons quand il s'agit de choisir le bon chemin. J'ai regardé Chibundu, j'ai hoché la tête et, sans dire un mot, j'ai accepté la bague.

L'instant d'après, Chibundu m'emportait dans ses bras et se mettait à tourner sur lui-même, là, au beau milieu de la route.

Un mois plus tard, maman a fardé mes paupières d'argent, mes lèvres de rouge brillant, et je suis apparue comme n'importe quelle jeune mariée igbo : ma *jigida* attachée autour de la taille, descendant sous les hanches, avec des perles de toutes les couleurs. Aux poignets, je portais de nombreux bracelets, et des rubans dans mes cheveux tressés.

Les invités ont applaudi et les tambours ont résonné.

Maman avait laissé ouverte la porte du jardin, invitation faite aux villageois qui voulaient participer à la fête. Pendant que je dansais, elle est restée près de l'entrée, les parents de Chibundu à sa droite, le professeur et sa femme à sa gauche. Ndidi se tenait à l'écart, loin d'eux, elle donnait l'impression de se divertir. Mais je voyais bien à sa façon de demeurer seule, près de la barrière, qu'elle attendait avec impatience le moment où les festivités s'arrêteraient et où elle pourrait s'éclipser. Elle n'avait pas pris la peine de féliciter Chibundu. La seule personne qu'elle avait saluée, c'était maman.

Mes demoiselles d'honneur étaient des jeunes filles d'Aba – les filles des amies de maman que celle-ci avait recrutées pour l'occasion. (J'avais insisté sur le fait que je ne voulais pas de demoiselles d'honneur, et maman avait insisté pour que j'en aie.) Elles dansaient elles aussi. Bientôt, d'autres membres de la noce se sont approchés – les garçons d'honneur de Chibundu –, brisant le cercle pour venir me jeter des liasses de billets. Les autres invités se sont rapprochés à leur tour. Les liasses se sont défaites. Les billets ont commencé à voleter en l'air, comme des plumes surdimensionnées, puis ils sont retombés sur le sol, se sont éparpillés à mes pieds telles des décorations. Mes demoiselles d'honneur se sont alors penchées pour les ramasser à ma place. Quant à moi, je dansais toujours, et tout le temps, je pensais à Ndidi.

Vers la fin de la cérémonie, maman m'a prise par l'épaule et m'a emmenée à l'intérieur.

« Tu t'es très bien débrouillée. » Son visage exprimait une excitation furieuse, qu'elle tentait de contenir avec peine. Nous sommes passées à la cuisine et elle a tiré un tabouret pour moi, celui sur lequel elle avait l'habitude de s'asseoir lorsqu'elle écrasait les ignames avec le mortier et le pilon. La pièce regorgeait de nourriture : assiettes, plateaux, paniers remplis recouvraient tout. Des aubergines aux rayures vertes en volutes semblables à des racines sur la peau dorée. Des noix de cola. Des bols de pâte de pois de terre. Des plateaux de tourtes à la viande et de beignets *chin-chin*. Des bidons de vin de palme.

« Quelle merveilleuse journée pour tout le monde. Le moment que nous attendions tous. »

Je n'ai pas jugé bon de répondre.

« Il y a un problème ? » m'a demandé maman, mais elle a aussitôt éludé la question, tant elle était déterminée à ce que rien ne vienne gâcher sa journée.

J'étais assise et mes mains s'agitaient, mes doigts s'entremêlant, se démêlant. « Maman », ai-je commencé, mais je me suis tue immédiatement. Soudain j'ai vu sur son visage une expression de surprise, comme si elle savait déjà ce que je m'apprêtais à dire.

« C'est ainsi que les choses se passent », a-t-elle répondu d'un ton ferme. Un rire exaspéré lui a alors échappé. « C'est la volonté de Dieu. »

Puis elle l'a répété : « C'est la volonté de Dieu. »

Le mariage en blanc suivait, et nous nous sommes retrouvées dans une petite salle de prière à l'église. Maman a passé la robe par-dessus ma tête et remonté la fermeture à glissière dans le dos pour que la partie haute me serre bien. Je me suis soudain sentie étouffer. La sueur perlait sur mon front. Plusieurs fois, j'ai dû l'essuyer. En fin de compte, maman a plié un journal en deux et s'est mise à m'éventer. « On ne peut pas laisser de la sueur nous gâcher la journée », a-t-elle lancé d'une voix très impatiente.

Nous sommes restées un moment sans rien dire.

« Et si ce n'est pas pour moi ? » ai-je déclaré au bout d'un moment. Des plis parfaits ceignaient ma taille. Je les parcourais du bout des doigts, montant et descendant. Ma main tremblait.

« Et si *quoi* n'est pas pour toi ? » m'a rétorqué maman, comme un piège. Elle a baissé les yeux et vu mes mains tremblantes.

« Le mariage. Si le mariage n'est pas... »

Je n'ai pas pu terminer car la voix de maman a tonné : « Silence, avant que tes mots donnent vie à tes doutes ! Le mariage est pour tout le monde ! Souviens-toi : une femme sans homme n'est pas vraiment une femme. De plus, les hommes bien sont rares de nos jours. Maintenant que tu en as trouvé un, fais de ton mieux pour le garder. »

Elle m'a examinée pendant quelques minutes, me toisant durement. Puis elle s'est radoucie, a secoué la tête lentement, m'a encore observée. Enfin, elle a dit : « *Nwa m, ke ihe ichoro ka m me ?* Mon enfant, qu'est-ce que tu veux que j'y fasse ? Une femme avec une femme, ce n'est pas possible. Ce n'est pas ainsi que les choses se font. Tu dois abandonner toute pensée de cette nature qui pourrait subsister en toi. » Elle me parlait très doucement, mais avec fermeté. « S'il s'agit de cela, oublie ça. Ce n'est pas comme ça que ça se passe. » Elle a inspiré profondément, expiré, et elle a retrouvé contenance. « Tu verras. Tout ira bien. *Bia ka ayi je.* Allez, viens donc. »

Ensuite je suis passée par le sermon, les prières, le baiser, les mains serrées, les sourires, les hochements de tête, les félicitations superficielles. Parce que c'est ainsi que les choses se déroulent quand on se retrouve mariée à un homme que la logique ainsi que votre mère vous poussent à prendre pour époux.

SIXIÈME PARTIE

56

Port Harcourt, État de Rivers
1980

Le soleil tapait sans merci, la chaleur était si étouffante que même les mouches semblaient trop fatiguées pour voler.

Je me forçais à mettre un pied devant l'autre. Malgré mon corps lourd et distendu en son milieu, je continuais à marcher.

La femme qui était devant moi portait un boubou coloré, elle tenait à la main une poule qui gloussait, les pattes attachées par une ficelle. Une moto est passée à côté de nous en klaxonnant, ajoutant au brouhaha ambiant.

J'ai traversé la route goudronnée, les mains glissées sous mon ventre à la manière d'une sangle. Sur la droite débouchait un chemin de terre plus petit, tortueux, poussiéreux. Le long de ce chemin aboyaient deux chiens bruns qu'une femme a houspillés.

L'église formait un petit rectangle sans rien de notable hormis son toit de zinc qui brillait comme du fer-blanc au soleil.

À l'intérieur, je suis allée m'asseoir devant, sur un

banc très simple, à l'image du reste : une longue planche posée sur deux fins cylindres en ciment. Partout l'odeur de cire des bougies, même si aucune ne semblait allumée.

Chaque jour depuis deux mois, je venais m'asseoir au même endroit. Chaque jour la même routine, le matin ou en début d'après-midi, quand Chibundu était au travail, et cela jusqu'en fin d'après-midi, juste avant qu'il ne rentre à la maison. En outre, j'avais bien l'intention de continuer à venir ici, parce que toutes les femmes parlaient encore de cette histoire, même si deux mois s'étaient écoulés. Elles semblaient incapables de ne pas ressasser les événements : comment les cris maudits de la jeune mère avaient résonné jour et nuit jusque dans les appartements voisins de la clinique tandis qu'elle poussait et hurlait, poussait et hurlait. Quand enfin le bébé était sorti, on avait laissé échapper un grand soupir, pas seulement la mère, mais la multitude, car le soulagement était collectif. Tout aurait dû très bien se passer ensuite, parce qu'à vrai dire, tout allait bien. Mais alors la sage-femme avait entrepris de nettoyer le visage du petit garçon, et elle avait découvert l'horreur : un trou dans sa lèvre supérieure, là où il aurait dû y avoir de la chair, la narine gauche aplatie au lieu de former un petit trou au-dessus de la bouche comme il se doit. Pas étonnant qu'il n'y ait pas eu de petit trou : ce n'était pas possible. Pas au-dessus de ce qui n'était qu'une ébauche imparfaite de bouche, baveuse et difforme, semblable à de la pâte mal cuite. Quel spectacle. Une vraie malédiction, s'accordait-on à dire. Un mauvais présage. Un bec-de-lièvre.

Le lendemain matin, la jeune mère s'était enfuie. Après un accouchement de deux jours, elle avait simplement pris la poudre d'escampette. Sans bien sûr emmener son bébé. Et le petit garçon ? Peut-être l'enverrait-on dans un orphelinat, ou une des sages-femmes aurait-elle pitié et se résignerait à s'occuper de lui. Le plus probable, hélas, était qu'on le laisse mourir, abandonné, privé d'amour. Parce que cela était dans la nature des choses pour tout ce qui était en dehors de la norme. On accolait l'étiquette « malédiction », et ne fallait-il pas tout tenter pour prévenir les malédictions ?

Je me suis installée à ma place, sur le banc. « Seigneur, soyez miséricordieux », ai-je murmuré, comme chaque jour depuis deux mois. S'il existait bien une personne susceptible d'encourir une malédiction, d'être punie de la même manière que la mère du bébé au bec-de-lièvre, c'était bien moi. Non seulement j'avais vécu toutes ces années dans le péché en couchant avec une femme au lieu d'un homme, mais à présent, alors même que je portais l'enfant de Chibundu, je m'autorisais encore à songer à Ndidi. Et même à Amina. À l'amour que j'avais éprouvé pour ces deux femmes.

Pourquoi ne pouvais-je aimer Chibundu ainsi que je les avais aimées, elles ? Pourquoi ne pouvais-je aimer un homme ? Aujourd'hui, on dit que le sexe de la première personne que vous aimez détermine toutes vos futures amours. Mais à l'époque, nul ne racontait ce genre de choses. Tout ce que je savais, c'est que Dieu pouvait me punir pour mes amours coupables. Mon esprit s'est à nouveau tourné vers la Bible. Car si des gens tels que maman et le professeur avaient raison, la Bible était là pour me prouver que le Seigneur allait certainement me châtier.

Toutefois, si je me référais à la Bible – en particulier au Nouveau Testament –, quelles étaient les véritables conséquences lorsqu'on échouait à accomplir la volonté divine ? Le Tout-Puissant n'exerçait-Il Sa volonté qu'à travers le châtiment ? Jésus n'était-Il pas mort sur la Croix en portant sur Lui le poids de tous nos péchés ? Où la grâce divine intervenait-elle par rapport au châtiment ?

Outre le fait de songer à Ndidi, il y avait aussi le problème de l'adultère. Je reconnaissais volontiers que dans mes intentions, j'étais une femme adultère. Même si je n'avais plus aucun rapport charnel avec Ndidi, je savais bien que, selon Matthieu, « quiconque regarde une femme pour la désirer a déjà commis, dans son cœur, l'adultère avec elle ». D'après Matthieu, j'étais donc une femme adultère.

D'où les visites à l'église. Si je voulais dominer mes pensées et mes désirs, la prière était la solution. Une façon de calmer mes désirs. La prière, comme de l'eau sur le feu.

La prière comme moyen de montrer à Dieu qu'Il ne devait pas maudire mon enfant ainsi qu'Il avait maudit ce nouveau-né à la clinique. Si je parvenais à prier suffisamment, surtout en ce dernier mois de grossesse, alors peut-être que tout serait pardonné, oublié : mon désir pour Ndidi ainsi que le risque d'un bec-de-lièvre.

À présent le soleil pénétrait dans l'église par les lattes des volets de bois, et les rayons s'étalaient en longs rubans sur le ciment.

J'ai pensé : voilà donc ce que c'est d'être mariée – être assise à l'église, tendue, à observer le soleil qui s'étend autour de moi, dans cette crainte constante du châtiment. Ça doit être ça, la vie conjugale : la tentative quotidienne de vider son seau de désirs sans espoir. Hélas, le seau refusait de se vider, à croire que les désirs étaient du ciment frais qui déjà durcissait.

Ça doit être ça, la vie conjugale : être assise à l'église en proie à pareils tourments, tandis qu'à la maison, on fait comme si tout allait bien.

À l'intérieur de l'église, l'horloge a sonné la demi-heure, jouant un fragment de mélodie à la manière d'une boîte à musique.

J'ai vu une ombre sur le sol, à la périphérie de mon champ de vision, une silhouette grise allongée, qui s'en venait depuis l'allée centrale.

J'avais mon foulard sur la tête. J'ai tiré dessus, prise d'un sentiment de malaise et d'appréhension à l'idée de qui cela pouvait être.

À ma grande surprise, c'était Chibundu. Il assistait rarement à l'office le dimanche, sans parler des jours de la semaine. L'enfant qui allait à l'église n'existait plus depuis longtemps. Pourtant, il se trouvait bien là.

Il s'est assis à côté de moi. Nous sommes restés ainsi sur le banc un moment, puis il a rompu le silence : « Qu'est-ce qu'il y a ? Pourquoi tu viens si souvent ici ? Ngozi, la voisine, elle m'a dit qu'elle t'a vue venir ici plusieurs fois.

— Rien. Il n'y a rien.

— Comment ça, rien ?

— Tu devrais être au travail. » Depuis le temps que nous étions mariés, je songeais à tout lui raconter, mais je n'avais jamais réussi à aller jusqu'au bout des choses. Je me suis dit à nouveau qu'il se montrerait gentil, que je n'avais qu'à lui avouer la vérité. Sans doute en effet était-ce mieux, au cas où le bébé serait frappé d'une malédiction, comme d'un bec-de-lièvre ou autre. Il fallait que je lui raconte, et que je lui demande de me pardonner. Ainsi saurait-il que j'étais vraiment désolée.

« Pourquoi n'es-tu pas au travail ? Ne me dis pas qu'ils t'ont renvoyé ?

— Non, ils ne m'ont pas renvoyé. J'avais un rendez-vous dans le coin, et on a fini plus tôt. J'ai décidé de passer à la maison. Tu n'étais pas là. Ngozi m'a dit que je te trouverais peut-être ici. »

Silence.

« Quoi que ce soit, ça ne peut pas être si terrible. »

Jusque-là, je n'avais pas osé le regarder directement. À présent je me suis tournée pour lui faire face. « Si. »

Silence.

« Parfois, à Aba, je surprenais maman en train de prier pour moi. Je tombais sur elle par hasard, alors qu'elle était agenouillée dans le salon, à prier pour moi. »

Il faisait aller et venir sur le ciment son pied qui oscillait doucement, tel un pendule. Sa chaussure raclait bruyamment le sol rude. J'ai fermé les paupières pour me concentrer sur ce bruit. Puis j'ai murmuré : « Une abomination. » J'ai rouvert les yeux pour mesurer l'effet de ce mot sur lui.

Il a légèrement froncé les sourcils, soudain absorbé dans ses pensées.

« Une abomination ? » a-t-il répété en guise de question.

J'ai hoché la tête.

Il devait sûrement déjà avoir des soupçons. Mais à l'époque je n'avais aucun moyen de le savoir. Et il n'était pas prêt à me confier ce qu'il savait. Il n'a donc pas abordé le sujet. Peut-être éprouvait-il le besoin de fuir la vérité. À moins qu'à ce stade, son silence sur la question ait été davantage une faveur qu'il m'accordait, pour me préserver, en vertu de son amour pour moi. Parce qu'il m'aimait vraiment, en tout cas il m'avait aimée, enfant, de cet amour qu'éprouvent les petits garçons.

Peut-être son refus d'aborder la question ce jour-là était-il destiné à le préserver, lui, afin de continuer à vivre cet amour d'enfant. Sans doute avait-il décidé quelque temps plus tôt qu'il passerait sa vie à essayer d'accomplir son rêve, malgré des circonstances peu propices.

En tout cas, il a semblé réfléchir au mot « abomination », puis il a répondu : « Tu sais, moi-même, je ne vais plus tellement à l'église maintenant. Tu vois, je suis un homme d'affaires. Et quand on est dans les affaires, il y a une chose qu'on sait : tout consiste à rassembler le plus possible de clients, et après à les garder. Dans le fond, la religion, c'est comme les affaires, à une échelle beaucoup plus vaste. Prends l'Église anglicane ou catholique, par exemple. Il y a toutes ces doctrines, et on nous affirme que Dieu en est la source.

— Et ce n'est pas le cas ?

— Je ne crois pas, a dit Chibundu en secouant la tête.

— Pourquoi ?

— Parce que si tu lis bien toutes ces doctrines, tu comprends que tout ce que veut l'Église, c'est attirer le plus grand nombre de fidèles afin de les contrôler. C'est ainsi que marchent les affaires. Donc, l'Église catholique nous dit : "Croissez, multipliez et remplissez la Terre", ce qui signifie : "N'utilisez pas de contraception." Les gens gobent ça et ils finissent avec douze enfants dont ils n'ont pas les moyens de s'occuper. Et ils continuent à en avoir d'autres car ils craignent, en utilisant un moyen de contraception, de s'attirer la colère de Dieu. En vérité, ce n'est pas Dieu qui les pousse à agir ainsi. C'est l'Église qui interprète les paroles de Dieu à son avantage. Parce qu'elle veut réunir un maximum de fidèles pour grossir ses troupes.

— Mais ça ne s'applique pas à nous, ça. Nous ne sommes même pas catholiques. Où veux-tu en venir ?

— Je veux dire que la raison de toutes ces doctrines, c'est que l'Église veut accroître ses parts de marché. Voilà pourquoi il existe des mots comme "abomination". La religion est le marché le plus ancien et le plus juteux jamais créé par l'homme, car non seulement elle sait attirer les clients, mais aussi comment les contrôler avec des outils tels que la doctrine et des mots comme "abomination". Conclusion, mieux vaut prendre ton abomination avec des pincettes. D'après moi, on qualifie ainsi certaines choses alors qu'elles ne le sont pas. De toute façon, tu l'as dit toi-même, ta maman prie pour toi. Et tu es là, toi, à prier. Si j'étais Dieu et que tu avais réellement commis une abomination, je te pardonnerais.

— Mon abomination, tu ne veux pas savoir de quoi il s'agit ? »

Il s'était exprimé d'un air très solennel, très sérieux, mais son visage s'est ensuite éclairé d'un sourire et il a dit : « En fait, non. Je n'en vois pas l'utilité. Quoi que ce soit, ça n'a pas d'importance pour moi. Je suis ton mari et je te connais assez pour savoir que tu es une bonne personne, ça me suffit. » Il a passé les bras autour de moi, une étreinte rapide, puis il m'a tapotée deux fois, d'une manière un peu raide. J'ai fermé les yeux et j'ai imaginé quelque chose de moins rigide. Plus doux, plus souple, plus indulgent même dans son hésitation. Solide et viril, il m'entourait pour me rassurer, et moi je songeais juste qu'il manquait quelque chose. Que cette étreinte m'était moins douce que ne l'aurait été celle de Ndidi.

« Il existe des châtiments réservés à ceux qui ont fait ce que j'ai fait, ai-je repris en me dégageant. La lapidation, la noy… »

Il a posé le doigt sur ma bouche et m'a fait taire, arrêtant les mots qui étaient prêts à sortir.

Longtemps je suis restée là à tripoter mon alliance autour de mon doigt. Chibundu était toujours à mes côtés. Un an de mariage, un enfant à venir, et rien ne laissait supposer qu'un jour mon affection pour lui puisse se transformer en amour romantique.

J'ai songé au chemin parcouru : un petit garçon et une petite fille perchés dans un oranger. Un baiser maladroit. Le passage du temps. Une proposition gauche, un « oui » sans éclat, la cérémonie du mariage, la prière, le baiser.

Les mains qu'on serre, les sourires, les signes d'approbation. Les félicitations.

J'ai songé à ce qu'était devenue ma vie : les visites quotidiennes à l'église. Les conversations avec Dieu qui ne répondait jamais. Des prières de plus en plus longues, en demandant qu'Il m'envoie un signe. *Mon Dieu, pourriez-Vous s'il Vous plaît ouvrir la bouche pour dire un mot ? N'importe lequel. J'ai besoin que Vous me guidiez. J'ai besoin de Vous. Vraiment. Mon Dieu. Je vous en supplie, ouvrez la bouche et parlez-moi.*

À la fin, après avoir passé une demi-heure assis avec moi, Chibundu a dit : « Il faut que je retourne au travail, maintenant, on se voit ce soir à la maison. » Il s'est levé, m'a embrassée sur le front et il est parti. Son pas a résonné doucement sur le ciment.

57

Je reconnais que parfois je suis un escargot. J'avance en glissant. Je contracte mes muscles et je produis une bave de larmes. Dans certaines conditions, on peut les voir, mais pas toujours. Ce sont ces larmes qui me permettent de progresser. J'avance lentement, mais j'avance. Il me faut un moment pour disparaître.

Pendant notre nuit de noces, j'étais cet escargot. Nous l'avons tous été un jour.

Au début de notre mariage, nous habitions chez maman et nous dormions dans ma chambre, cela a duré pendant tout le premier mois, le temps pour Chibundu de trouver un emploi à Port Harcourt. Maman s'était procuré un second lit, jumeau du premier, ainsi qu'un matelas, et, poussés l'un contre l'autre, on aurait dit un lit double. En outre elle nous avait offert des draps neufs : son cadeau de mariage.

Voilà comment s'est déroulée notre nuit de noces : imaginez un escargot protégé par sa coquille. Imaginez-le lorsqu'il a peur. Imaginez-le qui se recroqueville au fond de sa coquille.

Cette première nuit, Chibundu m'a attirée à lui. Il portait encore en partie son costume : la cravate, la chemise blanche, le pantalon. Il s'est assis au bord du lit.

Je l'ai imité. Aucune raison de s'alarmer.

« Tu as fait de moi le plus heureux des hommes », a-t-il dit en se penchant et en m'entourant de ses bras.

Il s'est approché encore davantage et m'a embrassée. Je l'ai laissé faire.

« Il n'existe pas de bonheur plus complet que le mien en ce moment, a-t-il ajouté entre deux baisers. Regarde-moi. Je pourrais m'envoler. »

Une certaine inquiétude commençait à m'envahir. *Alors vas-y, envole-toi*, avais-je envie de lui dire. *Envole-toi, du moment que tu vas te poser le plus loin possible de moi*.

Mais à la place j'ai répondu : « On devrait essayer de dormir. »

Il a éclaté de rire. Pas par manque de respect. Il a cru que je plaisantais. « *Nawa o !* Ah, les femmes qui nous allument en se moquant de nous. Naturellement, Ijeoma, tu sais très bien que dormir est la dernière chose que j'ai en tête. » Et soudain, ses mains se sont posées sur le devant de son pantalon. Ensuite, ce bruit redouté, le bruit de l'homme qui défait sa braguette : c'était comme si on m'avait enfoncé un objet pointu dans les oreilles.

Toute une pièce en état d'alarme. Tel un brouillard qui obscurcit peu à peu l'atmosphère.

Je me suis écartée pour mettre une distance d'au moins un bras entre nous. J'ai croisé les mains sur ma poitrine, regardé le plafond, car je ne voulais pas le regarder, lui. Des plaques unies formaient de grands carrés sur le plafond gris, du même ton que les murs.

Un moment s'est écoulé. Encore quelques minutes.

Mes bras croisés se sont dépliés et j'ai pris sa main dans la mienne.

Parfois, une histoire vous rappelle un tableau. Chaque fois que je raconte cette histoire, je vois cette peinture représentant une plage. Un ciel d'azur qui se fond dans des tons de bleu plus clairs, dans les jaunes pastel du soleil couchant, pour foncer à nouveau en atteignant le bleu des eaux. Une plaque de bois ressemblant à du verre près du rivage, où la terre brune et la mer bleue se rencontrent. On distingue des falaises, des rochers escarpés qui s'élèvent sur le côté droit, et tout le premier plan est occupé par la terre, d'une sombre nuance de cacao.

Ce tableau n'aurait rien de remarquable sans les objets qu'il expose également : une boîte marron ordinaire, semblable à un coffre. Dessus pousse une espèce de tronc fin, tel un cancer, avec des branches et tout, mais pas de feuilles. Et puis plusieurs montres molles, pareilles à des chiffons qui pendent, l'une posée sur une branche, l'autre au bord de la boîte, une troisième sur une espèce de figure abstraite à mi-chemin entre un canard et un visage humain. Enfin, une montre de gousset orange, recouverte de minuscules fourmis noires.

J'étais là, la main de Chibundu dans la mienne, et c'est alors que les mots sont venus : « Trop de cérémonial finit par étouffer la spontanéité, la gaieté de la chose qu'on fête. »

L'instant d'après, Chibundu me dévisageait, en état de choc. J'ai lâché sa main pour poser les miennes à côté de moi. Il ne me quittait pas des yeux, observant les choses avec soin, à croire qu'il avait affaire à une version de moi nouvelle, étrange, inattendue. Ce qui était le cas pour lui, bien sûr.

Je l'ai abandonné ainsi pour m'approcher de la

fenêtre, toujours vêtue de ma robe de mariée. Je n'ai plus bougé. De temps à autre, un souffle d'air se glissait par l'ouverture. Quand il était assez fort, j'approchais mon visage comme si cela avait pu calmer la terrible tension qui m'étreignait.

Même lorsque j'ai entendu Chibundu ronfler doucement, je suis restée là, parfaitement réveillée.

C'est seulement quand le ciel noir a viré au gris – quand j'ai commencé à entendre le cri lointain des coqs et le caquètement des poules – que j'ai eu envie de dormir.

J'ai défait péniblement la fermeture de ma robe et je l'ai retirée.

On a frappé à l'instant où je finissais de passer ma chemise de nuit.

J'ai ouvert la porte et j'ai trouvé maman, son boubou attaché sur la poitrine, affichant un grand sourire.

« Viens, allez, viens, m'a-t-elle dit en me faisant signe de la suivre. Il faut que tu me racontes comment c'était.

— Comment c'était, quoi ?

— *Nwanka !* » s'est-elle exclamée, feignant l'exaspération. Ah, cette fille ! Mais un sourire s'esquissait sur ses lèvres. « “Comment c'était, quoi ?” m'a-t-elle imitée. Enfin, tu vois bien de quoi je parle ! Comment s'est passée ta première nuit de femme mariée ? »

J'ai secoué la tête, gênée à la simple idée qu'elle puisse me poser la question. « Maman, j'ai à peine dormi.

— Bien sûr ! Ce n'est pas étonnant que tu aies à peine dormi. Ah, quel bonheur ! » Son sourire allait s'élargissant.

Du bonheur. Voilà comment elle appelait ça. Mais bon, je savais bien que bonheur n'était qu'un mot, de même que folie, maladie, confusion, perte, mort. Voire beau, ou pur, ou angélique, ou Dieu. Bonheur était un terme qui représentait quelque idée profonde, inexplicable, lourde de sens, le genre d'idée qui oscille entre deux mondes différents.

N'empêche, elle était là et elle me tirait par la main au nom du bonheur. Elle m'a ainsi emmenée à travers le couloir, jusque dans la cuisine. Toute la nourriture préparée pour la noce avait disparu. Ne restaient que des plateaux, assiettes, panières et saladiers vides.

Elle a tiré un tabouret et, d'un léger signe de tête, m'a priée de m'asseoir. Elle s'est ensuite éclairci la gorge. Elle avait l'air placide, presque absente. « Alors, vous vous êtes mis à l'œuvre, hein ?

— À l'œuvre de quoi ?

— Tu sais bien. » Silence. « Il n'est jamais trop tôt pour essayer de faire un enfant.

— Maman ! »

Elle me fixait clairement à présent, elle n'avait plus du tout l'air absente. « Eh quoi, il n'y a pas de gêne à avoir. La chose la plus importante dans le mariage, c'est le précieux don d'un enfant. »

La deuxième nuit, Chibundu s'est à nouveau approché de moi et m'a prise dans ses bras. Nous étions assis au bord du lit. Il y avait cette fois davantage de détermination dans ses gestes et, dans son regard, la volonté d'obtenir ce qui lui avait été refusé la nuit précédente.

D'instinct, je me suis écartée. Aussitôt, il s'est radouci, ses yeux sont devenus suppliants. Il a commencé à me caresser les épaules. « Ce n'est pas par la force, a-t-il murmuré. Non, ce n'est pas quelque chose qu'on obtient par la force. Dis-moi quand tu seras prête. »

Ce soir-là, j'ai compris combien il était vain de me

refuser à lui. *Dis-moi quand tu seras prête.* Je savais très bien au fond de moi que ça n'arriverait peut-être jamais. Il était donc inutile de prolonger ma résistance. C'est vrai, mieux valait une personne malheureuse plutôt que deux.

Cette nuit-là, il s'est rapproché et a ouvert sa braguette. Cette nuit-là, je l'ai laissé me faire l'amour.

58

À Port Harcourt, nous habitions une petite maison de plain-pied avec deux chambres. La peinture s'écaillait, le toit fuyait, les néons bourdonnaient et les dalles de pierre se fissuraient. Il y avait des trous dans les murs qui laissaient entrer les cafards. Des fenêtres qu'on ne pouvait fermer hermétiquement.

Je faisais la tête : à cause de la tournure imprévisible des événements. Parce que je m'étais laissé convaincre d'épouser Chibundu. Parce que son travail nous avait menés loin d'Aba et de Ndidi.

Il faisait la tête : à cause de la rigidité de son nouveau poste. Du poids de ses responsabilités.

Et puis bien sûr, par-dessus le marché, il y avait l'état de notre nouvelle maison. Tout était vieux et décrépit, la maison en elle-même alimentait notre ressentiment. Si elle avait pu, elle aurait fait la tête avec nous, elle aussi.

Durant le premier mois, Chibundu et moi avions pris soin de nos murs. Nous avions colmaté les trous dans le toit et le sol. Pendant un moment, la pluie et les cafards avaient cessé de s'infiltrer à l'intérieur. Mais un mois plus tard, les problèmes ont ressurgi, nous rappelant cruellement que le bricolage ne suffirait pas.

Pourtant, Chibundu gardait espoir.

Un soir, il est rentré l'air moins désespéré que d'habitude. Il était allé au marché ce jour-là, y était resté des heures, mais n'en avait rapporté qu'un sac d'escargots. Voilà ce que nous aurions mangé ce soir-là si nous avions pris la peine de dîner.

J'ai rincé les escargots dans un saladier, et je les ai versés dans une casserole. Je ne l'avais pas encore mise sur le feu quand Chibundu m'a appelée.

Je l'ai vu se dessiner à la périphérie de mon regard, grande silhouette venant vers moi. Ses mouvements étaient lents, comme s'il se trouvait dans un bassin rempli d'eau et devait lutter pour avancer. Enfin, il est arrivé auprès du fourneau.

Là, il m'a prise dans ses bras et m'a dit : « Un jour, tu vas te réveiller dans cette maison, tu verras tout ce qui ne va pas, la peinture écaillée, les fissures, les trous. Tu verras tout ça, et pourtant, tu te sentiras très bien.

— Impossible », ai-je répondu, un peu agacée par la stupidité de cette déclaration.

Il s'est détaché de moi pour aller vers l'étagère, à l'autre bout de la cuisine, est revenu avec une igname, a pris un couteau et s'est mis à la peler.

« Rôtie ou frite ? m'a-t-il demandé.

— Rôtie. »

Il n'était pas inhabituel qu'il fasse la cuisine. C'était l'une des choses qui le mettaient à part des autres hommes, différent de tous ceux que je connaissais, même papa. Ainsi, de temps en temps, il se mettait aux fourneaux et semblait même aimer ça.

Il a d'abord découpé l'igname en cubes, puis a ramassé les morceaux, les a rincés, étalés sur une plaque et saupoudrés de sel, de poivre, arrosés d'un filet d'huile de coco. Tout ce temps, je le regardais. Je l'ai observé qui se penchait et enfournait la plaque.

Lorsqu'il a refermé le four, je me suis retournée pour voir où en étaient les escargots. J'ai pris la casserole et je l'ai posée sur le feu. J'ai gratté une allumette, allumé le gaz. Avant de repartir faire autre chose, je me suis penchée et j'ai jeté un coup d'œil au four, pour voir où en étaient les cubes d'igname. Dans la vitre, j'ai vu le reflet de Chibundu, jambes et bras croisés. Appuyé contre l'évier, il m'observait à son tour.

« Qu'est-ce qu'il y a ? ai-je demandé en le regardant droit dans les yeux.

— Ce matin-là, a-t-il repris, tu traverseras la chambre, le salon, tu iras droit à la cuisine. Tu m'y trouveras ici même, près de l'évier, en train de battre des œufs pour préparer ton petit déjeuner. La fourchette tintera contre les bords du saladier. Les fenêtres seront ouvertes, la brise entrera. À la radio, il y aura de la musique. Tout ira bien.

— Tu peux m'expliquer comment tout ira bien ? »

Il avait le visage grave et rempli d'espoir, ainsi appuyé contre l'évier. « Tu seras maman, et je serai papa. »

J'ai ricané et montré une fissure dans le mur. « Vraiment ? Tu es sûr que tu veux voir naître un enfant ici ?

— C'est pas si mal. »

À présent, l'odeur des escargots commençait à flotter dans l'air.

Il s'est redressé et s'est écarté de l'évier. Il est venu vers moi et m'a prise à nouveau dans ses bras. Il se serrait contre moi, et moi contre lui. Qu'aurait-il pu faire d'autre ?

J'ai enfoui mon visage au creux de son cou. Dans ce petit espace, j'ai senti son corps se tendre. Bientôt, ses doigts se sont glissés entre nous, à la recherche des boutons de mon chemisier. Ils les ont peu à peu défaits, et ses mains se sont aventurées sous le tissu, le long de la bordure de mon soutien-gorge.

« Chut. Tout va bien », a-t-il murmuré en sentant que je m'écartais.

Il a déposé un baiser sur mon front. L'atmosphère était humide. Dans la casserole, l'eau commençait à bouillir, on entendait le doux glouglou.

Il m'a emmenée au salon. Nos vêtements sont tombés dans notre sillage, mon chemisier et ma jupe traînant en désordre avec sa chemise.

Sur notre vieux canapé, il m'a caressée, m'a donné de doux baisers attentifs, presque lents. Depuis le début, il n'était que patience avec moi. Et voilà cet homme, dont je souhaitais tellement me débarrasser… Mais je savais parfaitement bien aussi qu'il détenait la clé de la seule issue possible pour moi : en me rendant mère, il me sauverait. Peut-être en effet la maternité me permettrait-elle de m'investir davantage dans notre mariage. Peut-être qu'elle me ferait oublier Ndidi. Je voulais tellement me persuader de toutes ces choses que lorsqu'il m'a clouée sur le divan, j'avais déjà rendu les armes. Il m'a embrassée encore un million de fois, et quand il m'a enfin pénétrée, j'ai pris garde à ne pas me détourner.

59

Nous étions mariés depuis un peu plus de six mois, et installés à Port Harcourt depuis cinq.

Assise sur les marches de l'entrée, je me suis relevée, délaissant les mauvaises herbes que j'étais en train d'arracher.

Que m'arrivait-il ?

Mon mal de tête était désormais plus que persistant. Je n'en pouvais plus. Je suis rentrée dans la cuisine, à bout de souffle.

Quelque chose en moi changeait. De nouveaux traits apparaissaient, un surcroît de nervosité.

Chaque jour, cette semaine-là, j'avais téléphoné à maman. Quelque chose n'allait pas.

« Qu'y a-t-il ? me demandait-elle.

— Je n'en sais rien, maman. C'est bien ça, le problème. Je n'en sais rien. »

J'ai pris la bouilloire et j'ai mis de l'eau à chauffer.

Je me suis emparée du téléphone.

À la fenêtre de la cuisine, le vent gonflait doucement les rideaux.

Je suis allée chercher un morceau de gingembre dans

le placard. J'ai gratté la surface avec une cuillère, j'en ai découpé un petit morceau et je l'ai laissé sur ma langue, telle une hostie.

Au téléphone :

« Maman ?

— Oui, mon enfant.

— Maman, ces jours-ci, j'ai vraiment la sensation d'être prisonnière de mon corps.

— Aller vivre dans une ville nouvelle, ce n'est jamais facile.

— Mais maman, ça fait des mois, maintenant !

— Il faut du temps pour s'adapter.

— Maman, tu ne m'écoutes pas.

— Alors, qu'y a-t-il ?

— Ces jours-ci, l'arôme de la terre mouillée est bien trop fort pour moi. Je sens la pluie arriver avant qu'elle commence à tomber. Même le soleil a une odeur qui me brûle le nez. Chaque senteur me transperce comme un couteau. »

Dehors, dans le jardin, les hirondelles planaient au-dessus du goyavier. Je les ai contemplées par la fenêtre.

« Allons, dis-moi, qu'est-ce qui ne va pas chez toi ?

— C'est bien le problème, maman. Je n'en sais rien. »

Un jour, au téléphone, elle s'est prononcée : « Dépression.

— C'est peut-être ça.

— Pense à toutes les raisons que tu as d'être heureuse !

— Comme quoi ?

— Tu es triste ? Tu pleures ?

— Maman, je suis trop fatiguée pour pleurer.

— Je peux venir passer un moment avec vous à Port Harcourt.

— Non, maman, ça n'est pas nécessaire. Je suis sûre que ça ira mieux bientôt.

— Naturellement.

— Mais oui, j'en suis persuadée.

— L'aveugle désirait voir plus que tout. Il dit : "Aujourd'hui, je verrai." Mais ce jour-là, il ne vit pas. Alors il dit : "Demain, je verrai." Mais demain devint aujourd'hui, et aujourd'hui devint hier, et il ne voyait toujours pas.

— Maman, je suis certaine que bientôt, ça ira mieux.

— Aide-toi et le ciel t'aidera.

— Tu n'es pas Dieu.

— Peu importe. Je viens. Une fois sur place, je verrai bien ce que je peux tenter. Quel que soit le problème, je suis sûre que j'arriverai à trouver une solution. »

« Il y a quelqu'un ? Ijeoma ? Chibundu ? Je vous avais prévenus que j'arrivais. J'ai fermé le magasin et j'ai laissé une pancarte indiquant la fermeture. Je vous en prie, ne me dites pas que j'ai fait ça pour rien, j'ai parcouru tout ce chemin et il n'y a pas âme qui vive pour m'accueillir. Ah les jeunes d'aujourd'hui ! Mais où va le monde ? »

J'ai ouvert la porte d'entrée. Dans l'air, le parfum trop suave des goyaves suspendues en formations éparses aux branches de l'arbre, des goyaves jaunes, bien mûres et juteuses, prêtes à éclater.

« Maman, sois la bienvenue », ai-je dit en ouvrant la porte en grand pour la laisser entrer. L'odeur s'est engouffrée, encore plus forte.

« Tu as fait bon voyage ? »

Pas de réponse, mais elle est entrée. Une fois à

l'intérieur, elle n'a plus bougé, refusant de faire un pas de plus.

« Maman, finis donc d'entrer. »

Elle scrutait l'intérieur de la maison. Au bout d'un moment, elle s'est exclamée : « Je comprends tout ! Il y a tant à faire ici ! Pourquoi n'avez-vous pas pris le temps de rénover cet endroit ? Enfin, on va s'en occuper maintenant. Le travail, c'est le meilleur remède à la dépression. La tâche nous attend, et crois-moi, quand tout ça sera plus agréable à regarder, tu te sentiras mieux, c'est sûr ! »

Après-midi. Déjeuner. Odeur puissante de gari et de la soupe de gombo de maman.

« Mon Dieu que tu as l'air misérable. À ton âge, je portais bien haut les couleurs de mon mariage, comme un étendard. Toutes les femmes n'ont pas la chance de se trouver un mari, tu sais. Comment est-il possible que tu ne le comprennes pas ? Dieu s'est montré généreux avec toi, et tu n'as même pas le bon sens nécessaire pour t'en rendre compte.

— Maman, je ne suis pas d'humeur.

— Je savais bien que tu répondrais ça. » Elle s'est mise à frotter ses mains l'une contre l'autre, à croire que mes mots étaient des miettes dont elle voulait se débarrasser.

Après un petit déjeuner de pain de mie et de thé. Chibundu était depuis longtemps parti travailler. Ma tête explosait, j'avais de terribles vertiges, comme si quelqu'un avait pris un marteau et tapait, tapait, jusqu'à ce que je m'évanouisse, avant de me réveiller à nouveau.

« Je vais faire des courses au marché Mile One.

— Maman, il y a déjà assez à manger à la maison.

— Ah bon ? Il y a assez ? Pourtant on dirait qu'un bulldozer est venu dévaster ton frigo. Dis-moi un peu, qu'est-ce qu'on va manger ce soir ?

— Il reste de la soupe de gombo. On peut la finir.

— Ah ah ! Donc, tu veux que je mange ce soir la même chose que j'ai mangée hier au déjeuner.

— Ben oui, et alors ?

— Comment ça, ben oui, et alors ?

— Oui, maman, qu'est-ce que ça peut faire ?

— Je vais t'expliquer ce que ça peut faire. Premièrement, tu es une jeune mariée. Tu devrais préparer toutes sortes de plats pour ton mari, pas lui donner à manger tout le temps la même chose.

— Chibundu, ça ne le dérange pas. »

À présent, elle ouvrait les placards et les tiroirs de la cuisine pour voir ce qu'il manquait.

« Tu as des haricots ici ? Non. Tu as de l'*akamu* ? Non. Tu as du blé ? Non. Des feuilles d'*oha* ? Non. Des graines de mangue sauvage ? Non. Et si je veux faire de la soupe *egusi* ? Des feuilles d'eau ? Des écrevisses ? De l'huile de palme ?

— On a d'autres choses.

— Écoute, je ne vais pas perdre mon temps à essayer de discuter avec toi. Je me disais que peut-être on pourrait préparer du *moin-moin* à manger avec de l'*akamu* ce soir. Ou bien est-ce que Chibundu préférerait un ragoût et du riz ?

— Chibundu, tout lui va.

— Très bien. » Elle a pris son sac à main sur la table. « J'en ai pour quelques heures. Il faut que cet endroit ressemble à un foyer, pas à une pension. Je vais chercher à manger, et après je m'occuperai du reste de la maison. »

Je m'étais endormie sur le canapé. Je me suis réveillée quand on m'a tapé sur l'épaule. Des flots de soleil entraient par les fenêtres.

Penchée au-dessus de moi, maman a désigné le mur noir du salon. Je me suis redressée et j'ai vu alors ce qu'elle me montrait : contre la cloison, une petite machine à coudre Singer installée sur une boîte en bois, des bobines de fil, une paire de ciseaux et d'autres articles de couture posés à côté sur la table.

« Regarde un peu ce que je t'ai rapporté ! » Ses yeux étincelaient de satisfaction. Elle attendait ma réaction qui, je le savais, aurait dû être un mélange de stupéfaction et de gratitude.

J'ai répondu d'une voix faible : « Merci, maman, tu n'aurais pas dû. »

Elle m'a regardée, stupéfaite : « Je t'achète une machine à coudre – je ne me contente pas de la payer : je t'offre aussi la livraison – et tu as l'audace de me dire que je n'aurais pas dû ? Mais qu'est-ce que c'est que ces manières ? »

Elle a poursuivi : « Voilà exactement ce qu'il te faut pour que tes invités sachent qu'il y a une femme qui vit ici. Je regrette que la guerre m'ait privée de l'occasion de t'apprendre ce genre de choses. Mais mieux vaut tard que jamais. Car c'est vrai, il n'est jamais trop tard pour apprendre à bien tenir sa maison.

— Maman, tout ça n'est pas vraiment nécessaire.

— Cette maison a besoin de rideaux, d'une nappe digne de ce nom pour la table de la cuisine. De coussins sur le canapé. Comment peux-tu considérer que tu es chez toi s'il n'y a pas de rideaux aux fenêtres, ni de nappe sur la table ? Voilà la raison d'être de cette machine à coudre. Et en parlant du canapé, pourquoi l'avez-vous acheté d'occasion ? Avec tous ces trous dedans. Et je ne parle pas de la peinture qui s'écaille. Il y a des trous partout ! » Elle a ensuite agité la main, comme pour dire que tout ça n'avait pas d'importance. « Tu as de la chance car tout ça, on peut le réparer. Tu te rappelles ce que je t'ai raconté au sujet de la maison d'Aba, et comment je l'ai rénovée ? On va entreprendre la même chose ici. On va te faire une jolie maison. » Et elle a poursuivi ainsi, dans la même veine.

Nouveaux rideaux : tissu de brocart couleur paille, avec une valence de dentelle vert olive.

« Ce sera parfait. Tu vois, ces fenêtres reçoivent beaucoup de lumière. Avec le brocart, tu n'auras pas à te soucier de la décoloration.

— La décoloration ?

— Le soleil, à force, absorbe la couleur du tissu. Mais tu n'auras pas à t'en préoccuper. Pas avant longtemps en tout cas. »

Autres nouveautés : un tissu corail pour recouvrir le canapé, et une nappe assortie.

De la nourriture et encore de la nourriture, au point que les placards débordaient, à croire que notre maison était celle d'un riche obèse.

Pendant que Chibundu était au travail, on nettoyait, on réorganisait, on réparait.

Je m'appliquais à travailler sur ma nouvelle machine à coudre, je créais des housses originales pour les nouveaux coussins du canapé, mon regard allant du tissu entre mes mains aux grosses lettres en gras. SINGER. Je pédalais et tournais la manivelle. L'aiguille montait et piquait, montait et piquait, j'imaginais que le bruit de la machine était une chanson qu'elle fredonnait doucement pour moi. Je m'abîmais dans la contemplation de ses courbures, de sa couleur d'un brun brillant et criard, dépassant, royale, de son socle de bois. Je chantonnais de concert avec le ronron de la machine, chaque fois un air différent.

À nouveau, nous avons repris la peinture. À nouveau, nous avons colmaté les trous. Quand Chibundu rentrait du travail, il faisait de son mieux pour montrer à quel point il appréciait tous ces changements. « Incroyable ! C'est incroyable ! »

Nous lavions les vêtements et balayions les sols. Nous pelions les ignames et le maïs, mettions à tremper les haricots et les noix de palme. Quand nous avions fini, maman dressait la liste des choses qu'il fallait acheter au marché. Nous allions ensemble faire les commissions, nous achetions le nécessaire puis nous rentrions à la maison pour préparer à manger.

Un jour de passé. Un jour de moins.

Maman était depuis deux semaines à Port Harcourt et, cet après-midi-là, je m'apprêtais à aller au marché quand je l'ai vue me regarder avec attention. « Tu es vraiment très pâle. »

J'ai acquiescé. « Je me sens très pâle.

— Alors dépêche-toi un peu. Il y a beaucoup de choses à acheter et après, le dîner à préparer. »

J'ai hoché la tête.

Elle m'observait toujours.

Je devais me rendre seule au marché tandis qu'elle vaquerait à d'autres occupations. Mais elle a dit : « Je pourrais t'accompagner.

— Ce serait bien. »

Elle a pris le sac à provisions et nous sommes sorties.

L'arrêt de bus était juste au bout de la rue. Nous sommes montées, puis descendues à un endroit qui était encore assez loin du marché, mais le bus ne pouvait nous rapprocher davantage.

En chemin, j'ai senti des bouffées de barbecue, quelque chose de doux comme l'arôme des bananes plantains bien mûres. Soudain, je me suis précipitée vers les buissons sur le bord de la route, j'ai écarté les branches hautes, je me suis penchée, les mains sur les genoux, pour vomir tout ce que j'avais dans le ventre, ce mal qui m'habitait depuis tout ce temps.

Plusieurs minutes se sont écoulées avant que je remarque la présence de maman, debout à mes côtés. Elle était là, auprès de moi, ses pieds apparaissaient dans l'herbe épaisse. Je me suis redressée et je me suis essuyé la bouche d'un revers de main. Presque aussitôt, j'ai vu les larmes briller dans ses yeux. De façon tout à fait inattendue, elle m'a serrée dans ses bras. « Tu es une bonne fille. Ta mère est fière de toi. Tu sais ce que cela signifie ? »

J'ai secoué la tête.

On raconte l'histoire d'un serpent entêté qui avait décidé de ne pas traverser la rivière à la nage. Sur la berge se trouvait un crocodile qui s'apprêtait à passer sur l'autre rive. Le serpent se roula en boule bien serrée et se jucha sur le dos du crocodile. Le crocodile s'élança pour sa traversée, trop stupide ou trop bêtement inattentif pour s'apercevoir qu'il transportait un boa constrictor sur son dos. Lorsqu'il s'en aperçut, il était trop tard pour se battre. Le serpent avait repris sa forme habituelle et s'était enroulé autour de lui. Il eut tôt fait de dévorer le crocodile. Alors il laissa échapper un premier rot, puis un second, il s'épousseta et remercia le crocodile dans son ventre, non seulement de lui avoir servi de repas mais aussi de l'avoir aidé à traverser la rivière.

Chidinma n'avait rien d'un serpent, mais elle était arrivée en moi de la même manière que le serpent sur le crocodile. Il ne m'était en effet pas venu un seul instant à l'esprit durant toutes ces semaines que je portais un enfant en moi. Mais bien sûr, maman avait raison.

60

J'ai commencé à écrire cette série de lettres la nuit où maman est repartie, parce que cette nuit-là, justement, j'ai vu Ndidi en rêve, plus vivante que jamais.

En réalité, il y avait deux rêves. Dans le premier, elle était vêtue d'une combinaison qui lui arrivait aux mollets, et elle marchait lentement, à pas mesurés, tel un zombie, en tendant les bras vers moi. Ça se passait dehors ; au-dessus d'elle, un soleil orange apparaissait entre les nuages, et ses rayons la faisaient briller comme une ampoule électrique humaine. Elle psalmodiait : « Un jour, j'aurai besoin que tu me portes sur tes épaules comme Atlas portait le monde. »

Le décor a brusquement changé, et aussitôt elle s'est retrouvée dans un champ rempli de pissenlits montés en graine, gris-blanc. Au-dessus d'elle, un ciel couvert, des nuages lourds, sur le point de verser des larmes.

Je me suis réveillée en sursaut, m'attendant à me retrouver moi aussi dans le champ. Mais j'ai regardé sur ma gauche, et ce sont les draps froissés et Chibundu endormi que j'ai vus.

Dans le second rêve, Ndidi et moi, on était assises face à face à une table dans cette église clandestine d'Aba. Elle m'a tendu un verre de *kai kai*, le gin local. J'y ai goûté et, puisque je n'en voulais plus, je le lui ai rendu.

Elle a repoussé le verre vers moi.

J'ai dit : « J'ai déjà essayé. Je te remercie, mais le goût ne me plaît pas.

— On ne boit pas de *kai kai* pour le goût. Tu te trompes de sens. On en boit pour les effets qu'il procure. La sensation, pas le goût. »

Avant de quitter Aba pour Port Harcourt, j'avais donné notre nouvelle adresse à Ndidi. Dans la semaine qui avait suivi notre arrivée, j'avais pris soin de lui écrire une lettre, puis deux autres à trois ou quatre semaines d'intervalle. Mais les jours s'étaient écoulés, inlassablement, et je n'avais reçu aucune réponse. Elle n'avait pas le téléphone, sinon je l'aurais tout simplement appelée.

Je ne vivais pas ce manque de communication avec elle comme une absence. Au contraire, c'était une présence : une douleur, telle une flèche rouillée, bien épaisse, fichée dans mon cerveau, qui m'aurait empoisonné l'esprit à la manière du tétanos, causant la débandade de mes pensées, un petit spasme ici, un autre là.

S'il avait existé un médicament pour relaxer l'esprit ainsi qu'il en existe pour les muscles, j'aurais été la première à aller en chercher. Mais, n'ayant pas cette option, j'ai trouvé une autre manière de gérer la situation. Chaque fois que je parlais au téléphone avec maman, le simple fait de prononcer le nom de Ndidi m'apportait du réconfort. Parler d'elle ne serait-ce que quelques secondes me soulageait un moment.

Voici une de nos conversations :

« Tu as de nouveaux clients ?

— Non, aucun.

— Aucun ?

— À la réflexion, il y a ce vieux vagabond qui est arrivé là un jour, sortant de nulle part. Je t'ai raconté ?

— Non, je ne crois pas.

— Eh bien, pour résumer l'affaire, il a surgi un beau jour de façon inattendue, comme les fientes d'oiseau tombent du ciel. Peux-tu imaginer ce que c'est d'avoir au moins cinquante ans et de n'avoir absolument rien accompli dans sa vie ? Un homme adulte qui passe son temps à traînasser et qui n'a rien fait de sa vie ?

— Il arrive des événements imprévus, tu sais, maman. Des tragédies.

— Eh bien, malgré tout, cela me met dans une rage folle qu'il erre dans le coin, complètement ivre, empestant le whiskey et la bière. Plusieurs fois, il est arrivé en mangeant une grosse orange, suçant la pulpe, les joues toutes gonflées, et en même temps, il faisait des grimaces, à croire qu'il avalait de l'urine ou de la morve, et il crachait les pépins. Tu imagines ça ? Il a craché juste devant ma boutique ! Bon, tu sais que le meilleur ami de la propriétaire d'un magasin, c'est son balai. Donc, je me suis précipitée dehors et je l'ai chassé à coups de balai. Mais le lendemain, il est revenu. *Tufiakwa !* Certaines personnes n'ont aucune décence. »

En parlant de colère, quelque chose dans sa façon de s'exprimer commençait à m'agacer sérieusement. Par la fenêtre de la cuisine, une grosse averse. Martèlement régulier là-haut. Je ne pouvais dire dans quelle mesure le battement était dans ma tête, ou causé par la pluie sur le toit.

Maman a continué ainsi à propos de cet homme et de son manque de décence, comme si la décence était une religion. Je ne pouvais rester ainsi à l'écouter les bras croisés, alors j'ai demandé : « Et si son comportement n'avait rien à voir avec la décence ? »

Il y avait dans sa voix quelque chose de rouge, de brillant, de brûlant, pareil à la braise, quand elle m'a répondu : « Et comment en serait-il autrement ? En vérité, les premières fois où il est venu traîner devant le magasin, je suis allée le voir, j'ai pointé le doigt sur lui et je l'ai sermonné. Imagine, un grand discours sur la notion de décence, voilà ce que je lui ai dit, et pourtant, Ijeoma, je te le répète, cet homme-là est incapable de montrer la moindre décence. Rends-toi compte, il continue d'imposer sa trogne échevelée, en haillons devant ma boutique ! Ce genre d'individu, tous les jours devant mon magasin, ça finira par me coûter des clients ! »

Là, elle marquait un point. Pourtant, une espèce de tristesse m'a enveloppée en entendant ces paroles. J'ai pensé : le pauvre bougre. Et s'il n'a nulle part où aller ? Et puis j'ai songé à maman. C'était terrible, cette manière de jouer les victimes dans la tragédie d'un autre.

« Mais maman, et s'il retournait ces propos contre toi ? S'il te demandait de montrer un peu de décence et d'arrêter de le houspiller ainsi, avec ton balai ? S'il t'expliquait qu'il est plus qu'une simple mouche, et qu'il n'a nulle part où aller ? Et s'il te disait que c'est toi qui manques de décence quand tu le repousses de la sorte ? »

Sa voix s'est radoucie : « Il faut vraiment qu'il fasse un effort pour se trouver un autre endroit. »

J'aurais pu continuer ainsi, mais à la place, je lui ai demandé : « Et dis-moi, Ndidi, elle vient toujours au magasin ?

— De temps en temps, mais pas autant qu'avant. »

J'ai raccroché, et je me suis glissée dans la routine de

la journée. La nuit venue, je me suis assise dans mon lit et j'ai écrit à Ndidi. Peut-être lui enverrais-je cette lettre, ou pas. En tout cas, mieux valait me sortir tout ça de l'esprit plutôt que de le laisser macérer, moisir, et me pourrir les entrailles. M'en débarrasser tout de suite avant que cela tourne à la pire des blessures : suintant le pus avec une odeur fétide, transpirant les humeurs, se décomposant, empuantissant l'atmosphère, telle une charogne.

J'aurais pu faire assaut de poésie, lui dire que mon amour pour elle était aussi vaste que tout un pays. J'aurais pu écrire des lignes dégoulinant de sentimentalisme, envolées lyriques sans aucun lien avec la réalité. Mais ç'aurait été trop risqué d'exprimer toutes mes émotions dans une lettre. Et si quelqu'un d'autre tombait dessus et rendait publique notre relation ?

De toute façon, ces déclarations flamboyantes n'avaient pas leur place dans une lettre d'amour, selon moi. L'amour ne peut vivre uniquement de poésie.

J'ai tout simplement écrit :

Je suis enceinte de Chibundu, et pourtant je continue de penser à toi. Cette nuit, j'ai rêvé de toi, tu étais dans un champ rempli de pissenlits montés en graine, et ensuite dans notre église. Est-ce que tu penses encore à moi ?

À mon côté, Chibundu ronflait doucement. J'ai plié la feuille en quatre, puis en huit, et je l'ai rangée dans le plumier de bois peint à la main où je conservais stylos et crayons, ainsi que mon journal. J'ai bien pris garde à placer la lettre au fond, sous les stylos et crayons, et même sous le journal, où j'étais certaine que Chibundu n'irait pas regarder.

Je me suis ensuite penchée sur le côté du lit, et j'ai poussé le plumier tout au fond du tiroir de ma table de chevet, bien en sécurité derrière les autres bricoles – un petit nécessaire de couture, une paire de ciseaux, une boîte contenant différentes pommades pour les cheveux, ma bible. J'ai refermé le tiroir, je me suis rallongée de mon côté du lit, et je me suis laissée sombrer tranquillement dans le sommeil.

61

Chibundu était dans la salle de bains où il procédait à ses ablutions matinales. Je me suis levée et je suis sortie, ainsi que j'avais désormais coutume de le faire.

Je me suis assise à ma place sur les marches de l'entrée. Le jour se levait, et le ciel s'éclaircissait.

Mon regard s'est posé sur les haies. Elles n'étaient pas aussi majestueuses que celles de notre ancienne maison à Ojoto. Mais ça allait. Je suis allée les voir de plus près. Les feuilles et pétales étaient brillants de rosée. J'ai cueilli une petite fleur d'ixora que j'ai disposée dans mes cheveux. Si mon bébé était une fille, j'en cueillerais d'autres et je lui en tresserais une couronne.

La veille au soir, Chibundu et moi nous nous étions querellés comme babouin et léopard, criant l'un sur l'autre à la table du dîner, chacun menaçant de se jeter sur l'autre.

« Ce plat n'a aucun goût, avait-il dit.

— La prochaine fois, tu te prépareras à manger toi-même.

— Attends, je travaille toute la journée, et tu as l'audace de me répondre ça en me regardant droit dans les yeux ?

— Je cuisine pour toi toute la journée, et tu as

l'audace de me dire que ce n'est pas bon en me regardant droit dans les yeux ? »

Ses lèvres avaient formé une sorte de pli, pareilles à deux épais mille-pattes juchés l'un sur l'autre. Avec maman, je me serais attendue à pareille récrimination, je l'aurais encaissée et je serais passée à autre chose. Mais ce genre de plainte était très inhabituel de sa part à lui.

Il était resté là à broyer du noir et fulminer en silence.

Pendant un moment, je l'avais regardé et, au bout du compte, j'avais dit : « Mais enfin, qu'est-ce que tu as, ce soir ? Il s'est passé quelque chose ? »

Depuis plusieurs semaines, il semblait fatigué, et à présent, c'était encore pire.

« Qu'est-ce que tu as ? avais-je répété.

— Rien.

— Comment ça va, au travail ?

— Bien. »

Au bout d'un moment, il avait fini par déclarer : « C'est drôle, parfois la vie semble prendre la mauvaise direction, contre toute attente.

— Quelque chose part dans la mauvaise direction et tu ne t'y attendais pas ?

— J'ai réfléchi.

— Ah ! avais-je murmuré. Tu as eu bien tort ! Tu ne sais donc pas que réfléchir, c'est comme porter une grosse pierre dans son ventre ? Ça fait mal, mais en plus tu as cette sensation d'entrailles congestionnées, sens dessus dessous. Et je parie que tu ne t'es pas contenté de réfléchir. Tu as "bien réfléchi". Imagine un tas de cailloux à l'intérieur de toi. Crois-moi, je sais ce que c'est.

— J'ai réfléchi, et je ne suis pas satisfait de la tournure que prennent les choses.

— De quoi exactement n'es-tu pas satisfait ?

— Il n'y a pas que moi. Au bureau, tout le monde paraît triste et déprimé. Ça doit être quelque chose dans l'air. On dirait que tout le monde a été surpris par des pluies torrentielles et arrive dégoulinant au travail en faisant la tête. Je sais bien que c'est pareil pour les autres. Mais je suis déterminé à être heureux. En matière de bonheur, je crois beaucoup à la détermination. »

J'avais songé à ce qu'il disait. Enfin, j'avais acquiescé : « Tu as sans doute raison. La détermination doit jouer un rôle important. »

Assise dehors, je me vidais l'esprit dans la fraîcheur du matin, rêvant à une petite fille avec une couronne de fleurs d'ixora.

J'ai senti un coup de pied dans mon ventre, et une vague d'euphorie m'a envahie. J'ai pensé à Dieu. Était-ce ainsi que le Seigneur avait choisi de s'adresser à moi ? Voulait-Il me parler à travers mon enfant ? Dans ce cas, que disait-Il ? J'ai tenté de me calmer, ainsi sans doute entendrais-je mieux la voix du Tout-Puissant.

Mais j'avais beau essayer, je ne parvenais pas à faire le vide en mon esprit.

J'ai prié :

Mon Dieu, je suis malheureuse. Alors même que je porte mon enfant, alors même que la pensée de cet enfant me rend heureuse, je suis quand même malheureuse. Mon Dieu, je veux être heureuse. S'il Vous plaît, aidez-moi à l'être.

Peut-être n'avais-je qu'à continuer à mener ma vie ainsi. Devenir mère d'un ou de plusieurs enfants, suivre les étapes nécessaires de la maternité.

Je suis rentrée pour repasser les vêtements de travail

de Chibundu. J'avais perdu la notion du temps et j'étais restée dehors plus longtemps que prévu. Il allait sortir de la salle de bains d'un instant à l'autre en se demandant où étaient ses habits.

Depuis la chambre, je l'entendais dans la salle de bains, il terminait sa toilette, ce qui signifiait qu'allaient suivre un gargouillis, puis un crachat. Bientôt il allait tourner la poignée et la porte s'ouvrirait en grinçant. J'ai repassé en vitesse la chemise et le pantalon, puis je les ai étendus sur le lit.

Je suis ensuite allée à la cuisine où j'ai fait cuire ses œufs à la poêle et préparé ses toasts.

Quelques minutes se sont écoulées, et bientôt je l'ai vu arriver, tout habillé, attaché-case et montre en main.

Pressé, il a posé par terre son attaché-case, s'est assis, a mis sa montre en hâte comme s'il n'avait de temps pour rien, même pas ça.

Je me suis assise avec lui à table et je l'ai regardé manger, engloutir la nourriture, mâchant à peine les morceaux.

« Pourquoi es-tu si pressé ? ai-je demandé.

— Pour rien.

— Tu n'es pas en retard, tu es même en avance, pourtant tu vas à toute vitesse. Il y a quelque chose, c'est évident. De quoi s'agit-il ? »

Il a affiché un grand sourire. « Tu te rappelles ce que j'ai dit de la détermination ? J'ai plusieurs rendez-vous. Des dispositions à prendre. Des choses à faire.

— Quel genre de dispositions ? Quelles choses à faire ? » Je voulais savoir.

Il s'est levé de sa chaise en attrapant son attaché-case. « Ne t'inquiète pas, tu sauras bientôt. » Voilà tout ce qu'il m'a répondu.

En sortant, il s'est arrêté devant moi et m'a embrassée

sur le front, alors j'ai pensé : quelle importance qu'il me dise ou pas quelles sont ces choses qui l'occupent ? Quelle importance qu'il m'en parle ou qu'il les garde pour lui ? Quelle importance que nous soyons censés être mari et femme, une seule chair ? Il m'a semblé soudain que nous formions le couple le plus dénué de sentiments au monde, qu'il n'existait pas de personnes mariées plus éloignées l'une de l'autre. Dans ce cas, que signifiait ce baiser sur le front ?

Mari et femme, disait la Bible. C'était une belle idée, mais qui comme souvent restait purement théorique.

Ce soir-là, je me suis assise à la table de la cuisine pour attendre son retour en regardant par la fenêtre. Posés devant moi, les assiettes et couverts, les verres, tout propres et prêts à être utilisés. Sur le fourneau, un plat de riz et un ragoût de poulet mijotant à petit feu. Il ne manquait plus que Chibundu pour servir le repas.

Le ciel s'obscurcissait, un orange sombre lourdement mêlé de gris. Il y avait presque une heure qu'il aurait dû être rentré, et une heure et demie que j'avais fini de préparer à manger, pourtant il n'était toujours pas là.

« Bientôt, ai-je murmuré. Bientôt. »

Une nouvelle demi-heure s'est écoulée, aucun signe de lui.

Je suis allée au téléphone à l'entrée de la cuisine. La tonalité était puissante à mon oreille. J'ai composé le numéro de son bureau. La ligne s'est mise à sonner, tandis que je contemplais les assiettes vides et les couverts inutilisés. *Dring. Dring. Dring.* Toutes ces sonneries, et personne pour répondre.

J'avais à présent trop faim pour attendre davantage. J'ai raccroché. J'ai disposé du riz dans mon assiette, je l'ai recouvert de ragoût, puis je suis revenue m'asseoir à ma place à la table de la cuisine. Dehors, le ciel s'était encore assombri, il était maintenant d'un violet sale, marbré de volutes noires.

Je venais d'enfourner une bouchée de riz quand j'ai entendu des pas, et quelqu'un qui s'énervait à la porte. J'ai avalé la nourriture et je suis allée voir de quoi il s'agissait.

J'ai allumé la véranda pour mieux voir dans l'obscurité du dehors. C'est le visage de Chibundu qui m'est apparu. Dans une main, il tenait une poussette pliante bleu clair, dans l'autre, son attaché-case.

Derrière lui, une fourgonnette, que le chauffeur vidait petit à petit de toutes sortes d'ustensiles pour bébé : un petit lit de bois sombre, un couffin en rotin couleur naturelle, un paquet de couches en tissu, une balancelle Fisher-Price, une boîte où apparaissaient des images de biberons.

Je lui ai ouvert la porte en grand et il est entré, transférant son attaché-case dans l'autre main pour me caresser la joue au passage.

« Après ce bébé, il y en aura un autre, puis un autre, et peut-être encore un autre. Tout ça, ce sera un bon investissement qui passera d'un enfant à l'autre.

— Un autre, puis un autre, et peut-être encore un autre ? »

Il a acquiescé avec un grand sourire et s'est mis à faire des allées et venues entre l'entrée et le salon, transportant tous ces objets avec le livreur.

Une fois que tout a été rentré, le livreur payé et reparti, nous nous sommes assis au salon. Chibundu a plongé la main dans la poche de son pantalon, d'où il a sorti une enveloppe qu'il m'a tendue.

« C'est arrivé dans notre boîte postale. C'est pour toi. »

Deux adresses apparaissaient : la nôtre, et celle de

l'expéditeur, qui ne portait pas de nom. Je n'ai pas pris le temps de lire cette adresse. Cette écriture me paraissait familière, et cela a suffi pour alimenter mes espoirs. Combien de fois m'étais-je trouvée assise à table en face de Ndidi tandis qu'elle corrigeait ses copies ? J'aurais dû savoir que cette lettre n'était pas d'elle, mais l'espace d'un instant, mon esprit m'en a pourtant persuadée. Mon cœur s'est mis à battre la chamade, et j'ai déchiré l'enveloppe comme un chat sauvage affamé qui se jette toutes griffes dehors sur un morceau de viande chèrement gagné, prêt à le dévorer. J'ai pris la carte à l'intérieur, je l'ai ouverte, c'est alors seulement que j'ai reconnu cette écriture. Dedans, un bref message, qui a fini de dissiper mes doutes :

Nous avons appris la merveilleuse nouvelle. Félicitations à toi et à Chibundu pour cette grossesse ! Nous sommes si heureux pour toi, et nous avons hâte de faire la connaissance de ton précieux trésor !

Tout en bas, la signature du professeur et de sa femme en grosses lettres recourbées qui exprimaient leur enthousiasme et semblaient chanter « Jingle Bells » et « Joy to the World ».

Jamais de ma vie je n'avais été aussi déçue de voir un nom au bas d'une carte. Mais au-delà de la déception, j'éprouvais de la colère à l'égard de Ndidi, une colère profonde qui me remplissait comme de l'énergie gâchée, j'en avais le souffle court, parce qu'au fond, que représentais-je à ses yeux ? Du grain pour les poules ? Étais-je le genre d'objet qu'on jette une fois qu'on l'a utilisé ? Du papier-toilette, une vieille brosse à dents, des morceaux de verre brisé ? Soudain, je me suis rappelé le sentiment d'abandon que j'avais ressenti après mon histoire avec Amina. Les choses se répétaient de la façon la plus cruelle qui soit. À croire que j'étais condamnée à jouer le même rôle à perpétuité.

Ce soir-là, Chibundu endormi, j'ai sorti mon plumier du tiroir du bas de ma table de nuit. J'ai déplié une feuille et j'ai écrit à Ndidi :

Je m'interdis de penser à toi désormais. Je te bannis. Je te bannis. Je te bannis.

J'ai plié le papier en quatre, puis en huit, et j'ai tout rangé bien en sécurité au fond du tiroir.

62

J'avais découpé les poivrons, les tomates, les oignons, et je finissais de les écraser pour les incorporer au ragoût quand les douleurs ont commencé. En vérité, j'avais des contractions depuis la veille, ces premières vagues disparaissaient vite, puis elles revenaient, mais elles n'étaient guère douloureuses. Et soudain ça a recommencé, terrible cette fois, et j'ai fait tomber le mélange de poivrons, d'oignons et de tomates, alors l'espèce de sauce rose s'est répandue partout sur le sol de la cuisine.

J'ai réussi à me calmer. J'avais le temps, c'est sûr. Inutile de paniquer.

Chibundu était au travail. Je suis allée jusqu'au téléphone et j'ai composé son numéro.

Sa voix a répondu : « Allô ?

— Chibundu, je crois que le bébé arrive. *Obiawana.* Elle arrive. Il faut que tu viennes. »

Un instant, j'ai entendu plusieurs voix à l'autre bout de la ligne. Je ne parvenais pas à distinguer ce qu'elles disaient, ni si c'était à moi qu'elles s'adressaient.

« Chibundu ! Tu es là ? Tu m'entends ? Je te dis que le bébé arrive !

— Oui ! Oui ! s'est-il écrié, plein d'excitation. Je t'entends. *Obiawana.* Le bébé arrive. Je le disais juste à mes collègues. On a combien de temps ? Je pars tout de suite. Je serai là avant même que tu aies raccroché.

— Peut-être que je devrais prendre un taxi, et on se retrouve à l'hôpital, ai-je pensé à voix haute.

— Non, non. *Mba*. J'arrive tout de suite. Je suis là dans très peu de temps. Je prends un taxi et je fonce à la maison, comme ça, il nous conduira à l'hôpital. » La ligne a été coupée.

J'ai remis en place le combiné et je suis restée plantée là, ne sachant que faire en l'attendant. J'ai songé à aller chercher mon sac pour l'hôpital, puis j'attendrais à la porte l'arrivée de Chibundu. Je me suis hasardée vers la chambre, mais les contractions sont revenues.

Je me suis accroupie en me retenant à la table, bandant mes forces en attendant que la douleur disparaisse. Seulement elle n'a fait que croître.

Je suis ainsi restée par terre dans la cuisine pendant ce qui m'a paru des heures, à hurler, à serrer et desserrer les poings, à lutter pour reprendre mon souffle.

J'ai rampé jusqu'au téléphone, que j'ai décroché sans très bien savoir qui j'appelais et pourquoi car Chibundu devait déjà être en chemin. Même si je rappelais son bureau, il ne serait plus là pour répondre.

Tout à coup, j'ai eu l'impression que le monde se refermait sur moi. Tout est devenu noir.

J'ai levé les yeux pour voir Chibundu entrer dans la cuisine, son pas lourd, tel un tambour, sur le carrelage. Après ce bref instant de conscience, j'ai sombré à nouveau. Quand j'ai fini par rouvrir les yeux, j'étais allongée sur un lit d'hôpital, à nouveau je hurlais, serrais et desserrais les poings. Pousser, encore pousser, sentir que je me vidais, comme un fleuve se vide dans la mer.

63

Pendant la première semaine a régné une atmosphère de fête, qui s'est prolongée la semaine suivante : les voisins venaient nous voir, on engloutissait des bouteilles de soda – des caisses entières –, ainsi que des bidons et des calebasses remplis de vin de palme. Il y a eu les cadeaux habituels, les bons vœux des amis et des gens de la famille. Maman et la mère de Chibundu étaient arrivées et elles m'attendaient à la maison quand je suis sortie de l'hôpital, trop heureuses d'accueillir bébé Chidinma.

Premier signe de mauvais augure, Chibundu a refusé d'acheter une chèvre. Sans chèvre, pas de sacrifice, pas de trou creusé dans le sol, pas de sang versé pour abreuver la terre. Faire rôtir la chèvre aurait été le point culminant de la fête, on l'aurait servie avec des poivrons et des oignons, et tout le monde en aurait mangé.

Mais Chibundu a refusé. Il était de mauvaise humeur, saluait à peine les visiteurs.

Maman n'a pas manqué de le remarquer. Elle promenait le bébé à travers la maison quand elle l'a croisé. Elle est aussitôt revenue auprès de moi : « Je ne sais pas ce qui se passe entre vous, a-t-elle dit à voix basse, mais tu dois trouver le moyen de régler le problème. Tu m'entends ? »

J'étais dans la chambre de Chidinma – la nursery –,

assise dans un fauteuil inclinable. J'ai repris la petite. « J'entends bien. Le problème, c'est que je ne vois absolument pas de quoi il s'agit.

— Comment ça, tu ne sais pas ?

— Je n'en ai pas la moindre idée. »

Je me suis mise à bercer le bébé dans mes bras.

« C'est ton mari. Quelque chose ne va pas et tu me dis que tu n'es au courant de rien ? »

J'ai examiné ma fille, sans plus prêter attention à maman. C'était mon enfant, ma chair et mon sang. Des pieds et des mains minuscules. Des ongles aussi fins que du papier. Des yeux qui n'étaient guère plus que des fentes. Elle avait la peau douce et souple, son odeur était pure et suave, rappelant l'arôme de l'huile de coco fraîche.

J'avais les seins gonflés, mais j'ai ressenti une douleur vive lorsqu'elle a commencé à téter. Cette douleur était mêlée de gratitude et de délice. Je la serrais fort contre moi. Malgré ce désagrément, Chidinma valait bien qu'on célèbre sa venue. C'était un magnifique bébé, en pleine santé, sans bec-de-lièvre, sans malédiction. Elle était née, cette petite créature que je pouvais aimer exactement comme je le voulais – d'un amour débordant, sans limite. Si le bébé avait été un garçon, il se serait appelé Chigoziem, ainsi que Chibundu le désirait. Parce qu'il aurait été notre petite bénédiction, et à travers ce nom, nous aurions à notre tour demandé à Dieu de le bénir.

Mais c'était une fille, ce qui était parfait pour moi. Et j'avais souhaité l'appeler Chidinma. Chibundu m'avait autorisée à choisir un nom de fille, avec pour seule restriction qu'il s'accorde avec le sien. J'avais donc opté pour Chidinma, « Dieu est bon », car ce n'était pas une enfant maudite, affligée d'un bec-de-lièvre. À travers elle, parfaite représentation de moi et de Chibundu, Dieu s'était montré bon, en effet.

64

Je ne manquais pas d'aide. La maman de Chibundu était restée une semaine, faisant de son mieux pour tenir la maison. Maman l'avait surpassée en demeurant là près de deux mois, plus que je n'aurais jamais osé lui demander. Elle aurait même prolongé son séjour si je ne l'avais pas poussée à repartir. Son magasin l'attendait. Deux mois de fermeture, c'était trop. Par conséquent, elle s'y est résignée.

Mais je lui savais infiniment gré de sa présence, surtout au début, lorsque j'avais tant de mal à allaiter Chidinma et que cela m'était si douloureux.

Un jour, elle m'avait apporté un tabouret. « Là. Pose ta jambe ici, ça va rapprocher le bébé de ton sein et ce sera plus facile pour vous deux. »

Ça avait marché.

Quand j'ai eu un début d'engorgement, maman m'a dit : « Pas d'inquiétude. C'est juste un peu de lait qui est bloqué à l'intérieur. Le tuyau est bouché. Ça s'en ira tout seul dans un jour ou deux. »

Elle a alors veillé à ce que je donne le sein plus souvent à Chidinma – au moins toutes les deux heures – afin que le caillot se dissolve. Elle me rappelait que je devais changer de position, pour ne pas toujours appuyer du même côté.

Régulièrement, elle me donnait un linge chaud, surtout la nuit, et je le posais sur ma poitrine pour que la chaleur fasse disparaître l'engorgement. Elle prenait garde aussi à ce que je boive beaucoup, surtout de l'eau. Elle s'assurait que je dorme bien sur le dos ou sur le côté, pour ne pas appuyer sur mes seins. Parfois, la nuit, quand je m'endormais à la nursery, dans le lit double que je partageais parfois avec elle, je m'éveillais et je la découvrais penchée sur moi, me disant : « Ijeoma, tu appuies trop sur ta poitrine. Retourne-toi pour te mettre sur le dos. »

65

Après le départ de maman, je n'en avais plus que pour Chidinma. L'après-midi, à l'heure où avant sa naissance je m'en allais à l'église, je l'attachais désormais sur mon dos et je l'emmenais faire de longues promenades, aller-retour, sans réelle destination en tête.

Un jour, j'ai attendu le retour de Chibundu pour voir s'il souhaitait nous accompagner. Il était assis au salon, à mâchonner une aubergine. La question était à peine sortie de ma bouche qu'il m'a lancé un regard sévère, suivi d'une grimace. Il m'a répondu que son travail lui pompait toute son énergie, et qu'il ne lui en restait plus du tout pour la vie quotidienne, qu'il était tellement fatigué – il était désolé de le dire – qu'il n'aurait jamais la force de nous suivre. Pas après être rentré du travail, ni même à aucun autre moment, d'ailleurs, ne le voyais-je pas ? Ne m'étais-je pas aperçue qu'on l'appelait même le week-end maintenant ? Et quand on le laissait tranquille, il préférait se reposer.

J'avais bien remarqué qu'il allait parfois travailler le samedi.

J'ai acquiescé sans un mot, mais pour moi il était clair qu'il y avait autre chose. Cette façon de répondre plus sèchement que jamais. Comme si le monde entier, et surtout Chidinma et moi, nous étions des épines dans son pied.

66

Chidinma et moi, nous sommes devenues aussi inséparables que l'air et l'humidité. Parfois elle s'accrochait à mes bras, suspendue sans y penser, comme le brouillard. Parfois, elle tombait, mais j'étais là pour la relever. Les mois filaient. Un mois est passé, un autre, et encore un autre.

Décembre est arrivé, et maman avec. À travers Port Harcourt, les festivités de fin d'année commençaient. Des défilés de danseurs portant des masques *ojuju* colorés, qui dansaient au rythme métallique de leurs cloches *ogene*. D'autres, qui dansaient au rythme de leurs tambours de terre *udu*, douces basses guidant leurs pas. Des danseurs *ojuju* aux robes scintillantes qui agitaient leurs calebasses *ichaka* et faisaient tinter leurs perles. Des danseurs *ojuju* effrayants, vêtus de jupes de raphia et d'herbes sèches, qui bougeaient au rythme de leurs tambours *ekwe* et *igba*. Des danseurs *ojuju* à têtes de lion, vêtus de peaux de bêtes.

Nous étions à la période de l'année où les danseurs *ojuju* envahissaient les rues, dansant, quêtant de l'argent et des bonbons. Les enfants couraient vers eux, puis s'en revenaient à toutes jambes, effrayés, avant d'y retourner, encore et encore, parce qu'à chaque sursaut de peur correspondait une joie intense. Les danseurs *ojuju* bloquaient les rues, si bien que les voitures devaient s'arrêter et payer pour passer.

Ni Chibundu ni moi n'avions particulièrement envie de fêter Noël, quant à Chidinma, elle était trop petite pour s'en soucier. Mais dès le lendemain de son arrivée, maman a commencé à songer aux préparatifs.

« Nous n'avons pas eu un vrai Noël depuis avant la guerre. Je me disais juste que maintenant, avec Chidinma parmi nous, on pourrait renouer avec les traditions. Si nous allions à Kingsway ?

— Je ne sais pas si c'est une bonne idée », ai-je répondu. Nous étions au salon. Maman me regardait avec enthousiasme, déjà dans l'anticipation. Chidinma dormait dans mes bras.

« Tu ne sais pas si c'est une bonne idée ? » a-t-elle répété.

Elle aussi avait été jeune maman, mais sans doute avait-elle oublié combien il était difficile de sortir avec un petit bébé, et délicat d'allaiter hors de chez soi.

Maman a soupiré puis a dressé le tableau de nos souvenirs : « Tu ne te rappelles pas comment on fêtait Noël, à cette époque où ton père nous emmenait à Port Harcourt ? Pour moi, c'était hier, on allait directement à Kingsway, et ton visage tout excité quand tu montais dans le petit train qui traversait le centre commercial, et qui amenait les enfants jusqu'à la hutte du père Noël ? Tu te souviens des cadeaux qu'il te donnait ? »

Oui, je m'en souvenais. Une année, il m'avait offert une série d'assiettes en plastique qu'on pouvait utiliser comme des frisbees. J'y jouais avec mes camarades de classe à la récréation et après l'école. Une autre année, j'avais reçu une poupée *oyibo*, un baigneur avec des yeux si grands, des cils si longs qu'il m'avait fait peur, alors je l'avais jeté et j'étais partie en courant. Le père Noël me l'avait ensuite échangé contre une dînette.

« Je revois tout, toi et le père Noël, dans cette petite hutte artificielle recouverte de fausse neige. Et ton papa qui s'accroupissait pour te sourire quand tu étais sur les genoux du père Noël. » Maman a poussé un long soupir.

Rien n'aurait pu être pire pour moi que de l'entendre ainsi soupirer. Il y avait là quelque chose d'incandescent, l'éclat d'une espèce de nostalgie triste.

« D'accord, ai-je répondu. On y va. »

Le visage de maman s'est éclairé d'un grand sourire, et elle s'est levée pour me prendre dans ses bras.

Ce Noël allait devenir l'un des meilleurs de ma vie.

Maman nous a tous emmenés à Kingsway, y compris Chibundu. Elle avait insisté pour qu'il nous accompagne, parce que, après tout, nous jetions les bases d'une nouvelle tradition familiale, que Chidinma, lui et moi nous remémorerions un jour, ainsi que nous venions de le faire, toutes les deux.

À Kingsway, je suis montée dans le petit train, Chidinma sur les genoux, les yeux écarquillés. Maman et Chibundu nous ont fait coucou lorsque nous sommes passées devant eux, très lentement. Chidinma riait et leur a souri à son tour. Le conducteur du train, un jeune homme au visage poupin, est venu nous aider à descendre quand nous sommes arrivées au bout.

Nous ne sommes pas restés très longtemps à Kingsway, mais pendant ces deux heures, Chibundu s'est montré rayonnant de bonheur, me rappelant soudain l'enfant qu'il était autrefois. Nous sommes rentrés à la maison avec un énorme cabas qui débordait. Mais au lieu qu'il s'y trouve de la nourriture comme de coutume

– igname, manioc, maïs – quand on revenait du marché, il était rempli de jouets pour Chidinma et de cadeaux pour nous – robes et chaussures pour moi, chemises, pantalons, cravates pour Chibundu –, cadeaux de Noël que maman avait insisté pour nous offrir, afin d'être sûre que nous passions une bonne fête.

Pendant ces deux heures à Kingsway, les choses s'étaient éclaircies, mais le soir venu, Chibundu faisait la tête à nouveau.

67

Un soir. J'étais assise au salon, je donnais le sein à Chidinma en la berçant. Elle avait alors entre sept et huit mois.

Les fenêtres étaient ouvertes, les rideaux attachés sur les côtés. L'harmattan soufflait, à l'horizon apparaissait un cône de poussière semblable à un nuage descendant sur terre.

La pièce était fraîche et, sur la télévision, le ventilateur ne bougeait ni ne vrombissait, ni ne battait comme par les après-midi les plus chauds.

Dehors, je voyais Chibundu aiguiser la lame de sa machette avec une pierre. Il utilisait toujours la même – ce n'était pas vraiment une pierre, mais un morceau de ciment qui s'était détaché d'une des marches de derrière. En regardant ce débris sous un certain angle, on aurait dit une silhouette de femme, des épaules aux hanches, avec de gros seins et un ventre creux. Peu importait combien de fois Chibundu l'avait utilisé pour affûter sa machette, le morceau de ciment conservait sa forme initiale.

Après avoir aiguisé l'outil, il est allé tailler la haie. Il s'y employait avec la ferveur d'un chasseur qui terrasse un animal dans la savane. Je me suis levée pour mieux l'observer. La lame de la machette brillait, même dans le soleil voilé par l'harmattan. À chaque coup porté, les feuilles vertes et les brindilles marron se dispersaient en tout sens. De temps en temps, un souffle d'air apportait l'odeur des plantes coupées à travers les fenêtres, jusqu'à mes narines.

Toute cette activité causait un vrai fracas. *Tchac, tchac, tchac.* Gestes vifs, rapides et tranchants. Branchettes et feuillage s'abattaient sur le sol du jardin. La machette s'élevait et retombait. Et ainsi de suite pendant un moment.

La petite s'est mise à s'agiter. J'ai arrêté de lui donner le sein pour arpenter le salon en la berçant doucement et en lui tapotant le dos pour que vienne son rot.

J'ai entendu quelque chose, comme si quelqu'un faisait craquer ses articulations. Cela arrivait à Chibundu après avoir taillé la haie, ou coupé l'herbe, mais cette fois c'était plus insistant. Au bout d'un moment, le bruit s'est arrêté.

La petite s'est calmée. Je suis retournée m'asseoir sur le canapé, avec elle toujours dans mes bras.

Je regardais la fenêtre. Sur le rebord, un bidon dont j'avais découpé la partie supérieure pour le transformer en vase. Des fleurs d'hibiscus desséchées en sortaient, des pétales rouges tombés flottaient dans l'eau. Dehors, près de la porte, l'ombre mouvante de Chibundu.

À nouveau, ce bruit de phalanges qu'on fait craquer. Mais cette fois ça ressemblait plus à des coups frappés à la porte : plusieurs coups étouffés, répétitifs.

Je me suis levée pour répondre, mais j'avais à peine avancé d'un pas que Chibundu a ouvert la porte pour entrer en trombe, la machette à la main. C'était si soudain, si inattendu, que j'ai reculé, surprise.

Il est venu vers moi, près du canapé. La lame de la

machette a heurté un des pieds métalliques de la table, au centre de la pièce, dans un crissement ressemblant à un cri.

Il portait un débardeur de coton et un vieux pantalon kaki. Des auréoles se dessinaient sous ses aisselles, zones sombres gorgées de sueur. Sur son pantalon aussi apparaissaient des taches plus sombres. Il a laissé la porte du salon ouverte derrière lui.

Il a penché la tête sur le côté, relevé un sourcil en me regardant comme il en avait coutume depuis quelque temps, expression d'un certain ressentiment. Enfin, il a dit : « Pourquoi tu ne m'as pas ouvert ?

— Je n'ai rien entendu. »

Il a penché la tête encore davantage. « Tu n'as pas entendu ?

— Non. » Bien sûr, j'avais entendu ce bruit d'articulations qui craquent. Seulement, je n'avais pas compris qu'en réalité il frappait à la porte. « Excuse-moi. J'ai entendu, mais je n'ai pas compris que c'était toi qui frappais à la porte. »

D'un ton moqueur, il m'a répondu : « Tu n'as pas compris que c'était moi qui frappais ? » Il l'a répété d'un ton encore plus moqueur, d'une voix chantante : « Tu n'as pas compris que c'était moi qui frappais ?

— Excuse-moi, ai-je répété.

— D'accord, mais maintenant, tu vas me dire ce que je peux bien faire de tes excuses ? Est-ce que je peux en faire de la soupe ? Est-ce qu'elles peuvent payer les factures ? À quoi donc est-ce qu'elles peuvent bien me servir ? »

Il s'est tourné en direction de la cuisine. « J'ai laissé ma cruche d'eau là-bas. Je voulais que tu me l'apportes. Tu n'as pas entendu, donc tu ne me l'as pas apportée. Tu me présentes tes excuses. Pas besoin d'être un scientifique spécialiste des fusées pour comprendre à quel point tes excuses ne me sont d'aucune utilité. »

Il s'est à nouveau retourné et sa machette a cogné sur le carrelage, alors il l'a prise dans l'autre main et s'est retourné une fois de plus en me regardant.

Chidinma gazouillait. Ses yeux se sont posés sur elle.

« En parlant d'enfant, il faudrait vraiment qu'on s'y remette.

— Qu'on se remette à quoi ?

— Elle dort ?

— À moitié. »

Il a acquiescé.

« Il faut qu'on essaie de concevoir un fils. »

J'ai soupiré, mais mon souffle était empreint de stupéfaction.

« Si l'homme qui s'en va aux champs en revient sans manioc, si c'est un vrai fermier, il retournera aux champs et travaillera autant qu'il le faut, afin d'en revenir un jour avec du manioc dans son panier. » Pause. « On va essayer à nouveau d'avoir un garçon, on fera de notre mieux. Je veux un fils. Tu me le dois bien. »

J'ai rassemblé mes esprits. « Chibundu, je ne suis pas vraiment prête à avoir un autre enfant, en tout cas pas aussi rapidement. En plus, Chidinma vaut aussi bien qu'un garçon.

— Ah ! s'est-il écrié avec indignation. Tu crois ça ? Tu oublies donc que les filles ne peuvent transmettre leur nom de famille ? Ne serait-ce que pour cette raison, tu dois me donner un fils.

— Chibundu, depuis quand est-ce que tu te soucies de ce genre de bêtises ? Chidinma est ton enfant. Ta chair et ton sang. C'est ta fille.

— Oui. Mais elle n'est pas un fils. Je veux un fils. Je vois bien comment tu la regardes, et comment elle te regarde. Elle est toute à toi. Moi aussi, j'en veux un à moi. Et peut-être qu'en grandissant, quand tu seras trop occupée pour répondre à mes demandes, ce sera lui qui m'apportera mon pichet d'eau. Tu auras ta fille, j'aurai mon fils.

— Chibundu, je ne suis pas…

— Qu'est-ce que tu n'es pas ? Hein ? Qu'est-ce que tu n'es pas ? » Il s'est tellement approché que je sentais son souffle sur mon visage et la lame de sa machette contre ma jambe. « Tu me le dois bien, a-t-il murmuré. Tu m'entends ? Tu me dois bien ça. »

Parfois, maintenant, il me semble que ce qui est arrivé ensuite n'était pas un accident. Mais d'autres fois, je me persuade que si, Chibundu ne pouvait pas savoir, ce qui aurait expliqué son air abasourdi quand il en avait pris conscience. La vérité, c'est qu'un homme qui se lance dans une entreprise de destruction peut néanmoins être pris de court, surtout lorsqu'il est obligé d'assumer ses indiscrétions.

Quoi qu'il en soit, il était à présent penché au-dessus de moi, et soudain sa machette s'est enfoncée dans ma jambe. J'ai voulu reculer, mais il m'en a empêchée. Il s'est approché davantage, appuyant la lame encore plus fort contre ma jambe.

« Chibundu ! ai-je crié. Arrête, tu vas me déchirer la jambe ! » Il a écarquillé les yeux et m'a contemplée d'un air ahuri. Enfin, il a reculé, sans me quitter du regard, toujours en proie à la stupéfaction. Un long moment s'est écoulé, enfin il a tourné les talons et, machette en main, il est sorti.

Cette nuit-là, après avoir couché Chidinma, je suis allée me mettre au lit à mon tour. Chibundu était dans la salle de bains. J'ai songé : comment ose-t-il se comporter de cette manière avec moi, il a failli m'ouvrir la jambe avec sa machette ! Qui sait s'il n'agira pas un jour de même avec notre pauvre petite fille sans défense, qui sait s'il ne lui fera pas du mal ? Qu'est-ce qui pourrait bien l'en empêcher ?

Le plafonnier était toujours allumé.

D'abord l'écho du silence, puis le bruit d'une poignée de porte qui s'ouvre. Chibundu est apparu en pantalon de pyjama, les cordons dénoués devant, comme pour éveiller la tentation. Il a attendu en me regardant. Je lui ai renvoyé son regard.

« Tu ne vas pas rester planté là ? Tu ne viens pas te coucher ? »

Il n'a pas bougé. J'ai remonté les couvertures sur ma poitrine et je me suis retournée pour ne plus me trouver face à lui. Il a éteint depuis la porte ; la pièce était plongée dans le noir. J'ai écouté le doux bruit de ses pas jusqu'au lit.

Il s'est couché. Plusieurs minutes se sont écoulées.

Je commençais à m'endormir quand j'ai senti ses doigts me tapoter le dessus de la main.

Je savais ce que c'était. J'ai encore remonté les couvertures en les tenant fermement, sans lui prêter attention.

Il a recommencé. Je me suis finalement tournée pour lui répondre, et je me suis retrouvée allongée sur le dos, les couvertures bien haut sur la poitrine.

Dans l'obscurité, j'ai vu son visage sombre, tel un monstre, se poster au-dessus du mien. Ses mains ont attrapé les miennes et il a repoussé les couvertures hors de ma portée.

« Plus vite on s'y mettra, plus vite ce sera fait », a-t-il dit.

Je me suis raidie.

Son souffle était d'une tiédeur glaçante lorsqu'il est

venu sur moi. En quelques gestes brusques des mains et des jambes, il a retiré son bas de pyjama. Puis ses mains sont revenues se poster entre nous deux pour me maintenir en place tandis qu'il redescendait un peu pour se frayer un chemin en moi.

68

J'envisageais deux possibilités pour lui dire que je ne pouvais plus continuer d'essayer de lui donner un fils, ni même d'être son épouse. Parvenue à un certain stade de ma confession, je lui dirais aussi que, depuis le début – comment avait-il pu ne rien voir ? comment donc avait-il pu être aussi aveugle ? –, j'aimais une autre personne.

Deux façons. La première :

Je serais dans la cuisine à préparer le dîner, à assaisonner la soupe de Maggi ou de *tatashi* écrasé. J'entendrais la porte s'ouvrir quand Chibundu rentrerait du travail.

J'irais mettre le couvert. Près de moi, par terre, Chidinma oscillerait gentiment dans sa balancelle Fisher-Price.

Chibundu irait d'abord aux toilettes, puis dans la chambre. Ensuite, il viendrait à table, l'air fatigué, chemise ouverte, pieds nus, mal fagoté comme il l'était de plus en plus souvent.

Entre nous, le silence désormais habituel lorsqu'il s'asseoirait à table et que je lui servirais sa soupe de gombo et son gari en m'efforçant de ne pas y prêter attention, comme si ce jour était pareil à n'importe quel autre.

Je mangerais et je le regarderais manger, je le surprendrais à me jeter des coups d'œil furtifs. Nous continuerions ainsi un moment, et soudain, je lui cracherais tout à la figure, tel un ivrogne qui vomit de la nourriture mal digérée, gerbe des jets d'acide gastrique, et je sèmerais au hasard un véritable chaos autour de moi.

Qu'y pourrait-il ? Peut-être resterait-il là à m'écouter. Ou bien, avant même que j'aie fini, il se lèverait, en colère, et se mettrait à jeter par terre tout ce qui se trouverait sur la table – sa nourriture, notre centre de table en bois creux, les verres, les couverts. Peut-être s'approcherait-il de moi pour me gifler, encore et encore, jusqu'à ce qu'il n'en ait plus la force, qu'il se sente épuisé, purgé, soulagé. Jusqu'à ce que moi aussi je me sente épuisée, purgée, soulagée.

Voilà la seconde façon dont je voyais les choses :

J'attendrais que nous soyons couchés, qu'il se soit endormi à mes côtés, qu'un doux ronflement s'exhale de ses narines comme une berceuse désordonnée.

J'imaginais que je le tapoterais pour le réveiller. Alors je lui dirais tout. Le silence se prolongerait ensuite un moment, le temps qu'il enregistre mes paroles. Puis viendraient les cris, le son de sa voix pareil à une déflagration extérieure, remplissant le moindre espace, la moindre fissure, et qui filtrerait lentement par les fenêtres entrouvertes, s'égaillant au vent, s'évanouissant peu à peu, se dissipant jusqu'à devenir inintelligible.

Mais peut-être n'y aurait-il pas de cris. Rien que le chant des criquets et le calme de la nuit.

Peut-être se retournerait-il pour se rendormir, et ce serait comme si je n'avais rien dit.

69

Sur le comptoir de la cuisine, j'égrenais du maïs, les feuilles vertes et jaunes tombaient dans l'évier, il y avait des soies partout. Par terre, près de moi, Chidinma babillait dans sa balancelle. Sur le comptoir, un grand sac ouvert dans lequel j'aurais dû jeter les feuilles, sauf que je ratais mon coup chaque fois et qu'elles tombaient à côté. Près du sac, un chiffon humide qui me servirait à tout nettoyer à la fin.

Déjà le soleil se couchait. La dernière fois que j'avais vu Chibundu, il était assis au salon à lire le journal en grignotant des pois de terre bouillis. C'était peu de temps après son retour du travail, juste après notre dîner, un ragoût accompagné de riz.

Je me suis essuyé les mains sur le torchon. Puis je suis allée au salon, où je m'attendais à trouver Chibundu, seulement il n'était pas là. Au bord de la table, près de son bol de pois de terre où il ne restait plus que les coquilles, la poupée de chiffon de Chidinma, les jambes pendant dans le vide.

Tout était encore ouvert. Dehors, le ciel était noir.

J'ai fermé les rideaux. Je cherchais Chibundu sans raison particulière, mais soudain, j'ai compris qu'il y avait une raison : j'étais enfin prête, le moment était venu. Aujourd'hui, j'allais tout lui dire.

Je me suis dirigée vers la salle de bains. Peut-être y était-il.

Je me suis appuyée contre le mur près de la porte, attendant qu'il sorte. Au bout du couloir, au-dessus de la porte de notre chambre, une horloge blanche était accrochée. Il était vingt heures.

Dans la cuisine, Chidinma babillait toujours, et sa voix se répandait à travers toute la maison. Soudain, le volume a semblé augmenter, elle ne jouait plus, elle piquait une crise.

Je suis revenue la calmer. « Chut, mon bébé. Chut, ma petite fille. Qu'est-ce qu'il y a ? Est-ce que tu peux rester calme un moment pour moi ? Tu ne vois pas que maman a quelque chose d'important à faire ? »

Je l'ai emportée dans sa balancelle jusqu'au salon, où sa poupée de chiffon était toujours posée sur la table. Je l'ai ramassée pour la lui donner.

« Chut, mon bébé, ai-je murmuré. Tu veux bien être gentille avec maman ? »

Je suis retournée à la salle de bains où j'ai repris ma position près de la porte. Très vite, j'ai entendu un bruit venant de la chambre. J'y suis allée, et j'ai vu l'ombre de Chibundu, comme un buste sur le mur, de plus en plus vaste et sombre à mesure que je m'approchais.

Il était assis de mon côté du lit, mon plumier de bois sur les genoux. Plusieurs lettres ouvertes étaient éparpillées autour. Il en tenait une entre ses mains. Mes stylos et crayons étaient empilés à côté de lui.

Je suis restée immobile, à quelques pas de la porte. Il m'a regardée, s'est levé. Mon plumier est tombé par terre.

« Je suis désolée », ai-je dit en reculant dans le couloir.

Il a fait lui aussi quelques pas dans ma direction, ma lettre toujours à la main, puis il s'est arrêté et m'a dévisagée, le regard fou. Si ses yeux avaient été des clous et son corps un marteau, il m'aurait directement clouée sur place.

« Je suis désolée », ai-je répété, parce que j'étais sincèrement navrée qu'il ait découvert ça.

Il a considéré la lettre et a lu :

C'est mon mari, certes, mais c'est toi que j'aime.

Il a levé les yeux vers moi.

J'ai eu un rire nerveux. « Je suis désolée.

— Tu es désolée pour quoi ? Qu'est-ce qui te désole ? Hein ? Dis-moi, j'aimerais bien savoir. »

Je me sentais embarrassée avec mes bras ballants. Aussi j'ai posé les mains sur mes hanches pour me donner une contenance. Et là, j'ai tenté de trouver les mots.

Il s'est approché de moi, a pris mon visage entre ses mains. Il tenait toujours la lettre ; le papier s'est froissé contre ma peau. « C'est juste une lettre idiote, hein ? » Ses mains serraient mes joues, il me faisait mal. Sa voix était désormais calme, posée. « Tu vas me dire que ce n'est rien qu'une lettre stupide. Qu'il ne s'est jamais rien passé entre toi et cette Ndidi. » Sa voix s'est brisée.

J'ai voulu acquiescer pour libérer mon visage de cet étau.

« Et d'abord, c'est qui, cette fille ? »

Durant tout le temps que nous avions passé à Aba, ils n'avaient jamais été formellement présentés l'un à l'autre. Plusieurs fois, ils s'étaient croisés, quand Chibundu quittait le magasin juste au moment où elle arrivait, et vice versa – un simple bonjour-au revoir de politesse – mais jamais de rencontre officielle. Et puisqu'elle s'était montrée si renfermée, si discrète, si en retrait au cours du mariage, en vérité ils ne se connaissaient pas.

« Alors, c'est qui ? a-t-il redemandé en serrant toujours mon visage entre ses mains, ses paumes appuyant sur mes joues comme s'il voulait y forer un trou.

— C'est juste une fille. Une vieille amie. »

Il a ricané. Il y avait quelque chose de mauvais dans l'expression de son visage. « Une vieille amie ? »

Il m'a enfin lâchée. Il est allé chercher une autre lettre pour en lire un passage :

... J'ai tellement hâte que mon bébé soit là. J'aime déjà cette précieuse petite créature, et je meurs d'envie de la serrer dans mes bras, garçon ou fille. Pauvre Chibundu. J'éprouve une affection réelle pour lui. Mais il ne se passe pas une seconde sans que je regrette que ce ne soit pas toi, ici avec moi, celle avec qui j'élèverais cet enfant.

Il a farfouillé dans le tas, en a pris une autre :

... La nuit dernière j'ai rêvé de toi. Nous nous fondions l'une dans l'autre. Il n'y avait pas de vêtements entre nous, rien que notre chair et notre chaleur. Mes lèvres se posaient avec ardeur sur les tiennes...

J'ai senti le rouge me monter aux joues. Je me sentais nue, comme si on m'avait arraché le cœur pour l'exhiber devant tout le monde.

J'ai retenu mon souffle quand il s'est mis à en lire une troisième :

... Mon bébé est né, Ndidi. Elle est là. Ma magnifique petite fille. J'ai du mal à croire que je suis mère à présent. Ce qu'on raconte est vrai : jamais je n'ai été aussi heureuse qu'en la voyant, en la prenant dans mes bras. Je l'aime tant que parfois cet amour me rend vulnérable. Je regarde son petit visage, et j'ai des papillons dans le ventre. Mon seul regret, c'est que tu n'aies pas été là pour l'accueillir avec moi en ce monde...

Encore une :

... la seule chose dont j'aie envie maintenant, c'est de faire l'amour...

Je l'ai arrêté avant qu'il en lise davantage. « Tout ça, ce sont des bêtises, ai-je déclaré avec un rire nerveux. Des divagations stupides.

— Des bêtises ? Des divagations stupides ?

— Oui, c'est ridicule de ma part d'avoir écrit ça. Et c'est bien pour ça que je ne les ai jamais envoyées. Non, ce ne sont vraiment que des bêtises.

— Eh bien, dans ce cas, tu devrais arrêter de les cacher dans cette boîte. Tu ferais mieux de les jeter.

— Tu as raison. Je vais les jeter, en effet. C'est exactement ce que je vais faire. »

Je me suis soustraite à son emprise et j'ai repris la lettre. J'aurais voulu la replier pour la ranger à nouveau dans mon plumier, la cacher au fond de mon tiroir avec les autres, mais il ne me quittait pas des yeux, et j'ai songé que je lui devais bien ça. Alors j'ai regardé une dernière fois cette feuille, puis je me suis tournée vers lui et j'ai tout déchiré minutieusement en petits morceaux.

Nous étions toujours plantés là, immobiles. Enfin, il s'est détourné de moi pour aller chercher son attaché-case posé devant le placard de notre chambre. Il l'a mis à plat sur le lit, l'a ouvert, et en a retiré des liasses de papiers et de dossiers. Dessous, un paquet d'enveloppes, retenues ensemble par un élastique.

Il m'a tendu le paquet.

« Autant que tu les lises, à présent. Elles sont à toi. »

Je faisais mon possible pour tenter de comprendre ce qui se passait. Chibundu a voulu s'expliquer : « J'ai pensé que peut-être, si je les cachais… Je n'avais pas compris que tu… que tu éprouvais aussi des sentiments pour elle. J'étais persuadé que c'était impossible… c'est pour ça que je ne te les ai pas données… ça n'avait aucun sens de te les transmettre… » Sa voix s'est éteinte, en proie à la confusion, à moins qu'il n'ait pas été lui-même convaincu par son raisonnement.

Je lui ai arraché les lettres.

Je regardais celle du dessus, prête à l'ouvrir, quand j'ai compris qu'elle avait déjà été ouverte avec soin, comme pour dissimuler la chose. Il en allait de même pour les autres.

L'instant suivant, j'ai reconnu l'écriture sur les enveloppes, et j'ai crié de surprise et de colère. Mes mains en tremblaient.

« Chibundu, d'où ça vient, ça ? Depuis combien de temps tu me les caches ? Pourquoi tu ne me les as pas données ? »

J'étais à peu près certaine qu'elles avaient dû commencer à arriver deux ou trois mois après notre venue à Port Harcourt, car avant cela, je prenais soin de vérifier le courrier moi-même. Il était impossible que Chibundu ait intercepté ces lettres avant moi, tant je m'étais appliquée à les guetter. Mais des mois s'étaient écoulés sans que j'aie de nouvelles de Ndidi et, au bout du compte, je m'étais résignée à ne plus consulter la boîte aux lettres que de temps en temps – une ou deux fois par quinzaine. Le hasard avait joué contre moi et Chibundu était passé chercher le courrier avant moi les jours où les lettres de Ndidi étaient arrivées. Mais comment avait-il pu les récupérer chaque fois ?

« Chibundu, comment as-tu réussi à mettre la main sur toutes ces lettres avant moi ? »

Il a serré la mâchoire, refusant d'abord de parler, puis il m'a livré son explication. « La première fois, je suis tombé dessus par accident, et je l'ai ouverte par erreur. Mais quand je l'ai lue… J'ai pris l'habitude d'aller à la poste tous les jours au moment de ma pause déjeuner, pour être sûr d'y arriver avant toi. Chaque fois que je voyais une enveloppe avec son écriture et son adresse, je la prenais. Je laissais le reste du courrier pour plus tard, jusqu'à ce que tu ailles le chercher ou que je repasse le soir, en rentrant du travail. »

J'étais abasourdie. « C'est une vraie trahison !

— Je ne voulais pas… j'avais peur que… je ne voulais pas courir le risque… » Sa voix s'est brisée. Il s'est repris : « Ijeoma ! C'est toi qui m'as trahi ! Tu es là à me raconter que tu ne lui as jamais envoyé de lettre. Jamais, vraiment ? Pas une fois ? »

J'ai aussitôt réalisé qu'il m'avait prise au piège de mes propres mensonges. Il a saisi les enveloppes que je tenais à la main et a commencé à les fouiller. Il avait dû mémoriser certains passages, car en moins de deux minutes, il a trouvé les deux exemples qu'il cherchait :

Ijeoma, ma chérie, au moment même où je craignais de ne plus jamais avoir de nouvelles de toi, j'ai reçu une lettre. Pas un jour ne se passe sans que je pense à toi...

« Et celle-là ? » :

Ma chère Ijeoma, j'ai reçu ta deuxième lettre au courrier de ce matin. Comment ai-je pu te pousser à te marier ? Hier, je suis tombée sur ta mère, elle était intarissable à propos de ta grossesse. Je n'ai jamais éprouvé une colère plus grande qu'à la pensée que Chibundu peut faire de toi ce qu'il veut...

Il s'est arrêté là. « Tu vois bien ! Là, c'est moi qui ai des questions à te poser. Tu m'as menti en disant que tu ne lui avais jamais écrit. Mais tu sais, Ijeoma, pour être moi-même complètement honnête, je dois bien admettre que je le savais, que tu lui avais écrit, sauf que j'espérais que c'était pour lui demander d'arrêter de t'envoyer des lettres, parce que tu ne pouvais tout de même pas éprouver les mêmes sentiments ? Tu es une femme mariée, Ijeoma ! Tu m'entends ? Une femme mariée, Dieu du ciel ! »

J'ai soudain eu envie de hurler, de lui rappeler que j'avais essayé de lui parler, ce jour-là, à l'église. L'avait-il oublié ? J'avais besoin de lui expliquer qu'en fait je n'avais rien tenté de lui cacher, non. Oui, j'avais dissimulé les choses, mais en réalité, non.

Il a poursuivi. « Imagine ma surprise quand j'ai trouvé toutes ces lettres au fond de ton tiroir aujourd'hui. Imagine ! Je vois bien à présent que je me suis trompé, que j'espérais en vain. Alors, Ijeoma ? Tu l'aimes vraiment ? Depuis combien de temps dure cette histoire entre vous ? Combien de temps avez-vous… avant que je t'épouse ? Et combien de temps cela a-t-il duré après ? Hein ?

— Chibundu, je ne lui ai écrit que trois lettres. » Cette fois, je disais la vérité. Envoyer ces trois lettres, c'était déjà prendre des risques. Après tout ce temps sans réponse de sa part, j'avais renoncé. « Juste trois. Je ne lui ai pas envoyé les autres. »

Chibundu était hors de lui. Il s'est écrié : « Tu m'as achevé ! Tu m'as complètement achevé ! Comment as-tu pu me faire ça ? Comment as-tu pu ? »

Soudain, il s'est repris et a recouvré ses esprits. Sa voix est redevenue normale. « Tu peux bien faire ce que tu veux de ces lettres. Tu peux même continuer à lui écrire si tu veux. Mais n'oublie jamais – pas la plus petite seconde – que tu es ma femme à moi. Tu es ma femme à moi, Dieu tout-puissant ! Je peux faire de ta vie un enfer. Tu m'entends ? TU ES MA FEMME. Quoi que tu décides, ne me provoque pas, sinon je te le ferai payer très cher. »

70

J'étais au lit, incapable de bouger, l'esprit plombé car je comprenais soudain ce que j'étais devenue : l'équivalent d'une serpillière informe, usée, non pas parce qu'elle avait trop servi, mais au contraire parce qu'elle avait été mal utilisée, maltraitée.

Chibundu occupait l'espace avec une énergie qui semblait dire que tout était pour le mieux. Un instant, il enfilait sa chemise et son pantalon en sifflotant. L'instant d'après, il se tenait devant la glace de l'armoire, fredonnant une mélodie que je ne reconnaissais pas, tout en arrangeant le col de sa chemise autour de son nœud de cravate.

Dans sa chambre, Chidinma était sans doute réveillée et s'amusait avec ses jouets en attendant que je vienne la chercher. Mais au lieu de cela, je suis restée au lit.

L'eau de toilette de Chibundu était si forte qu'on aurait cru que quelqu'un fendait du bois et écrasait des feuilles juste à côté, puis ventilait vers nous les odeurs pour nous embaumer.

Se détournant de l'armoire, il est venu s'asseoir sur le lit, à côté de moi. Il avait le teint cireux, comme une personne âgée. Autour de ses yeux, les pattes-d'oie semblaient s'être creusées. Il avait davantage de cheveux gris qu'auparavant.

Il était assis face à la fenêtre, les yeux baissés. Le silence entre nous était assourdissant.

« Je reconnais que j'y suis allé un peu fort avec toi, hier soir. Nous sommes mari et femme, et ce genre de scènes ne devrait pas arriver.

— Chibundu…

— J'ai réfléchi et, à mon sens, il doit bien exister une manière pour toi de m'aimer, moi, plutôt qu'elle. Je ne devrais pas avoir besoin de te forcer nuit après nuit. Je suis ton mari, les choses ne sont pas censées se dérouler de cette manière.

— Chibundu, ce n'est pas comme ça que ça marche.

— Comment peux-tu le savoir si tu n'essaies pas ? Essaie donc. Ça ne doit quand même pas être si difficile de m'aimer. À moins que je ne sois pas digne d'amour ?

— Chibundu, ce n'est pas ça.

— Dis-moi, qu'est-ce qu'elle peut bien te donner que moi, je ne peux pas te donner, selon toi ? »

Silence.

« Je ne te hais pas pour ça. Pas du tout. Tu sais déjà que je ne crois pas à toutes ces bêtises sur l'abomination. Peut-être que ce genre d'amour a quelque chose de spécial, quand un homme aime un autre homme, ou une femme une autre femme. Sans doute qu'il y a là quelque chose d'attirant. Mais ce qui me met vraiment en colère, c'est que c'est moi qui t'ai aimée le premier. J'étais là bien avant elle. Et, plus important encore, tu m'as fait une promesse. Le mariage est une promesse, pas seulement de former un couple, mais aussi de s'aimer. »

Je lui ai pris la main et j'ai commencé à la caresser doucement.

Il a regardé nos mains enlacées, suivant mes mouvements des yeux. Puis il a murmuré : « Je suis ton mari et tu es ma femme, et je sais qu'on arrivera à ce que ça marche entre nous. Je le sens dans mes os, dans mes poumons, dans mon cœur. Tu verras. On y arrivera. Toute cette histoire avec Ndidi n'a aucune importance. Ça peut encore marcher. »

Aucun discours n'aurait pu être plus dévastateur. C'était le désespoir qui s'exprimait.

Le ton est devenu plus sec. « La solution est simple. Tu n'as pas fait assez d'efforts. Si tu t'y mets vraiment, je sais que tu peux m'aimer comme une épouse est censée aimer son mari. Tu vas redoubler d'efforts. Et si tout le reste foire, je veux vraiment un fils. N'oublie pas que tu es ma femme. Si tout le reste échoue, au moins tu me donneras un fils. »

Tout le restant de la matinée, après son départ pour le travail, et tout l'après-midi, je me suis occupée de Chidinma avec une indifférence qu'elle a bien dû sentir – je la surveillais, mais je m'intéressais à peine à elle.

Le soir est arrivé. Je l'ai attachée avec un tissu dans mon dos et je suis allée acheter des ingrédients manquants pour le ragoût qui aurait dû être prêt et que je n'avais pas commencé à préparer. Dehors, en chemin, le vol erratique des oiseaux dans le ciel, moineaux et trogons orange et bleu se posant sur les arbres et au bord de la route. Un petit garçon lançait une balle à un copain. Des fillettes sautaient à la corde. Une femme a interpellé un homme à moto. Les gens ressemblaient à des beignets, bien en chair, rebondis, et débordant de toute l'énergie qui me manquait tant.

« Bonsoir, madame, m'a dit Anuli, la fille de l'épicier, quand je suis entrée dans le magasin.

— Bonsoir, Anuli. »

Elle avait seize ou dix-sept ans, un joli visage, et elle était très futée, l'esprit vif, autant que la langue : elle avait toujours une remarque intelligente à partager. Sans oublier ses proverbes, à croire qu'un vieux sage s'était réincarné dans un corps de jeune fille : à tout moment, elle était prête à vous lancer une phrase édifiante.

Elle semblait m'observer. « Ah, madame, vous avez pas l'air dans votre assiette. Vous êtes malade ? »

J'ai détourné le regard, pas vraiment d'humeur à faire la conversation. Rassemblant toutes mes forces pour paraître gaie, j'ai répondu : « *Biko*, tu peux me donner des tomates et du Maggi ? »

Dans mon dos, le bébé babillait et se tortillait.

Anuli est allée à la réserve et m'a rapporté un saladier rempli de tomates. Je les ai examinées et j'en ai pris quelques-unes. Puis elle est repartie chercher une boîte de bouillon cube, qu'elle a posée sur le comptoir.

J'ai attrapé mon portefeuille et j'en ai sorti des billets.

En prenant l'argent, elle m'a dit : « Madame, quoi qu'il arrive, souvenez-vous que la lune qui décline aujourd'hui est la même qui sera pleine demain. Et même le soleil, il a beau disparaître, il reviendra toujours briller. »

J'ai esquissé un sourire. Elle me l'a renvoyé. C'était plus qu'une consolation pour moi.

De retour à la maison, j'ai préparé le ragoût, Chidinma toujours attachée dans le dos. Ensuite, je me suis installée au salon et je l'ai posée par terre. J'ai poussé la table dans le coin de la pièce pour qu'elle ne risque pas de se cogner sur les angles. Puis j'ai rassemblé quelques-uns de ses jouets et je les ai disposés autour d'elle, sur le tapis, à la place habituelle de la table.

Je suis restée là un moment à la regarder s'amuser. Enfin, je me suis assise sur le canapé pour me reposer. Elle gazouillait de plaisir en appuyant sur le bouton d'un livre qui se mettait alors à jouer de la musique, ensuite elle s'est intéressée à ses cubes, tandis que moi, je sombrais dans une série de pensées incohérentes. Son babillage et la musique du livre me berçaient et je me suis assoupie.

Je me suis réveillée dans le silence. Pas un bruit dans la pièce. Mon regard a fusé vers le tapis, vers l'espace où se trouvait la table d'habitude, à la recherche de Chidinma, mais elle n'était plus là.

Il faisait aussi noir dedans que dehors. Je suis restée un moment sur le canapé, à l'appeler.

« Chidinma ! »

Pas de réponse.

Je me suis levée et j'ai allumé. Quelle heure était-il à présent ? Chibundu était-il rentré, avait-il mangé et couché Chidinma ?

« Chibundu ? »

Pas de réponse.

J'ai voulu aller à la cuisine. C'est en me retournant que je l'ai vue, tranquillement assise près de la machine à coudre, dans l'angle du salon.

Normalement, la pelote à épingles était posée avec les bobines de fil sur la machine, loin des aiguilles. Elle avait la forme d'une aubergine : ronde, d'un jaune doré avec des rayures vertes. La queue, semblable à une brindille, était plantée au milieu. Chidinma avait réussi à grimper là-haut pour l'attraper.

À présent, elle la tenait, tout près de sa bouche, le scintillement argenté des épingles se détachant sur le tissu vert et doré de la pelote. Des fils pendaient, comme des rubans, des serpents tentateurs au charme vénéneux.

D'abord, elle ne s'est pas rendu compte que je l'observais. Et puis, pour je ne sais quelle raison, elle a levé les yeux et nos regards se sont croisés.

Je l'ai vue porter à sa bouche la pelote hérissée d'épingles, qui s'est alors déformée, et a en partie disparu.

Elle me considérait, les yeux écarquillés, des fils verts, rouges et noirs pendant autour de ses lèvres. J'ignore pourquoi je suis restée ainsi clouée sur place.

Immobile, j'ai murmuré : « Chidinma », encore, et encore.

Soudain, Chibundu est entré dans le salon, il est venu vers nous. Il m'a regardée, moi, puis elle, et les fils qui pendaient de sa bouche.

J'ignore combien de temps s'était écoulé, mais je l'ai vu secouer la tête (à cause de moi, d'elle, de la situation ?) et se diriger vers sa fille. Il lui a sorti la pelote de la bouche d'un geste brusque qui l'a surprise, peut-être blessée. Elle s'est mise à pleurer.

Il l'a prise dans ses bras pour lui faire un câlin tandis qu'il reposait la pelote sur la machine.

J'ai continué de fixer non pas Chidinma, ou Chibundu, mais la machine à coudre, tétanisée. Il y avait longtemps que je ne l'avais pas utilisée. J'étais soudain fascinée. Une bobine de fil était en place sur la broche. Les autres bien rangées dans leurs étuis, tels des médicaments dans leurs capsules, disposées autour de la machine. J'ai songé au volant. Il n'y en avait qu'un. Pas deux. Pas comme les roues d'une bicyclette. J'imaginais très bien, si j'avais dû m'en servir à l'instant, comment le mécanisme aurait fonctionné : l'aiguille au mouvement vif, montant et descendant en guise d'acquiescement. D'affirmation. Alors peut-être que oui, tout irait bien. Peut-être aussi que parfois, il n'était pas nécessaire d'avoir une seconde roue. Ou une autre personne. Une seule suffisait.

Oui, sans doute que parfois, une personne, c'était assez.

71

« Ijeoma ! » Chibundu m'appelait depuis le jardin.

J'étais assise au salon, gardant un œil sur Chidinma qui jouait avec sa poupée de chiffon et recousant l'enveloppe d'un coussin dont la couture avait lâché. C'était un samedi après-midi, juste après le déjeuner, le moment de la journée où le soleil, jouant au milieu des gros nuages boursouflés de la saison des pluies, aurait dû faire danser les ombres sur les murs, où l'averse aurait dû tambouriner sur le toit d'aluminium ondulé, comme de la musique, où tout le monde aurait dû songer à aller faire la sieste, pensée aussi douce qu'un morceau de gâteau.

Mais l'atmosphère était immobile, pas la moindre goutte de pluie. Et depuis quelque temps – plusieurs mois –, il semblait que nous soyons devenus trop sérieux pour nous accorder une sieste.

Ce jour-là, le ciel lui-même semblait trop sérieux pour laisser venir la pluie. Et pourtant, toujours pas de soleil en vue.

Chibundu était sorti longtemps avant l'heure de la sieste. En réalité, il était parti dès le début de la matinée, sans prendre la peine de dire où il allait. Et soudain, sa voix a retenti au-dehors.

« Ijeoma ! »

J'ai noué le dernier point, je me suis levée du canapé et j'ai pris dans mes bras Chidinma et sa poupée pour aller voir ce qu'il voulait.

Dehors, l'air était dense.

Non loin de là, dans l'allée, juste avant le buisson d'hibiscus, Chibundu était planté devant une 504 bleu foncé. Le ciel était couvert, mais vu l'éclat des pneus et du véhicule, on aurait pu croire que le soleil était apparu pour un instant.

Chibundu a ouvert les bras, tel un magicien qui vient de faire sa démonstration. Ou un de ces personnages de contes ainsi qu'en lisait Amina, *Ali Baba et les quarante voleurs*, ou quelque chose du même genre. Sa posture semblait dire : abracadabra.

« Qu'est-ce que c'est ? ai-je demandé.

— Comment ça, qu'est-ce que c'est ? Tu ne vois pas que c'est une voiture ? Je nous ai trouvé une voiture ! Qu'est-ce que tu en penses ? Tu imagines ? Maintenant, on a notre propre voiture ! Tu vois comment je m'assure que tu as tout le nécessaire ? Comment je fais tout mon possible pour que tu mènes une vie confortable ? Tu n'as plus besoin de marcher si tu n'en as pas envie ! Ni de prendre le bus ou le taxi ! Maintenant, on a notre voiture à nous ! »

J'ai souri.

« Attends, il y a autre chose. » Il est passé derrière, a ouvert le coffre avec une clé et en a sorti une très belle voiture rouge pour enfant, à mi-chemin entre la Jeep et la Land Rover. C'était le genre de jouet assez grand pour que l'enfant puisse s'asseoir à l'intérieur et conduire : les pneus, les portières, même le pare-brise, tout avait l'air vrai, sinon que le matériau était du plastique. Il y avait en haut une large ouverture, trop grande pour être un toit ouvrant, trop petite pour que l'auto puisse être qualifiée de décapotable.

Chibundu l'a posée par terre devant lui, avec un grand sourire espiègle.

« Voilà ce dont on a *vraiment* besoin ! Un porte-bonheur ! Pour faire venir notre petit garçon. »

J'ai posé Chidinma, qui est restée debout à mes côtés, sa petite main dans la mienne. Elle avait presque un an et elle apprenait à marcher – un pied hésitant posé avec soin devant l'autre, comme un vieillard sans canne.

Il n'était pas difficile de l'imaginer au volant de cette voiture miniature, avançant à côté de moi lorsque je me rendrais à l'épicerie du père d'Anuli, ou dans les autres boutiques du voisinage.

Elle a lâché ma main pour s'approcher du jouet, s'est penchée dessus, a posé ses menottes sur la carrosserie rouge. Chibundu était retourné vers le modèle grandeur nature, il ne nous regardait plus car il nettoyait quelque chose – la poussière de la route, sans doute – sur la portière du conducteur.

J'ai laissé faire Chidinma et me suis retournée pour aller m'asseoir sur les marches de la véranda et la regarder s'amuser. Quand Chibundu aurait fini, il pourrait lui expliquer comment s'en servir. Ce serait un beau moment de complicité entre eux.

Soudain, Chibundu s'est écrié, d'une voix forte et pleine de réprimande : « *Oya*, Ijeoma, viens tout de suite chercher ta fille ! Si elle s'imagine qu'elle peut toucher à cette voiture, elle se trompe ! Ijeoma, tu m'entends ? Viens la chercher avant qu'elle ne se mette des idées stupides en tête. »

Chibundu avait pris Chidinma par la main et l'emmenait loin du jouet en secouant la tête et en la grondant.

« C'est pour ton frère, pas pour toi. Même là-bas, au

pays des enfants à naître, il va voir comme on a envie qu'il vienne, comme je prépare tout pour lui, et alors il viendra. »

Je me suis précipitée pour prendre Chidinma dans mes bras.

Chibundu a levé les yeux. « Notre fils viendra. C'est certain. » Et à nouveau, son visage s'est fendu d'un large sourire.

Ce soir-là, au lit, il a enroulé ses bras autour de moi et, au moment où je croyais qu'il s'était endormi, il m'a attirée contre lui. J'ai gardé les paupières bien fermées et feint le sommeil. Lèvres entrouvertes, j'ai laissé échapper un petit bruit, semblable à un ronflement. De temps à autre, je feignais de respirer avec difficulté, pour donner cette impression de ronflement intérieur des personnes profondément assoupies.

Au bout d'un moment, la pression de ses bras s'est relâchée et, peu après, j'ai entendu le bruit tranquille de ses propres ronflements.

72

Nous étions au lit de nouveau. Les lumières étaient éteintes. Chibundu venait de se coucher à côté de moi. Il a dit : « Tu crois que je ne sais pas que tu es réveillée ? »

Je n'ai pas bronché et j'ai continué à feindre le sommeil.

Il m'a tiré les cheveux.

« Chibundu, arrête ! ai-je crié.

— “Chibundu, arrête” quoi ?

— J'essaie de dormir. Laisse-moi tranquille.

— Tu dormiras quand on aura fini. »

Je me suis éloignée de lui, jusqu'au bord du lit. Un instant plus tard, je l'ai senti se lever. J'ai écouté le bruit de ses pas. Le déclic de l'interrupteur. Un flot de lumière a envahi la pièce.

Complètement immobile sur le lit, j'ai entendu un froissement qui ne pouvait provenir que de lui. J'ai compris qu'il contournait le lit et ouvert les yeux pour le trouver planté devant moi, son portefeuille et des billets à la main.

« *Ngwa*, dis-moi combien tu veux. Combien il te faut pour faire ça ce soir ?

— Chibundu ! me suis-je exclamée.

— Dis-moi, si ça ne te suffit pas que je sois ton mari, alors peut-être que je peux te payer pour le faire ?

— Chibundu, arrête ! Je ne suis pas une prostituée ! »

Il a éclaté de rire. « Tu n'es pas une prostituée ! Tu en es sûre ? Tu n'es pas une prostituée ? Dans ce cas, pourquoi est-ce que je dois me battre pour coucher avec toi ? Tu dois bien être une prostituée. Tu dois faire ça avec quelqu'un d'autre, c'est pour ça qu'il ne reste rien pour moi. »

Je l'ai ignoré.

Il s'est avancé plus encore. Je sentais sa présence au-dessus de moi. Il m'a jeté au visage les billets, qui se sont éparpillés autour de moi, sur le lit, par terre.

Il a plongé à nouveau la main dans son portefeuille. Cette fois, il a pris une poignée de *kobo* et me les a lancées à la figure. Les pièces sont tombées par terre dans un tintement de clochettes.

Puis il s'est planté là et m'a toisée, dans l'espoir que je réagisse. Je suis restée assise où j'étais et je lui ai renvoyé son regard avec la même intensité. Sans doute me sentais-je enchaînée à lui, enchaînée à notre vie conjugale, à cette normalité de surface. C'est ainsi que le quotidien finit par s'emparer de vous, par vous figer, vous attacher littéralement. Être mariée avec Chibundu était devenu pour moi une situation tellement naturelle, tellement familière, que même lorsqu'il s'est comporté ainsi avec moi, de si cruelle manière – en me traitant de prostituée, en me jetant de l'argent à la figure et tout le reste –, pas une fois la pensée ne m'a effleurée qu'après cela, je pouvais très bien boucler mes valises et m'en aller.

En fin de compte, il s'est lassé. Il a éteint les lumières et un peu plus tard, j'ai senti qu'il se recouchait.

73

Plus le temps passait et plus je parlais à Chidinma sans vraiment lui prêter attention.

« Ton père veut que tu aies un frère, disais-je en me frottant le ventre. Il s'appellera Chigoziem. »

Je m'exprimais d'une voix monocorde à cause de ma lassitude grandissante. J'avais beau vouloir résister, je n'y pouvais rien. Souvent, ma seule pensée consistait à me demander pendant combien de temps j'allais pouvoir tenir ainsi. Combien de temps survivrais-je, mariée à Chibundu ? J'étais convaincue que plus je resterais, plus je m'éteindrais. Intérieurement, je mourais à petit feu. Mais alors qui allait prendre soin de Chidinma ? Qui s'occuperait d'elle si je devenais une zombie ?

Assise dans la baignoire, elle regardait mes mains monter et descendre sur mon ventre. Elle se contentait d'observer tranquillement, ses menottes bien accrochées au rebord de la baignoire.

Depuis quelque temps apparaissait sur son visage une expression de peur – celle d'une enfant qui craint d'être abandonnée, rejetée par ceux qui justement devraient l'aimer le plus. Ou bien était-ce le fruit de mon imagination. Elle semblait avoir compris qu'elle avait été placée entre les mains d'une mère aussi tiède que l'eau de son bain.

J'ai fait mousser le gant de toilette après l'avoir trempé dans l'eau. Puis je l'ai essoré au-dessus de la tête de Chidinma, et l'eau s'est écoulée sur elle, comme de la pluie.

« Chigoziem », ai-je dit. Ses yeux se sont posés sur mon ventre. Elle a fait la moue, et j'ai eu l'impression qu'elle fronçait les sourcils en me regardant.

« Qui est-ce qui est là ? ai-je demandé.

— Chi-do-dem », a-t-elle murmuré.

Je me suis penchée vers elle pour embrasser sa tête et ses petites boucles noires.

74

Par la porte et les fenêtres ouvertes on entendait un chien aboyer au-dehors, un peu plus loin dans la rue. En alternance avec les jappements, des enfants qui parlaient, riaient, criaient. Le jour devenait crépuscule.

Une nouvelle coupure de courant s'était produite – la NEPA était de moins en moins fiable. Comme c'en devenait l'habitude, j'avais poussé la table du salon dans le coin pour que Chidinma puisse jouer sur le tapis. Sur la table, une bougie perchée sur une boîte de conserve, flamme vacillante éclairant la pièce de sa lueur. Nous avions déjà dîné et Chibundu était sorti avec des collègues de travail. Cela lui arrivait de plus en plus fréquemment, puis il rentrait et se glissait au lit.

Chidinma s'est levée. Elle était assise là depuis une demi-heure, jouant non pas avec sa poupée de chiffon mais avec une petite poupée en plastique sans vêtements. Elle avait tiré dessus dans tous les sens et déboîté bras et jambes, si bien qu'il ne restait plus qu'un tronc et une tête avec une épaisse crinière de cheveux artificiels.

Bien plantée sur ses petites jambes, tenant la poupée par les cheveux, elle s'est avancée vers moi d'un pas hasardeux, tremblant telle la flamme de la bougie, la tête de la poupée se balançant dans sa main.

Quand elle est arrivée devant moi, elle a lâché la poupée qui est tombée par terre. Elle m'a alors tendu les bras et sur ses lèvres s'est formé le mot « maman », sa manière à elle de demander que je la prenne. Je me suis penchée et je l'ai attrapée pour la poser sur mes genoux.

Une chanson m'est venue en tête.

Nkita Chikwendu
Tagburu Chikwendu
Ebe ha na'azo anu.
Ha hapu Chikwendu
Kwoba nkita oria.
O di kwa mu wonder.

L'histoire a suivi. J'ai repensé à tous les détails, à la manière dont papa me la racontait :

Il était une fois un petit garçon nommé Chikwendu, il était orphelin et n'avait pas de maison, mais il avait réussi à se trouver un très joli petit chien pour compagnon, qui toujours restait à ses côtés. Ils jouaient ensemble toute la journée, et la nuit, on pouvait voir Chikwendu partager sa couche avec l'animal.

Un jour, venant d'un lointain village, un étranger à la beauté ombrageuse traversa le village de Chikwendu. Il transportait sur sa tête un panier rempli de viande rôtie. Chikwendu n'avait rien mangé de tout le jour et, assis au bord du chemin, il mendiait aux passants quelque chose à se mettre sous la dent.

De l'autre côté de la route, l'étranger avisa Chikwendu, torse nu, avec son pantalon usé, n'ayant que la peau sur les os. Aussitôt, il songea : comme cet enfant doit avoir faim. Il eut pitié de lui, alors il vint voir Chikwendu et son chien. Là, il prit le panier sur sa tête et en tira un petit bout de viande rôtie que le garçon accepta avec ravissement. C'était vraiment un minuscule morceau, mais il en fut reconnaissant malgré tout. Il se releva et remercia l'étranger avec toute la ferveur dont il était capable.

L'étranger se remit en marche et Chikwendu se rassit par terre en commençant à manger. À côté de lui, le chien grondait doucement d'un bruit de gorge léger, à peine perceptible.

Ce n'était pas que Chikwendu ne voulût pas en donner à son chien. Il avait toujours pris garde à partager toute sa nourriture avec lui. Mais cette fois, le morceau de viande était si petit que le garçon ne voyait pas comment il aurait pu en couper un bout pour son compagnon et il s'autorisa à tout manger. La prochaine fois, se promit-il à lui-même, il laisserait tout au chien.

Hélas, l'animal ne pouvait lire dans ses pensées. Et au moment où Chikwendu engloutissait la dernière bouchée, l'animal se jeta sur lui. Ainsi débuta le combat. Une entaille ici, une autre là. Jappements et grondements, crocs plantés dans la chair. Les corps qui dégringolent et roulent sur le bord du chemin de terre. Parfois, Chikwendu avait le dessus, parfois, c'était le chien. Le garçon hurlait, hurlait, le chien jappait, jappait, et ce vacarme ameuta les villageois. À la fin, une foule rassemblée encerclait Chikwendu et son chien, qui gisaient à terre, désormais immobiles, à bout de forces et de vie, couverts de sang. Sur le sol demeurait un minuscule fragment de viande rôtie, dégageant toujours un arôme aussi puissant.

Peut-être cette odeur avait-elle eu sur les villageois le même effet que sur le chien. Peut-être ce délicieux fumet avait-il rendu fous les habitants, car soudain ils s'approchèrent, mais au lieu de s'occuper de l'enfant, ils se mirent à genoux pour soigner le chien. Plutôt que de panser les blessures du garçon, ou tout au moins des deux protagonistes, ils s'assemblèrent tous autour de l'animal qu'ils frottèrent de leurs onguents et enveloppèrent de cataplasmes. Ils continuèrent à lui prodiguer des soins et laissèrent Chikwendu mourir au bord de la route.

Chidinma était trop petite pour comprendre, mais dès que je suis arrivée au terme de mon récit, elle m'a regardée, l'air effrayée. Toujours assise dans son bain, elle braquait sur moi ses yeux remplis de peur.

J'ai conclu en chantant de nouveau la comptine, ainsi que papa le faisait pour moi :

Le chien de Chikwendu l'a mordu
Tandis qu'ils se battaient
Pour une bouchée de viande.
Les gens soignèrent le chien
Et laissèrent Chikwendu.
C'est vraiment stupéfiant.

75

Je me suis assise sur un tabouret humide près de la baignoire pour rincer le savon sur la peau et les cheveux de Chidinma.

Une autre histoire :

La mère d'Obaludo était commerçante et elle savait bien que, les jours de marché, les esprits quittaient leur monde pour se livrer eux aussi à leur propre commerce. Ces jours-là, elle prenait donc garde de laisser à ses trois filles assez de nourriture et toutes les instructions nécessaires pour se préparer à manger et ne pas avoir besoin de sortir de la maison, car les petites risquaient alors de rencontrer des esprits, or il est notoire que les esprits peuvent infliger aux enfants toutes sortes de tourments.

Ce jour-là, la mère d'Obaludo leur avait laissé des escargots et une petite igname. « Les escargots donnent du jus, il faut donc cuire l'igname en premier, sans quoi le jus des escargots éteindra le feu. »

Elle prit soin de bien leur répéter les consignes, surtout en pensant à Obaludo qui était très belle et éveillait la jalousie chez bien des gens du village comme parmi les esprits.

Enfin, la mère d'Obaludo s'en fut.

Les heures s'écoulèrent et vint enfin le moment de dîner. Les filles se mirent à cuisiner, mais elles oublièrent les conseils de leur mère. Elles commencèrent par cuire les escargots au lieu de l'igname. Les escargots étaient à peine cuits que le feu s'éteignit, noyé. Alors elles se souvinrent des paroles de leur mère. Hélas, il était trop tard.

La mère ne devait pas rentrer avant plusieurs heures. Elles avaient faim et la pensée de devoir attendre si longtemps était pour elles une vraie torture. Elles étaient d'accord, elles n'avaient pas le choix : elles devaient partir à la recherche du feu.

Elles se battirent pour savoir qui irait.

Les deux cadettes décidèrent qu'il valait mieux envoyer l'aînée. *Nwaegbe*, supplièrent-elles, *s'il te plaît, va nous chercher du feu.*

Elle refusa.

Elles la supplièrent à nouveau : *Grande sœur, s'il te plaît, va nous chercher du feu.*

À nouveau, elle refusa.

L'aînée et la cadette discutèrent et arrivèrent à la conclusion que la deuxième sœur, Nwaugo, irait chercher du feu. Elles lui présentèrent leur demande. La supplièrent : *Nwaugo, s'il te plaît, va nous chercher du feu.*

Mais comme Nwaegbe, Nwaugo refusa.

Sachant qu'elle ne pouvait se tourner vers personne d'autre – il ne restait plus qu'elle, et elles mouraient de faim –, Obaludo décida d'aller elle-même chercher du feu.

Au début, la route était déserte. Obaludo commençait à songer qu'elle parviendrait à mener à bien sa mission sans encombre quand, ainsi que l'avait prédit sa mère, elle rencontra un esprit.

L'esprit commença : « *Tunya !* »

Obaludo répondit : « *Tunya* à vous aussi ! »

L'esprit reprit : « *Tunke !* »

Obaludo répondit : « *Tunke* à vous aussi ! »

L'échange se poursuivit un moment de la sorte. Obaludo ne pouvait le savoir, mais pendant qu'ils échangeaient ces mots, l'esprit aspirait sa beauté pour l'échanger contre sa propre laideur.

J'ai chanté doucement la chanson en baignant Chidinma :

Obaludo, Obaludo, Nwa oma
Obaludo
Obaludo, Obaludo, Nwa oma
Obaludo
Nne anyi nyele anyi gi na ejuna,
Obaludo
Si ayi bulu uzo ho nwa gianyi
Na ejuna ga emenyula anyi oku
Obaludo
Anyi bulu uzo ho nwa ejuna
Obaludo
Ejuna emenyusiala anyi oku
Obaludo…

Belle enfant, Obaludo
Belle enfant, Obaludo,
Notre mère nous a laissé igname et escargots,
Elle a dit : cuisez d'abord l'igname,
Les escargots noieront le feu,
Mais nous n'avons pas obéi, nous avons cuit les escargots,
Et le feu fut noyé,
Obaludo…

Arrivée à la moitié de la chanson, j'ai entendu une porte s'ouvrir quelque part. J'ai songé que c'était le vent qui agitait la porte. Et puis je n'y ai plus pensé.

Je n'ai distingué aucun bruit de pas, mais en me retournant, j'ai vu Chibundu appuyé au montant de la porte de la salle de bains, qui nous regardait avec une infinie tristesse. Aujourd'hui je ne peux m'empêcher de penser que peut-être Jésus avait la même expression en contemplant le monde du haut de sa croix. *E'li, E'li, la'ma sa bach tha'ni ?* Mon Dieu, mon Dieu, pourquoi m'as-tu abandonné ?

Ou peut-être tout simplement, selon Jean : *J'ai soif.*

76

Je ne perdrai pas de temps à expliquer pourquoi, après avoir vu Chibundu ainsi appuyé contre la porte, j'ai cédé, et à mon tour mis tout en œuvre pour lui donner un fils. D'où vient Dieu ? Qu'y avait-il avant Lui ? Quel est le sens de la vie ? Pourquoi suis-je ici ? Où vais-je ?

Il est des choses qui ne s'expliquent pas facilement.

Tout ce que vous devez savoir, c'est qu'en le voyant ainsi à la porte, j'ai renoncé. J'ai cessé de feindre le sommeil. De le repousser la nuit. J'ai décidé de tomber enceinte à nouveau. Comme si cela garantissait que l'enfant serait le garçon dont Chibundu rêvait tant, et à cause duquel je me sentais prisonnière. Et je priais pour qu'il en soit ainsi, je priais assez pour deux, pour dix. Si seulement je lui donnais un fils, alors peut-être ne serais-je plus soumise au devoir conjugal. Peut-être serais-je libérée de la captivité du mariage. Pourvu que ce bébé vienne vite, et surtout, pourvu que ce soit un garçon. Seigneur, je Vous en supplie, demandais-je.

Et à cette époque de l'année où l'harmattan s'impose une fois de plus à la saison sèche, je suis tombée enceinte.

Je ne perdrai pas plus de temps à expliquer pourquoi j'ai cédé à Chibundu qu'à raconter ma grossesse en détail. Non, j'irai directement du point A au point Z en disant que je portais le bébé depuis à peine trois mois quand je l'ai perdu.

Voilà comment les choses se sont passées : un soir, au salon, en prenant Chidinma dans mes bras, j'ai ressenti une douleur. Je me suis arrêtée net dans mon mouvement, laissant Chidinma suspendue entre mes mains, car je craignais qu'en poursuivant, la situation ne s'aggrave.

J'ai attendu, mais la douleur a persisté. J'ai reposé Chidinma. Il était encore tôt et j'ai pensé : Chibundu n'est pas rentré. Puis : mon Dieu, je Vous en prie, faites qu'il soit là assez vite pour récupérer de son bébé ce qui peut encore l'être. Je n'étais enceinte que de trois mois, mais j'imaginais déjà un petit garçon avec les traits de son père. Il aurait ses yeux en forme de noix dika, son petit nez, ses lèvres – cette moue épaisse qu'il faisait quand il était contrarié, alors on aurait cru deux mille-pattes. Il ressemblerait à Chibundu de tant de manières. Mais il ne porterait pas en lui cette colère accumulée, et par sa simple naissance, il dissiperait cette colère en son père.

Nous étions toujours au beau milieu du salon, je tenais la petite main de Chidinma. La douleur s'intensifiait, elle gagnait en puissance de manière exponentielle. Soudain, sortant de nulle part, un spasme, et par réflexe, j'ai serré la menotte de Chidinma. Elle s'est mise à pleurer. Que pouvais-je y faire ? Je l'ai simplement écoutée sangloter, comme si j'étais au fond d'un long tunnel, comme on écoute l'écho d'une chose plutôt que la chose elle-même.

J'ai pensé : qu'il vienne vite récupérer son bébé tant qu'il en reste encore quelque chose.

J'ai mis un pied devant l'autre, mais soudain je me suis sentie vidée : c'était le contraire d'une aspiration, on aurait dit qu'on avait retiré un bouchon. J'ai regardé par terre, et j'ai vu une mare de sang, masse sanguinolente sur le sol. Puis une forte odeur de chair fraîche a tout envahi, saturant la pièce, menaçant même l'air dans mes poumons. Aujourd'hui encore je revois la scène : Chidinma debout à côté de moi en larmes, perdue dans la flaque grumeleuse du sang de sa mère.

Après, tout s'est assombri. Tout est devenu noir.

Je me suis réveillée, le visage de Chibundu penché au-dessus de moi. Il me caressait le front en disant que tout irait bien. Il portait Chidinma dans ses bras.

Mon lit était placé près d'une fenêtre. Le soleil se couchait sur l'hôpital, des nuages violets s'épanouissaient dans des flots de gris, telles des ecchymoses sur une peau blême.

Depuis combien de temps étais-je là ? Des heures ? Des jours ?

Chibundu continuait à me caresser la tête. Quand il a vu que j'étais réveillée, il a dit : « Les médecins vont te remettre sur pied. À cent pour cent. Ils disent qu'on va pouvoir essayer à nouveau. » Il a installé Chidinma sur son autre hanche pour s'approcher plus près de mon oreille et m'a répété comme c'était devenu l'habitude : « Si l'homme qui revient sans manioc des champs est un vrai fermier, il retournera aux champs et accomplira le travail nécessaire pour un jour rapporter du manioc dans son panier. »

Ces paroles m'ont donné le vertige. Elles semblaient

tourbillonner autour de moi, me causant une angoisse si profonde que j'avais du mal à respirer.

Après ma fausse couche, Chibundu s'est mis à passer tout son temps dehors sur la véranda, à dépoussiérer, à astiquer sa petite voiture porte-bonheur tout en menant de longues conversations avec elle. À croire qu'il voulait la raisonner, la persuader de faire un effort : à quoi sert un porte-bonheur s'il échoue dans sa mission ? Son attitude trahissait sa déception.

Selon moi, s'il acceptait l'échec de son porte-bonheur, alors peut-être n'aurait-il d'autre choix que de me laisser en paix. De toute façon, n'était-ce pas dans la nature des gens, après avoir été obsédés si longtemps par quelque chose, de le lâcher pour passer à autre chose ? Quels que soient nos efforts pour atteindre un objectif, quand nos tentatives répétées s'avèrent toutes vaines, tôt ou tard il est parfaitement sensé d'abandonner ce projet pour un nouveau.

Enfin, peut-être.

Pour la énième fois, je suis sortie dans le jardin pour appeler Chibundu, et bien entendu je l'ai trouvé avec la petite voiture.

Chidinma était avec moi. Elle avait à présent compris que ce jouet n'était pas pour elle. Elle savait sans doute aussi désormais que bien des choses pouvaient être reprises, sitôt données. Y compris l'affection d'une mère. Elle se tenait à mes côtés, toute raide, sans s'approcher de la voiture.

Le week-end précédent, Chibundu avait invité Somto, un petit voisin d'environ quatre ou cinq ans, à essayer l'engin. Chidinma et moi, nous étions sorties pour découvrir le garçon recroquevillé sur le siège du conducteur, ses genoux montant jusqu'au volant car il avait les jambes trop longues.

Pourtant, il avançait, et Chibundu le suivait en applaudissant. Finalement, il a soulevé le garçon par le toit et l'a reposé par terre en lui tapotant la tête. L'enfant l'a attrapé par les jambes pour le serrer contre lui, rempli de gratitude car il lui avait permis contre toute attente de conduire la petite voiture.

Une semaine après cet incident avec Somto, Chibundu a apporté la petite voiture dans le jardin.

En me regardant, il a dit : « C'était une erreur de ma part de ne pas partager ça avec notre fille. À quoi ai-je pensé ? Comment ai-je pu être aussi bête ? Si seulement j'avais accepté de la partager avec elle, ça nous aurait sans doute porté chance. C'est vrai, elle aurait été sa sœur, et les frères et sœurs sont censés partager leurs jouets. »

Il n'avait pas cessé de me regarder. J'ai eu envie de lui dire que rien ne prouvait qu'il s'agissait d'un garçon. À trois mois de grossesse, c'était encore trop tôt pour savoir.

Ses yeux se sont posés sur Chidinma.

« Viens là », lui a-t-il dit.

Chidinma n'a pas bougé.

« Viens », a-t-il répété, et cette fois il est venu la chercher, l'a prise dans ses bras et l'a installée sur le siège du conducteur.

Tandis qu'il lui expliquait comment s'y prendre, plaçait ses mains et ses pieds de la manière adéquate, j'observais le visage de Chidinma, à la recherche d'une manifestation de plaisir, puisqu'on lui permettait enfin de faire ce que naguère elle avait souhaité.

Mais sur ses traits, aucune trace de bonheur. Elle

se tenait très raide, effrayée, une main réticente sur le volant, l'autre tirant avec nervosité sur une des barrettes en plastique qui ornaient le bout de ses tresses.

Enfin, la voiture s'est mise en route, mais seulement parce que Chibundu la poussait. Bébé Chidinma était partie, agrippée au volant, avançant dans cette auto miniature qui ne lui avait jamais été destinée.

Pas la moindre expression de plaisir en elle.

Plus tard ce soir-là, elle s'est recroquevillée sur elle-même dans son lit, comme si elle voulait disparaître. Les yeux grands ouverts, elle me regardait fixement, plongée dans une sorte de contemplation.

Les minutes sont passées et enfin, avec une espèce de mutisme désespérant, elle a laissé échapper un soupir. Je l'ai vue se détourner de moi. À cet instant, mes paupières se sont transformées en essuie-glaces. J'essayais de chasser de mon esprit l'instant où elle s'était désintéressée de moi. J'ai cligné, cligné, cligné encore. Hélas, impossible d'effacer cette image.

77

D'après la légende, les enfants devenus esprits, las de flotter sans but entre le monde des vivants et celui des morts, aiment à se rassembler au-dessus des udalas, ces arbres qui portent les pommes étoiles blanches. En échange de cet asile, ils accordent une fertilité exceptionnelle à toute femme ou fille qui passe un moment sous l'un de ces udalas. Ils lui donnent des fils et des filles autant que son cœur en désire.

À Ojoto, bien avant la guerre, une de mes camarades de classe m'avait raconté cette légende, c'était une petite fille dodue aux yeux brillants, dont la tête ressemblait à une miche de pain aplatie. Le haut de son front était barré d'une cicatrice horizontale. Les enfants de l'école murmuraient que, quand elle était bébé, elle était tombée de la fenêtre du deuxième étage, chez ses parents. Mais jamais personne n'avait osé lui poser la question. Et nul n'a jamais rien su. Elle s'appelait Osita.

Par un après-midi paresseux, nous étions assises sur les marches de la classe au cours de la récréation de l'après-midi, quand elle m'a suppliée de l'accompagner après l'école jusqu'au bois où poussaient les pommes étoiles blanches, non loin de là. Nous devions avoir huit ou neuf ans à l'époque.

Nous avons préparé le sol pour nous asseoir sous les udalas, deux piles de feuilles côte à côte, puis nous nous sommes installées.

« Il ne faut pas bouger avant d'avoir compté jusqu'à cent, a déclaré Osita.

— Pourquoi cent ?

— Parce que ça fait beaucoup de temps à passer sous un arbre. Et là, on sera sûres de recevoir toutes les bénédictions possibles des enfants esprits, jusqu'à la dernière goutte. Pas comme quand on boit un soda et qu'il en reste un peu au fond de la bouteille. Là, on aura vraiment tout jusqu'à la dernière goutte. »

Elle a commencé à compter avec une lenteur insupportable, à croire que chaque nombre était de la farine et qu'elle les mesurait, les passait petit à petit au tamis. Un… deux… trois…

Neuf ans, ce n'était pas trop tôt pour commencer à se préparer, disait-elle. Tôt ou tard, on serait des épouses, et en tant qu'épouses, on avait l'obligation d'être fertiles, de donner des enfants à notre mari, surtout des fils, car c'est eux qui transmettaient le nom de famille.

Je l'ai accompagnée jusqu'au bout, même si mon esprit n'était pas prêt à franchir le fossé qui sépare la légende de la réalité. Pour moi, la légende, cela revenait un peu à formuler un vœu : on pouvait toujours rêver qu'il se réaliserait.

La dernière nuit que j'ai passée sous le toit de Chibundu, j'ai rêvé des udalas.

Dans mon rêve, Chidinma était vêtue d'une robe jaune au bustier orné de sequins et agrémentée d'un ourlet de dentelle. Dans ses cheveux, un ruban, que le vent agitait doucement. Autour d'elle, un cercle de pierres grises et beiges, de grosses pierres de la taille de blocs de ciment. Sur chacune des pierres, une grande bougie blanche, sept ou huit au total, leur flamme bleu, orange et jaune oscillant de-ci de-là dans la nuit.

Ses traits étaient tristes et mélancoliques, son teint pâle.

Elle était debout sous un udala bien plus grand et fertile que je n'en avais jamais vu. Il était constellé de fruits, d'un orange plus vif que de coutume. Ses feuilles d'un vert sombre luisaient dans la lueur des bougies.

D'autres arbres flanquaient le sentier menant jusque-là : palmiers, irokos, anacardiers et bananiers. Derrière Chidinma, le chemin semblait continuer vers un lac, pour aller se perdre en un point de fuite, quelque part dans le lointain horizon bleu-noir. La lune, voilée de nuages, se montrait juste assez pour ourler d'argent et de lumière l'extrémité des arbres.

Vers le bout du sentier, avant que la terre ne le cède à l'eau, brûlaient d'autres bougies.

Je me suis approchée de Chidinma avec horreur, et j'ai soudain réalisé que ses pieds ne touchaient pas terre, tel un fantôme flottant au-dessus du sol. Comment était-ce possible ? J'ai levé les yeux pour comprendre. J'ai alors distingué une corde tendue, descendant depuis l'arbre jusqu'à un nœud coulant passé autour de son cou. Au premier abord, je ne l'avais pas vue, mais à présent elle se détachait nettement, depuis la branche jusqu'à Chidinma, mon enfant suspendue.

J'ai voulu courir vers elle, mais mes jambes étaient lourdes, à croire que je m'enlisais dans la vase. J'ai rassemblé mes forces pour avancer, sans la quitter des yeux. Enfin, elle m'a regardée. Elle avait comme souvent cet air inexpressif, et puis ses lèvres ont esquissé un sourire, quelque chose de sinistre que je n'avais jamais vu.

Dans sa main un livre est apparu. La bible de papa

– cette petite bible d'autrefois, reliée de cuir noir, aux pages jaunies. Ainsi pendue à l'arbre, elle a commencé à lire la Bible. J'écoutais les mots qu'elle prononçait, mais je ne comprenais pas leur sens.

Je suis arrivée trop tard. Quand je l'ai enfin atteinte, ses yeux s'étaient fermés. Sa peau était encore tiède, mais le froid la gagnait.

Un nouveau rêve a suivi, où j'ai vu Chidinma adulte : c'était une belle femme au teint d'un brun riche, aux lèvres pulpeuses et au regard vif. Elle était assise dehors, dans une cour pleine d'udalas, un enfant dans les bras.

Tout autour, le bruit des hélicoptères et des bombardiers, le son assourdi de gens qui courent, d'objets qui s'écrasent par terre. Le fracas de la guerre.

De là où j'étais, j'ai hurlé à Chidinma de se lever en vitesse pour aller se mettre à l'abri dans le bunker. Il faisait nuit, tout était sombre en dehors de la pleine lune. « Chidinma, viens ! » ai-je crié. Elle a levé les yeux, et nos regards se sont croisés. Ses prunelles luisaient dans les ténèbres, folles de colère.

C'est alors que l'enfant dans ses bras a commencé à s'étouffer. Chidinma l'a regardé. Rien de plus. J'aurais pu lui porter assistance, mais il semblait y avoir une barrière invisible entre moi et la scène à laquelle j'assistais. Je ne pouvais pas plus attraper Chidinma pour l'emmener au bunker que je ne pouvais aider cet enfant en détresse.

Car entre ses bras, il suffoquait toujours, puis il a porté ses mains à son cou, et ses yeux suppliants se sont tournés vers Chidinma. Son visage semblait gonfler. Étouffement, supplication. Mais Chidinma continuait de le regarder sans réagir. Elle ne tentait pas de l'aider.

Parfois, c'est ainsi que se dessinent les décisions : à l'issue d'une série de rêves, de soudaines prises de conscience. Imaginez un murmure, un bruit qui émerge des lointains. Ce n'est pas encore très distinct, mais les minutes passent et le bruit grandit : *quonk, quonk, quonk*, enfin vous levez les yeux et vous découvrez une volée d'oies en formation, un V parfait au-dessus de vous dans le ciel.

Je me suis réveillée en sursaut, trempée de sueur, suffoquant, en proie à la panique. Je n'avais plus l'impression d'être à la maison, ni même dans mon lit. J'ai regardé autour de moi sans comprendre, en essayant de reconnaître l'endroit où je me trouvais. C'est là que j'ai compris : Chidinma et moi, toutes les deux, nous étouffions sous le poids de quelque chose qui nous écrasait, quelque chose de lourd, de pesant, la pression de la tradition, des superstitions, de toutes nos légendes.

La pièce a repris forme autour de moi : les draps à fleurs, la table de chevet en bois, l'armoire dont le miroir me renvoyait mon reflet. Les rideaux sombres aux fenêtres. Chibundu à côté de moi.

Je me suis redressée et j'ai posé les pieds par terre. La solution à mon problème était claire. Pourquoi avais-je tant tardé à agir ? Parfois, la vie vous embarque dans une certaine direction, alors on se met à croire que notre destinée ne nous appartient plus.

Les pleurs de Chidinma ont soudain résonné à mes oreilles. Mais la porte de la chambre était fermée, et si elle avait réellement pleuré, je n'aurais pas pu l'entendre. Pourtant, ses cris résonnaient.

Chibundu dormait de son côté du lit, ses ronflements se réverbéraient à travers la pièce comme un roulement de tambour. Je me suis levée et j'ai rassemblé en hâte quelques affaires dans un sac, en prenant bien soin de ne pas le réveiller. J'ai quitté la pièce sur la pointe des pieds, mon bagage avec moi. Je suis allée droit à la chambre de Chidinma.

Lorsque je suis entrée, elle dormait, et puis elle a ouvert les yeux, s'est un peu tortillée, j'ai respiré son odeur familière de talc parfumé, douce et suave, ressemblant un peu à l'encens. Je l'ai prise contre moi et serrée sur ma poitrine avec un tissu que j'ai attaché sur mon épaule.

Nous avons ainsi quitté sa chambre, puis le salon, puis la maison.

Dehors, l'obscurité m'a enveloppée de sa grâce. Les feuilles bruissaient sous la brise, le long de la route ; près d'un petit abri, une femme versait un seau d'eau savonneuse. Un homme balayait la terrasse devant sa remise.

À la station de taxis, le chef de station vêtu d'un *agbada* et d'un *sokoto* bleu et noir m'a dirigée vers une voiture. J'étais venue à pied en berçant Chidinma dans mes bras.

Dans le taxi qui démarrait, j'ai songé une fois encore à cette manière qu'a la vie de nous faire prendre de longs détours. Mais peut-être que longs ou courts, ça n'a pas d'importance, du moment qu'on trouve finalement notre place à l'endroit qui nous convient.

Le taxi m'a déposée non loin de chez maman. Au sommet de la colline, une lumière brillait tel un phare.

J'ignorais ce que je dirais en arrivant à la barrière, une fois dans le jardin, ou quand je frapperais à la porte et que maman m'ouvrirait. Peut-être que j'évoquerais le désir d'être seule, comme elle. De ne plus vouloir être liée à personne, à part à ceux que j'avais choisis.

J'ai traversé une clairière semée de mousse verte par endroits. Puis je suis passée près d'un grand iroko. Autour du tronc tournait un poulet avec des taches rouges sur la tête.

Je me suis arrêtée juste avant d'arriver chez maman. Au bord de la route, à côté de moi, une souche d'arbre. Je m'y suis assise. J'ai prié en silence pour demander à Dieu de me pardonner d'avoir déserté mon mariage. J'ai prié pendant quelques secondes, quelques minutes, peut-être quelques heures.

Enfin je me suis relevée et, retrouvant courage et ambition, j'ai épousseté mes vêtements pour me débarrasser de la poussière de la route, frottant avec ferveur, à croire que je voulais recommencer ma vie.

ÉPILOGUE

Aba, État d'Abia
13 janvier 2014

Dans l'histoire d'une vie remplie de rêves, on trouve toujours davantage de rêves. De temps en temps, Amina me rend encore visite la nuit. Il y a trois rêves en particulier. Chacun revient à son tour, et ils se succèdent, telle une habitude récurrente.

Dans le premier, je suis revenue à Oraifite, avec Amina, à l'école. La visite a lieu le soir. Je descends du bus et je vais jusqu'à la rivière. Le soleil se couche, fait étinceler les eaux. Je retrouve cet endroit où nous nous étions assises autrefois, alors je prends une poignée de sable et je regarde les grains qui s'écoulent entre mes doigts, comme Amina il y a si longtemps.

Voilà le premier rêve.

Dans le deuxième rêve, je marche jusqu'à la maison du professeur. L'endroit est à l'abandon depuis longtemps, mais j'y vais quand même, je traverse le jardin parmi les hautes herbes qui ont envahi l'allée menant de la barrière jusqu'à la porte d'entrée. Des plantes fracturent le ciment, l'anéantissent.

J'entre, je traverse la maison, et par la cuisine je rejoins le jardin de derrière. Un peu plus loin, j'aperçois notre vieil abri et tout près de là, le robinet, ce robinet d'argent qui miroitait dans le soleil. La rouille l'a entièrement rongé sur toute sa longueur. Les sauterelles en liberté bondissent autour.

Je m'approche du robinet, juste de quelques pas, et soudain, Amina est là, exactement à l'image d'autrefois, transportant un seau d'eau.

Je cours vers elle, je la serre dans mes bras, bien qu'elle tienne toujours son seau, et je lui demande, désespérée : « Tu te souviens ? *Tu te souviens ?* C'est ici qu'on marchait. C'est ici qu'on travaillait. C'est ici qu'on a grandi. C'est ici qu'on a ri. C'est ici qu'on faisait l'amour. *C'est ici que j'ai appris l'amour.* »

J'avais à peine prononcé ces mots qu'elle a disparu, ainsi que le font parfois les gens, même dans notre esprit.

Dans son discours, Gowon avait dit : *Le tragique chapitre de la violence vient de se refermer. Nous sommes à l'aube d'une nouvelle réconciliation. Une fois encore nous est donnée la possibilité de construire une nation nouvelle.*

Oubliez que Gowon était du Nord. Oubliez que son nom est synonyme de la guerre et de ses atrocités.

Mais souvenez-vous de la guerre et ses atrocités. Souvenez-vous de ce discours, de cet aspect de la réconciliation nationale et de la construction d'une nation nouvelle.

Pardonnez à Gowon. Pardonnez à Ojukwu. Et pardonnez à la guerre.

Voici le troisième rêve, et c'est de loin celui qui me hante le plus souvent :

Je suis dans le Nord, où je vais rendre visite à Amina. Là-bas, le sable est fin et gris, pas rouge et lourd comme celui du Sud. Les plaines herbeuses s'étendent à des lieues à la ronde, des troupeaux y paissent, agitant la queue sous le soleil, sous la garde des bergers haoussas et fulanis.

Outre veiller sur les animaux, les Haoussas et les Fulanis pratiquent le commerce, ils portent le caftan traditionnel, le foulard et le châle, transportent sur leur tête des plateaux de bananes, de pains ou de noix. Il existe aussi des marchands igbos et yorubas, des femmes en boubous de dentelle, des hommes en *agbada*. Et d'autres encore, des gens vêtus à l'européenne ou à l'américaine, en robe, en tee-shirt, en pantalon, en jupe, en short.

Amina vient me chercher à l'arrêt de bus. Bien que son visage et ses tresses disparaissent sous le voile, que son corps semble informe sous sa longue robe flottante, je la reconnais malgré tout. Elle est jeune, tête baissée, rongée par la culpabilité, elle traîne la peur dans son sillage, collée à ses semelles.

Je tente de l'apaiser, je lui dis que toutes ces choses que nous avons faites n'étaient pas si graves, qu'elles n'étaient même pas mauvaises. J'essaie de lui expliquer que bientôt nul n'aura plus à craindre la lapidation, que toutes ces histoires de villageois forçant des amants à se noyer dans le fleuve deviendront caduques, presque oubliées, tels ces éclats de lumière anciens seulement visibles à travers les cieux. À peine ai-je prononcé ces mots qu'un camion passe, un long engin tout arrondi dont le moteur vrombit et bourdonne si fort qu'il noie ma voix. Et il n'y a pas que le bourdonnement, le ronflement du camion, le tintamarre, la pétarade, mais aussi les fumées, les gaz nocifs, les nuées noires qui s'élèvent. Et on les respire, ces miasmes, on tousse et on suffoque. Puis vient un autre camion. Et un autre. Encore un autre. Encore des gaz. Et l'on tousse de plus belle. Et l'on suffoque plus encore. Mes paroles se perdent dans cette cacophonie, mes doux mots consolateurs sont pareils à du sucre sous la pluie, pareils à des fantômes, à la toile d'araignée la plus impalpable : ils fondent, ils disparaissent, imperceptibles de finesse. Paroles inutiles, paroles égarées, aussi vaines que si elles n'avaient jamais existé.

Il y a plusieurs années – en 2008 –, un article a rapporté qu'un groupe de voyous fous de Dieu avait lapidé et battu plusieurs membres d'une église de Lagos qui affichait son soutien aux gays et aux lesbiennes ; les victimes étaient défigurées, boursouflées comme des ballons d'un bleu violacé.

Maman a posé le journal en s'exclamant : « *Tufiakwa !* » Dieu nous préserve ! « Même entre chrétiens, ce n'est pas possible que nous adorions le même Dieu ! »

Chidinma vit à Lagos depuis trois ans.

L'année dernière, une étudiante chargée de l'ordre a surpris deux filles qui faisaient l'amour à l'université où Chidinma enseigne. Ça s'est passé dans une résidence universitaire, donc Chidinma n'était pas là, sinon elle aurait pu s'interposer, même si elle aurait sans doute risqué sa vie. Après tout, elle appartient à cette nouvelle génération de Nigérians beaucoup plus sensibles à l'amour qu'à la peur. Bien qu'elle ne partage pas mes orientations, elle ne considère pas les gays et les lesbiennes avec cette crainte qui mène à la haine. En outre, elle connaît trop bien mon histoire pour ne pas être sensibilisée à cette cause.

Donc, les camarades de classe des deux étudiantes, dont certaines étaient des élèves de Chidinma, ont décidé de prendre les choses en main. Elles ont arraché leurs vêtements aux deux jeunes femmes et les ont battues jusqu'à ce qu'elles ne soient plus qu'ecchymoses et meurtrissures. Elles leur ont hurlé au visage « 666 » et « Dieu vous punira ! ». Celles qui ne participaient pas au lynchage sont restées là à regarder et filmer la scène avec leur téléphone. Personne n'a fait le moindre geste pour venir en aide à ces femmes. Les témoins sont restés là, sans bouger.

Quand maman a eu vent de cet événement, elle s'est exclamée : « Dieu nous préserve ! Mais où va le monde ? »

Au bout d'un moment, elle a ajouté en plaisantant : « Tu sais, c'est dommage que notre président, qui est si bel homme avec son sourire séducteur et ses Borsalino à la mode, oui, c'est vraiment dommage qu'il n'agisse pas pour améliorer les choses. Quel gâchis, avec tout ce charme ! Un beau visage aide à convaincre les masses. Le moins qu'il puisse faire, c'est de le mettre à profit pour une noble cause. »

Plus tard, j'ai demandé à Chidinma si elle en avait parlé à son père. Elle m'a répondu que oui. Et qu'avait dit Chibundu ? « C'est la vie. Ce genre de choses arrive. »

Chibundu vit toujours à Port Harcourt, mais il vient de temps en temps à Aba. Plus de trente années de séparation nous ont permis de nouer des relations courtoises. Peut-être m'en veut-il encore de la manière dont notre mariage a tourné ; peut-être pas.

Pendant des années après mon départ, il a continué à me supplier de revenir. Il a organisé plusieurs rencontres – avec maman et ses parents, en plus de nous deux – pour voir ce qui pouvait être tenté afin de sauver notre couple, mais ces réunions n'ont mené nulle part. Tout ce temps, je lui ai su gré de n'avoir rien dévoilé à sa famille au sujet de ma relation avec Ndidi. Après tant d'années, je pense qu'il n'en a jamais parlé à quiconque. Si je devais le décrire tel qu'il est aujourd'hui, je dirais que, de manière générale, il paraît résigné.

Tandis qu'elle grandissait, Chidinma me demandait souvent pourquoi son papa et moi nous ne vivions pas ensemble.

« Il y a des mamans et des papas qui s'aiment mais qui n'ont pas envie d'être mariés ou de vivre ensemble à la manière traditionnelle », lui répondais-je souvent. Elle acquiesçait et au bout d'un moment me demandait : « Mais pourquoi ? »

Alors, tout simplement, je répétais : « Parce qu'il y a des mamans et des papas qui s'aiment mais qui n'ont pas envie d'être mariés ou de vivre ensemble à la manière traditionnelle. »

Chidinma a toujours aimé son père, même s'ils ont sûrement connu des moments de tension ; je sais qu'elle éprouve pour lui une compassion profonde à cause de moi. Depuis plusieurs années, elle me dit s'inquiéter pour lui parce qu'il est très seul. Elle aimerait qu'il se remarie.

Il y a sept ou huit ans, Chibundu a envisagé d'épouser une jeune femme yoruba qui s'appelait Ayodele. Elle n'avait que quelques années de plus que Chidinma et, d'après cette dernière, elle était du genre à aimer organiser de grandes fêtes très sophistiquées. Peut-être que cela n'a pas plu à Chibundu, ou bien y a-t-il eu d'autres problèmes, mais les noces n'ont jamais eu lieu.

Parfois, je pense que Chibundu est trop occupé à

s'apitoyer sur son propre sort pour être capable de s'investir pleinement dans une nouvelle relation. Mais peut-être que je me trompe, bien sûr.

Laissez-moi vous raconter l'histoire d'un homme qui conduisait sans prendre garde à ce qu'il faisait, si bien qu'il s'est engouffré dans le jardin de son voisin, tuant la fillette qui jouait là. Le voisin est sorti en hurlant, en vociférant contre l'homme : « Regardez ce que vous avez fait ! Vous avez tué mon enfant ! Comment avez-vous pu me faire ça ? Vous avez tué ma pauvre petite fille innocente ! Vous ne vous en tirerez pas comme ça ! »

Le conducteur est alors sorti de son véhicule et, en entendant ainsi crier son voisin, il s'est mis en colère : « Comment osez-vous me parler ainsi ? Pourquoi hurlez-vous contre moi ? Vous n'avez pas le droit ! Vous ne voyez donc pas que j'ai mille choses en tête ? Moi, je suis un homme d'affaires, je voyage beaucoup, je m'occupe de mille choses. Non mais franchement, est-ce que vous savez seulement à quel point ma vie est stressante ? Hein, est-ce que vous le savez ? » Et il a continué ainsi, dans la même veine, braillant contre l'homme dont il venait de tuer l'enfant, se trouvant des excuses pour avoir foncé dans son jardin, pour avoir causé ce tragique accident, parce que c'est vrai, il menait vraiment une vie de fou ! Voilà pourquoi c'était vraiment injuste de la part de son voisin de hurler ainsi contre lui. *Désolé mais ceci, désolé mais cela*, et ainsi de suite, encore et encore. À ses yeux, c'était lui la victime ; c'était à lui qu'on avait causé du tort.

J'imagine que nous sommes faits ainsi, nous autres, êtres humains. Il nous est toujours plus facile de nous poser en victimes dans la tragédie des autres.

Bien qu'il soit parfois difficile de savoir pour qui les choses sont les plus tragiques.

Chidinma devait avoir treize ou quatorze ans quand je lui ai appris que Ndidi et moi étions plus que des amies. Il s'est avéré que pour elle, cela n'avait rien de bien étonnant, c'était une non-révélation car, contrairement à ce que je croyais, elle savait déjà. Et cela n'avait à ses yeux aucune importance.

Quant à Ndidi, avec le recul, je me rends compte qu'il était presque inévitable que je revienne auprès d'elle un jour afin que nous tentions de sauver ce qui subsistait de notre relation.

Aujourd'hui, je pense souvent à une chose que disait maman : qu'une bicyclette possède deux roues. Bien sûr que oui. Ndidi en est une, moi l'autre. Il y a à présent des décennies que nous sommes ensemble et bien que nous ne puissions nous marier (une relation telle que la nôtre est encore très dangereuse, sans parler de mariage), nous avons vraiment le sentiment de former un couple.

En dehors de maman, Chibundu et Chidinma, nous avons réussi à garder le secret de notre relation, un peu comme autrefois. Nous avons chacune notre appartement, mais nous passons ensemble la plupart des nuits. Parfois je vais chez elle, d'autres fois c'est elle qui vient chez moi. J'habite non loin de chez maman, c'est là d'ailleurs qu'avec son aide j'ai élevé Chidinma.

Certains soirs, quand nous sommes au lit, Ndidi enroule ses bras autour de moi. Son corps se love contre le mien et elle me murmure à l'oreille des choses au sujet d'une ville où l'amour peut dire son nom, que ce soit entre homme et femme, entre deux hommes, entre deux femmes, ou bien entre Yorubas et Igbos, Haoussas et Fulanis. Ndidi me décrit cette ville, avec ses arbres, les différents tons de sable. Elle me décrit les routes à grand renfort de détails, les directions qu'elles prennent, d'où elles viennent et où elles conduisent.

« Comment s'appelle cette ville ? » je lui demande.

Le sommeil menace de l'emporter, et parfois elle oublie de me dire qu'elle ne veut pas me révéler ce nom. Un soir, elle murmure que c'est Aba. Le lendemain, c'est Umuahia. Chaque nuit, elle livre un autre nom : Ojoto et Nnewi, Onitsha et Nsukka, Port Harcourt et Lagos, Uyo et Oba, Kaduna et Sokoto. Elle cite des villes et encore des villes, au point que je me mets à rire et lui dis : « Comment est-il possible que cette ville soit en autant d'endroits à la fois ? »

Sa voix se fait douce, pareille à un bourdonnement, et les mots sortent, tranquilles comme une prière. Elle est plus âgée maintenant. Nous le sommes toutes les deux. Les années se sont enfuies et sa voix est plus rauque. « Elles sont toutes ici, au Nigeria. Tu comprends, cet endroit, ce sera tout le Nigeria. »

Épître aux Hébreux, 8 : Dieu a conclu une nouvelle alliance avec la maison d'Israël et la maison de Juda, différente de celle qu'il avait passée avec leurs pères. Si cette alliance avait été irréprochable, il n'y aurait pas eu lieu de lui en substituer une seconde. En parlant d'alliance nouvelle, il rend caduque la première. Celle-ci peut donc disparaître.

Ce sont ces versets qui m'emplissent à présent l'esprit. Voilà me semble-t-il la leçon de la Bible : affirmer l'importance de la réflexion, de la révision, une révision qui permette de se débarrasser des lois anciennes, vite erronées.

Parfois je m'assois, ma bible à la main, et je songe que Dieu est un artiste dont le monde est la toile.

Je raisonne en songeant que si l'Ancien et le Nouveau Testament nous enseignent quelque chose, c'est bien que le changement est une composante majeure de Son esthétique, une partie essentielle de Sa vision du monde. La Bible elle-même est la preuve de cette volonté d'évoluer. Même les alliances se transforment : dans le Nouveau Testament, il n'est plus besoin de sacrifier des animaux. Changement. Ce n'est plus l'alliance de la loi, mais l'alliance de la grâce. Changement. L'humanité entière est concernée, plus seulement les juifs. Changement. Il y aurait tant d'autres changements à noter, pour peu qu'on soit du genre à établir des listes.

Souvent, je me dis que ce changement, c'est l'objectif final. Et que tout ce que nous entreprenons devrait être le reflet de cette vision.

Peut-être les règles de la Bible seront-elles toujours fluides. Peut-être que Dieu continue de nous parler, et qu'Il continuera toujours. Peut-être qu'Il crée encore des alliances, mais que nous sommes devenus trop sourds, trop entêtés, trop ancrés dans nos anciennes pratiques pour L'entendre. Bien sûr, certaines voies du Seigneur se sont fait connaître, mais peut-être qu'il en est d'autres que nous ignorons encore. Peut-être nous suffirait-il d'ouvrir nos oreilles, notre cœur et notre esprit pour les entendre.

Voilà une pensée qui me réconforte.

J'ai frappé à la porte, Chidinma dans les bras. Maman a ouvert, l'air étonnée.

« Maman, je ne peux plus. Je n'en peux plus », ai-je bredouillé.

Elle est restée là à me regarder. Enfin, ses paupières se sont closes, sans doute de déception. Elle n'exprimait plus la moindre surprise.

« Maman, je n'en peux plus », ai-je répété.

La brise qui soufflait derrière moi est passée par la porte, agitant au passage l'extrémité du foulard blanc que maman portait sur la tête, la faisant voleter comme un drapeau.

Chidinma était bien réveillée à présent, elle tenait sa tête droite mais ne disait rien. Son petit visage se tournait vers maman puis vers moi.

« Maman, s'il te plaît, laisse-moi entrer. Je ne peux plus continuer avec Chibundu. »

Elle a levé les yeux. A pris Chidinma dans ses bras, l'a juchée sur sa hanche. Je ne m'attendais pas à ce qu'elle passe l'autre bras ainsi autour de mes épaules. Nous sommes alors entrées toutes les trois et allées au salon. La petite faisait de son mieux pour essayer de parler – une série de mots – et maman a dit : « Ça n'aurait aucun sens de te renvoyer là-bas à cette heure de la nuit. » Nous étions debout côte à côte, mais elle me fixait droit dans les yeux maintenant.

« Très bien, a-t-elle ajouté. Très bien. » C'était une forme de reconnaissance. Le discernement telle une lumière tiède, certes ténue, mais tout de même une reconnaissance.

Et puis elle s'est mise à marmonner pour elle-même. « Le Seigneur qui t'a créée devait bien savoir ce qu'Il faisait. Allez, ça suffit. »

Qui sait depuis combien de temps elle délibérait ainsi.

Elle s'est éclairci la gorge et elle a terminé : « *Ka udo di, ka ndu di.* »

Ainsi soit la paix. Ainsi soit la vie.

NOTE DE L'AUTEURE

Le 7 janvier 2014, le président du Nigeria, Goodluck Jonathan, a signé une loi qui criminalise les relations entre personnes de même sexe, ainsi que le soutien apporté à ce genre de relations, rendant de tels actes passibles de peines de prison pouvant aller jusqu'à quatorze ans. Dans les États du Nord, la mort par lapidation est prévue. Ce roman est une tentative pour donner à la communauté LGBT marginalisée du Nigeria une voix plus puissante, et une place dans l'histoire de notre nation.

D'après une enquête Win-Gallup International Global Index of Religiosity and Atheism, le Nigeria est le deuxième pays le plus religieux, immédiatement suivi par le Ghana.

REMERCIEMENTS

Je remercie chaleureusement :

Mes camarades de classe de l'Iowa Writers' Workshop, et mes professeurs : Paul Harding, Marilynne Robinson, James Alan McPherson, Lan Samantha Chang, Allan Gurganus et Ethan Canin.

Connie Brothers, Deb West et Janice Zenisek, de l'Iowa Writers' Workshop.

Michael Marton et Robin Hemley de l'Overseas Writers' Workshop.

Lisa Zeidner et le personnel du département d'écriture créative de Rutgers University, à Camden.

Daniel Grow, Linda Barton, Charlotte Holmes et Aimee LaBrie, de la Pennsylvania State University.

Greg Ames, Peter Balakian, Jennifer Brice, Jane Pinchin et Tess Jones, de Colgate University.

Le département d'écriture créative de Purdue University, en particulier Porter Shreve et Bich Minh Nguyen.

La Bread Loaf Writers' Conference.

Les rédacteurs de : *AGNI*, *Apogee*, *Coffin Factory*, *Conjunctions*, *Granta*, l'*Iowa Review*, la *Kenyon Review*, *The New Yorker*, *Prospect*, la *Southern Review*, *Subtropics* (en particulier David Leavitt), *Tin House* et *TriQuarterly*.

Christopher Merrill, Nataša Durovicova, Kelly Bebeian et Ashley Davidson, de l'University of Iowa's International Writing Program.

The O. Henry Prize Stories.

Lambda Literary et l'Astraea Foundation for Justice.

Le Caine Prize, pour son formidable soutien à la littérature africaine, en particulier Lizzy Attree et Jenny Casswell.

Rolex Mentor et Protégé Arts Initiative, en particulier Jill Morrison, Michael Ondaatje, Miro Penkov, Neal Hovelmeier et Togara Muzanenhamo.

La Congretional United Church of Christ à Iowa City, en particulier le révérend William Lovin.

Chika Unigwe, Sarah Ladipo Manyika, Uwem Akpan, Chimamanda Adichie, Maaza Mengiste, Tayari Jones, NoViolet Bulawayo et Rita Adedamola Mogaji.

Rae Winkelstein, Montreux Rotholtz, Emily Ruskovich, Naomi Jackson, Christa Fraser, Amanda Briggs, Bryan Castille et Lori Baker Martin.

Marc Benda.

Mrs. Brenda Nickles.

Granta, en particulier John Freeman, Patrick Ryan, Ellah Allfrey, Yuka Igarashi, Ted Hodgkinson, Rachael Allen, Sara D'Arcy et Anne Meadows.

Houghton Mifflin Harcourt, en particulier Jenna Johnson, Nina Barnett, Summer Smith, Simmi Aujla, Chelsea Newbould et Larry Cooper.

L'agence Wylie, et en particulier mon formidable agent Jin Auh, ainsi que Tracy Bohan et Jessica Friedmann.

Ludwig Wittgenstein (« Les limites de mon langage définissent les limites de mon univers. »)

« Ce que le froid fige, la chaleur le fera fondre. » Creech's Lucretius in *The Works of the British Poets : With Prefaces, Biographical and Critical*, vol. 13 (Londres, 1795), p. 663.

La BBC et ses documentaires sur la guerre du Biafra.

Yakubu Gowon, « The Dawn of National Reconciliation », diffusé à Lagos le 15 janvier 1970.

Les œuvres de Flora Nwapa, Chinua Achebe, Wole Soyinka, Edwidge Danticat, Alice Munro, Kazuo Ishiguro, Ian McEwan et Marilynne Robinson – mes prédécesseurs, mes phares.

Et « Road to Amaudo » de Jackie Kay où j'ai lu pour la première fois : « *Ka udo di, ka ndu di.* »

Mon amour et mes remerciements les plus sincères vont à :

Mes sœurs Chidinma Okparanta, Chinenye Okparanta et mon frère Chibueze Okparanta, aussi mes meilleurs amis.

Constance Okparanta, pour sa force, son amour, ses chansons et ses histoires liées à la guerre, pour ses contes, sans lesquels ce livre n'existerait sans doute pas.

Tante Ifeyinwa, tu es toujours dans mon cœur.

Nos anciens, pour ces proverbes qui demeurent d'actualité encore aujourd'hui.

Enfin, Dieu et l'univers, pour avoir conspiré à faire de ce livre ce qu'on espérait, et pour la démonstration évidente de ces réalités qui demeurent invisibles.

MIXTE
Papier issu de sources responsables
FSC® C003309

10/18, une marque d'Univers Poche,
est un éditeur qui s'engage pour
la préservation de l'environnement
et qui utilise du papier fabriqué à partir
de bois provenant de forêts gérées
de manière responsable.

Imprimé en France par CPI

N° d'impression : 3036881
X07542/01